KB096447

소소한 풍경

박범신

소소한 풍경

자음과모음

차례

프롤로그 —

작가의 얼굴

"소소한 풍경"의 화자는 ㄱ이다.

ㄴ과 ㄷ의 이야기를 화자인 ㄱ에게서 듣는다. 이런 호칭이 혹 이상한가. 그렇다면, 그들이 단지 하나의 풍경이라면? 풍경1, 풍경2 혹은 풍경3에 불과하다면? 김춘수 시인의 「꽃」에 따르면, 누구의 이름을 부르기 전까지 그는 다만 '하나의 몸짓'에 불과하며, 이름을 불러주었을 때 그는 비로소 내게 와 '꽃'이 된다. 우주적인 함의가 담긴 비유가 아닐 수 없다. 나는 그러므로 이렇게 고쳐 묻는다. 그들이 '하나의 몸짓'에 불과하다면, 아직 그 누구도 이름을 불러주지 않은 삶의 비밀스러운 저쪽 편에 존재한다면, 그래도 나는

그들에게 이미지를 한정하기 쉬운 보편적 이름을 지어 붙여야 하겠는가.

풍경이란 그렇다, '하나의 몸짓'에 불과하다.

물론 작가의 의도에 모든 독자가 동의할 필요는 없다. 그걸 바라지도 않는다. 오랜 작가 생활의 경험이 쌓여 만들어진 내공이란 겨우 이런 것이다. 오해는 필연이다. 독자는 작가를 오해하고 작가는 독자를 오해한다. 섭섭하지 않다. 나의 인물 ㄱ, ㄴ, ㄷ은 그나마 풍경1, 풍경2, 풍경3이나 '몸짓'보다 더 구체적으로 나간 이름이다. 내가 화자를 '풍경1'이나 '몸짓'이라 여길 때, 독자들이 나보다 앞서 그녀를 'ㄱ'이라고 불러준다면 그 또한 나쁘지 않은 오해라고 생각한다. 작가와 독자 사이에서의 오해란 누구에게도 해를 입히지는 않으니까.

ㄱ이 전화를 걸어온 한밤중, 나는 심심해서 혼자 크레파스로 그림을 그리고 있었다.

외딴 호숫가의 돌 같은 그 정적 때문이었다. 흰 종이 위에 크레파스 스치는 소리가 좋았다. 섬돌 위를 기어가는 방아벌레 소리, 또는 나목의 잔가지를 통과하는 낮은 바람 소리 같았다. 이를테면 나는, 나의 내장 어둔 벽을 평생 기어다니는 다지류의 발소리를 손끝에서 듣고 있었다. 처음엔 의미 없는 선만을 그렸으나 차츰, 그러나 무의식적으로, 하나의 형태를 지향하기 시작했다. 사람의 형상을 닮았지만 사람이라고 딱 단정할 수는 없는, '몸짓'과 '이름'의 중간쯤 되는 형상이었다.

전화벨이 울린 게 그때였다. ㄱ이었다. "00학번 ㄱ이에요"라고 말했으므로 나는 그녀가 ㄱ이라고 생각했다.

"시멘트로 뜬 데스마스크 보셨어요?"

의례적인 서두는 거의 없었다. 그녀는 다짜고짜 물었다. "시멘트로?" 내가 반문했다. "예. 시멘트로요. 제가 살던 집터에서 그런 게 나왔거든요." 창호지 덧문 위에 낙하하는 나뭇잎들의 그림자가 비쳤다. 가을의 끝물, 뒤란에 자리 잡은 늙은 뽕나무의 마지막 부스러기들이었다. ㄱ의 얼굴은 떠오르지 않았다. 대신 유럽 여행 중 보았던 여러 데스마스크들이 눈앞을 다투어 흘러갔다.

이탈리아의 어디에서 보았던 데스마스크는 갑작스러운 발작으로 죽었는지 얼굴 전체가 심하게 일그러져 있었다. 천년을 산 사람의 얼굴 같았다. 석고로 제작한 데스마스크였다. 데스마스크 제작엔 일반적으로 석고가 사용됐다. 이집트인들은 기원 수 세기 전부터 이미 석고로 데스마스크를 만들었다. 시멘트로 된 데스마스크라니, 들은 적도 본 적도 없었다. 참형을 목도한 것처럼 끔찍했다. "불쑥 전화드려서 겨우 이런 이야기나 하고, 죄송해요. 뵙지는 못했지만 선생님 전화번호는 언제나 갖고 있었어요. 호숫가 외딴집으로 이사한 것도 알고 있었고요. 기억해주신 것만으로 됐어요. 안녕히 주무세요, 선생님!" 전화가 뚝 끊어졌다.

ㄱ의 얼굴이 그제야 떠올랐다.

나는 고개를 돌리다 말고 흠칫했다. ㄱ의 얼굴 때문이 아니었다. 탁자 위엔 조금 전 내가 무의식적으로 그린 '몸짓' 같은 형상이 놓여 있었다. 그런데 '몸짓'에 불과하다고 여겼던 그것이 갑자기 '시멘트로 뜬 데스마스크' 같아 보였다. 나를 닮은 듯했다. 그렇게 보았고 그렇게 느꼈다. 귓속이 가려워졌다. 나의 귓구멍 속엔 곰팡이가 살고 있었다. 오랜 지병이었다. 나는 새끼손가락으로 귓구멍 속을 긁으면서 다른 한 손으로 창호지 덧문을 확 열어젖혔다. 늙은 뽕나무의 구부린 등이 선뜻 다가왔다. 어두운 나목이었다. '데스마스크'란 말이 내 귓구멍 속의 곰팡이들을 깨운 게 틀림없었다. 작가로서 내 감수성의 게이지가 비등한 순간이었다.

내가 본 모든 데스마스크는, 무표정의 우울이었다.

다음 날 아침 나는 오랜만에 여러 명의 제자들에게 전화를 걸었다. "00학번 ㄱ 소식 혹시 아니?" 나는 물었다. "그 언니, 졸업하고 곧 결혼했는데요." 02가 말하고, "신랑이 무지 잘생겼어요. 영화배우 지성 있죠, 딱 닮았어요." 다른 00이 말하고, "그 언니, 이혼했다는 것 같아요." 03이 말하고, "어디 시골로 내려가 산다고 하던데요!" 또 다른 00이 말하고, "아, 소소요. 소소!" 마침내 선배로서 비교적 가깝게 지냈다는 98이 말했다. 소소라면 내가 사는 곳에서 승용차로 불과 한 시간 정도의 거리였다.

나는 비로소 ㄱ을 구체적으로 기억해냈다.

2학년 소설 수업에서 발표한 그녀의 소설은 아주 특별했다. 제목은 「우물」이었다. 합평 수업에선 여러 악평이 나왔다. "이게 소설인지 잘 모르겠어요!" 어떤 학생은 지적했다. 반은 옳고 반은 틀린 지적이었다. 그녀의 소설은 그녀만 쓸 수 있는 소설로서, 몽환의 덩어리였다. 보편성에 길들여진 시선으로 보면 일종의 암호 책 같았을 것이다. 그러나 소설이 암호 책이면 왜 안 된단 말인가. 분명한 것은 「우물」을 읽은 모든 독자들이 어떤 불안한 충격을 받았다는 사실이다. 그녀는 동료들의 질문에 오로지 단답형으로 대답했다. 그녀가 소통을 거부하고 있다는 걸 그래서 나는 금방 알아차렸다. "작가가 되고 싶니?" 내가 물었고 그녀는 명쾌히 대답했다. "아뇨. 그냥, 시집이나 가고 싶어요!" 웃어야 할 대답인데 아무도 웃지 않았다. 수업은 그렇게 끝났다.

다음 학기부터 수업 시간에 그녀를 볼 수 없었다. 잠재적 재능을 좀 더 확인하고 싶어 동료들을 통해 몇 차례 불렀으나 그녀는 내 연구실에 찾아오지 않았다. 캠퍼스를 오가다가 가끔 그녀를 먼빛으로 보았다. 그녀는 늘 헌칠하게 생긴 어떤 청년과 함께 있었다.

교문 앞 신호에 걸려 선 차 속에서 그녀를 본 건 이듬해 봄이었다. 막 피기 시작한 봄꽃들을 등지고 선 채 그녀가 눈에 익은 자기 앞의 청년을 향해 활짝 웃고 있었다. 지척의 거리였다. 그녀의 웃음은 입에서가 아니라 눈에서, 이마에서, 거침없이 올려 묶은 머리칼에서, 긴 목덜미에서 힘차게 뿜어져 나오고 있었다.

그것은 일종의, 섬광이었다.

다음 날 나는 소소(昭昭)시로 갔다. 그녀와 비교적 가깝게 지냈다는 98이 알려준 주소가 내 손에 들려 있었다. "옛날 주소라 맞을지 모르겠어요." 98은 말했다. 소소는 강을 낀 고도였다. 강의 북쪽은 고층 아파트와 상가 들이 주로 자리 잡은 신소소이고, 강의 남쪽은 산성을 중심으로 오래된 고택, 키 낮은 구옥 들이 자리 잡은 구소소였다. 나는 단층짜리 구옥들이 지붕을 맞대고 있는 구소소 변두리 동네로 차를 몰았다. 야트막이 올라가는 길이었다. 작은 빌라들이 여기저기 신축되고 있었다. 최근에야 이 일대에 재개발 건축 바람이 일어난 것 같았다. 내비게이션의 '목적지 도착' 안내음이 흘러나온 곳도 빌라를 지으려는지 터파기 공사 중이었다. 마을 중심에서 뒤로 쑥 물러난 산 아래였다.

지하층을 조성하려고 파놓은 커다란 구덩이 둘레에 출입 금지 라인이 쳐져 있는 게 눈에 들어왔다. 폴리스라인이었다. 공사장 한 귀퉁이에 놓인 컨테이너 박스 문이 벌컥 열리고 얼굴이 불콰한 늙수그레한 남자가 나왔다. "뭡니까?" 싸움이라도 걸 기세로 남자가 말했다. "아는 사람 주소지를 찾아왔는데 집이 없어졌네요." 남자가 가래침을 카악, 뱉었다. "집이 있었지만 철거했지요. 그 집 주인 여자 찾아왔습니까?" 짜증이 밴 목소리였다. "저기, 전문학교 뒤에 가서 현대빌라를 찾아보슈. 여기 팔고 그쪽으로 이사했으니까. 참, 그 여자, 경찰서에서 나왔는지 어쩐지 모르겠소만.""경찰서요?""여기 지하실 파는데 해골바가지가 나왔어요. 경찰이 와서 이렇게 금줄을 치고 갔다오. 공사도 중지하라 하고. 무슨 일인지 원."

10년 만의 만남이었다.

그녀 ㄱ은 낡은 빌라의 베란다에서 화분을 만지고 있던 중이었다. 여러 종류의 선인장이 있었다. "혹시나 했어요, 선생님!" 어제 만나고 오늘 또 만난 사람처럼 그녀는 말했다. 창밖으로 전문대학 담장을 따라 도열한 히말라야시다들이 내다보였다. 그늘이 짙었다. "내가 찾아올 걸 알고 있었던 것 같은 말투네." "어젯밤 제가 선생님께 텔레파시를 보냈잖아요. 데스마스크요. 저는 작가로서의 선생님을 어느 정도 알고 있다고 느껴요." 그녀가 이를 드러내고 웃었다. 선인장의 노란 꽃을 나는 보았다. "애가 꽃 피우기 시작한지도 몰랐어요. 요즘은 베란다에 나와본 적이 거의 없어서요." "낯이 익은 선인장이다." "더러 보셨겠지만 꽃은 못

보셨을걸요. 금호라고 하는데 꽃을 잘 안 피워요. 이 녀석 꽃 피운 게 아마 15년쯤 된 것 같아요." 원래 아버지가 가지고 있던 선인장이라고 했다.

"가시, 어떠세요, 선생님?"

그녀가 선인장의 가시를 만지며 기습적으로 물었다. 나는 이마를 찡그렸다. 가시에 찔렸는지 그 순간 그녀의 손가락 끝에 핏방울이 맺혔기 때문이다. "선인장 가시요." 그녀가 손가락 끝을 입으로 가져갔다. "선인장은 잎이 가시거든요. 전 가시가 좋아요. 그래서 선인장을 기르지요." 가시가 선인장의 품성을 결정하는 중요한 요소라고 했다. "가시의 지름이 0.8센티미터 넘으면요, 거의 모든 선인장에 왕(王)자를 붙여요. 가령 능파 종류도 가시가 똑똑하면 왕능파가 되는 거지요. 흐물흐물, 신들린 듯한 가시도 있고, 안으로 구부러진 가시도 있어요. 선인장 기르는 사람들을 가시장이라고 부르잖아요. 선인장의 핵심은 꽃이 아니라 가시예요. 가시에 미치는 사람들 많아요."

대학에 입학한 그녀가 나를 처음 만난 것은 등교 첫날이었다고 했다. 내가 잊고 있었던 걸 그녀가 상기시켜주었다. "학교 앞에서, 차도를 건너다가 중앙선에서 막 질주하는 차들에 갇혀 있었어요. 아무도 차를 세워주지 않더라고요. 촌에서 컸으니 불안했지요. 그때 어떤 차가 내 앞에서 멈춰서더니 차창 밖으로 쓰윽 손이 나왔어요. 손이요. 나보고 안심하고 건너가라면서 그 손이 부드럽게 허공을 휘저었는데요, 손가락이 참 길쭉했지요. 언제나 잊히지 않는 그 손, 바로 선생님 손이었어요."

하나의 이미지가 흐릿하게 떠올랐다. 흰 원피스 차림의 삐쩍 마른 키 큰 처녀가 차도 한가운데 갇혀 질주하는 차들에게 채여 갈까 봐 원피스 치맛단을 앙세게 붙잡은 채 떨고 있는 이미지였다.

그것은 부드럽고 난폭한, 그늘 같은 풍경이었다.

그녀를 만나고 다시 호숫가 외딴집으로 돌아와 나는 지금, 크레파스로 아무렇게나 그린 마스크 위에 "소소한 풍경"이라고 쓴다. '시멘트 데스마스크'에서 풀려 나오는 긴 여백이 그 문장 뒤에 줄지어 있다는 상상으로 가슴이 뻐근하다. 그녀가 살던 집터에서 나왔다는 누군가의 유골과 '시멘트 데스마스크'는 흥미 만점이다. 그것을 따라가다 보면 수만 갈래 은밀히 흐르는 지하의 물길을 만나게 될는지도 모른다. 보편적인 지상의 삶을 통과한 뒤 만나는 삶의 내경은 때로 비밀스럽기 그지없다. 그것에 대한 끌림이야말로 작가로서 내 생애를 끈질기고 황홀하게 붙잡고 있는 나의 존재론적 당위라고 여긴다. 나는 아마 그녀에게 자주 가게 될 것이다. 내 의지로 가는 게 아니다. '데스마스크'가 도저히 참을 수 없게, 나를 부를 것이라는 예감이다.

'몸짓'으로부터 빠져나온 ㄱ이, 구체성을 획득하며 무한대로 확장된다면 얼마나 좋으랴. 재직하고 있던 대학의 교수직을 그만두고 내가 혼자 이곳으로 내려온 것이 벌써 2년여 전이다. 가난한 밥상, 쓸쓸한 배회가 이곳에서 내가 사는 법이다. 그런데 쓸쓸했던 호숫가 나의 외딴집이 돌연 그 무언가로 가득 차는 듯한 느낌이 나를 사로잡는다. '시멘트 데스마스크' 때문일 게다. 저 홀로 가득 차고 저 홀로 따뜻이 비어 있는 여기, 호숫가 나의 집.

　이야기란 그렇다. 존재의 비밀스럽고 고유한 홀림 속으로 킬러처럼 소리 없이 걸어 들어가기.

혼자 사니 참 좋아

손—선생님

나는 '선생님'이 나를 찾아올 줄 예상하고 있었는지 모른다. 그러나 그러기를 바란 것은 결코 아니다. 벼랑 끝에서 삶이 소등됐다고 여길 때마다 당신의 그 손이 먼저 떠오른 건 사실이다. 자동차의 가파른 질주에 갇혀 어쩔 줄 모르고 서 있던 스무 살의 내게 괜찮다고, 이제 안전하니 어서 길을 건너가라고 말해주던 그 손이다.

어디에서 그렇게 따뜻한 위로를 구하겠는가. 대학 시절이나 그 이후에나 짐짓 당신에게 가까이 다가가지 않은 것도, 차창 밖으로 빠져나와 흔드는 당신의 손짓이 너무 큰 위로였으므로 훼손하고 싶지 않았기 때문이다. 긴 시간 동안 경찰서에 출두해 조사받고 난 후 히말라야시다의 그늘 속을 두려움에 가득 차 걸어오던 어떤 순간 당신이 생각난 것도 그러하다. "혹시 시멘트로 뜬 데스마스크 보셨어요?" 거두절미 그 말을 했을 때, 나는 당신의 손짓을 이미 보고 느꼈으며 그것으로 됐다고 생각한다.

"괜찮아. 안전하니 어서 길을 건너가."

당신의 흰 손은 늘 그렇게 말하고 있다. 차라리 당신이 여기까지 찾아오지 않았더라면 좋았을는지 모른다. 당신은 작가이고, 작가는 누군가의 숨기고 싶은 깊은 내면으로 틈입해오는 존재이기 때문이다. 개운하진 않다. 다만 나는 손짓으로 하는 당신의 말을 지금도 여전히 듣고 있다. 언제나 감미롭고 따뜻한 그 말. "괜찮아. 안전하니 어서 길을 건너가!"

성장

모처럼 베란다 청소를 한다. 남은 선인장은 이제 겨우 20여 분(盆)이다. 페루산 단모환은 물이 부족한지 깡마른 것 같고 멕시코가 고향인 로비비아는 그나마 다부진 표정이다. 달빛을 받은 히말라야시다의 잔가지들이 베란다 전체를 그물망으로 포획하고 있다. "저놈의 그늘이 문제"라고 나는 중얼거린다. 선인장과 관계를 맺은 것이 여고 1학년이던가, 이른 봄의 일이다. 퇴적층에 묻혀 있던 기억이 히말라야시다 그물망을 뚫고 솟아오른다. 지금 막 꽃을 피운 둥근 선인장 이 녀석, '금호'와의 경험이다.

하룻밤 지나고 나면 열일곱 살이 될 내가 잠결에 문을 열고 나온다. 한밤중이다. 어떤 꿈을 꾸다가 깨어났던 것 같다. 슬픈 꿈이었고, 울었던 모양이다. 눈물을 훔치면서 어스레한 거실을 가로질러 냉장고 쪽으로 걸어가는 내가 보인다. 보리차의 위치는 냉장실 상단이다. 그러나 잠에서 덜 깬 나는 냉장고와 사선으로 비껴 걷는다. 눈물 때문에 앞이 보이지 않았을 수도 있다. 냉장고와 대각선 맞은편으로 걸어가다가 무엇에 부딪힌 내가 앞으로 고꾸라진다. 어떤 섬광이 손바닥과 이마 어디를 날카롭게 찌른다. 선인장 가시다. 아프다. 아니, 아프다기보다 전류처럼 어떤 파동이 온몸을 한순간 확 비추며 지나간 느낌이다.

거울 앞으로 되돌아와, 선인장의 작은 가시가 박힌 걸 나는 비로소 본다. 눈썹과 눈썹 사이다. 나는 엄지와 검지를 핀셋처럼 사용해 조심스럽게 가시를 뺀다. 핏물이 뚝 앞섶으로 떨어진다. 홍옥의 외피처럼 투명한 선홍빛 핏방울이다.

그것은 무엇이었을까.

선인장 가시가 미간을 찌르고 들어오는 순간, 나의 내부로 푸른 그늘 같은 황홀한 광채가 틈입해 들어온 건 틀림없다. "엄마, 저 선인장, 언제부터 우리 집에 있었어?" 내가 묻고 "네 아빠가 처음부터 가지고 있었는데." 어머니는 시큰둥하다. "꽃 피운 거 봤어?" "꽃은 무슨. 꽃도 안 피우는 거, 어디다 버릴까 했었다만." "버리지 마, 엄마. 이 가시 좀 봐!" 나는 사각으로 접은 휴지를 엄마 앞에 펼쳐 보인다.

"얘가, 이 가시가 어젯밤 내 몸을 뚫고 들어왔어. 쬐꼬만 게, 겁도 없이." 가시가 선인장의 잎이라는 것조차 몰랐던 시절이다. "진즉 버릴걸. 네 아버지는 무엇 때문에 그걸 애지중지하는지 원." 어머니가 혀를 찬다.

금호―아버지

젊은 날의 아버지는 어떤 공작기계 회사 설계부에서 일했다고 한다. 길고 긴 파업 과정에서 한 임시직 공원이 분신자살하는 사건이 일어나지 않았다면 아버지는 엔지니어로서 그럭저럭 평범한 한 생애를 살았을 것이다. "불에 탄시신을 보았어. 끔찍했다. 단지 가족과 함께 단란하게 살기를 바랐던 평범한 사람이었는데." 정식 조합원도 아닌 사람이었으므로 노조조차 적극적으로 나서지 않았던 모양이다. 아버지가 노동운동에 매진하게 된 계기가 된 사건으로, 결혼하기 전 아버지 젊을 때의 이야기다.

어머니와 결혼한 건 노동운동 과정에서 생긴 사건 때문

에 1년여 옥고를 치르고 낙향한 다음이다. 아버지 나이 서른 중반을 넘겼을 때의 일이다. "내가 미쳤지, 나보다 열 살이나 많은 사람을." 어머니는 그렇게 말했지만 첫눈에 일방적으로 반한 건 아버지가 아니라 어머니였던 것 같다. 어머니의 첫인상을 아버지가 화제로 삼은 적은 한 번도 없다.

"내가 견딜 수 없었던 것은, 동지라고 부르던 사람들의 변심이었어. 감옥에 갈 때도 그랬지. 막상 재판이 시작되자 다들 요리조리 핑계 대며 빠져나가고, 나중엔 혼자 남더라. 이를테면 갑자기 소낙비가 내릴 때, 함께 걷던 사람들은 모두 잽싸게 피해 달아나고 혼자 광장에 버려진 채 비 맞는 느낌, 그런 거."

술에 취해 아버지가 한 말이다. 출옥한 아버지를 진실로 반긴 것은 노조 사무실 귀퉁이에 버려져 있다시피 한 선인장 화분 하나뿐이었던 모양이다. "그게 이 선인장이야. 금호 동료들은 오히려 나와 거리를 두려고 하는 참에, 요놈만은 꽃을 피운 채 나를 반겨주더라. 요놈 하나 들고 그길로 고향에 내려왔지. 세상이 날 버린 게 아니라 내가 세상을 버린 거야."

그러니까 나를 찌른 선인장의 가시는 세상을 버리고 고향으로 돌아온 아버지의 '유일한 동지'인 셈이다. 쌍떡잎식물의 잎이 제 육체를 온전히 보존하려고 스스로 가시로 진화한 게 선인장의 가시라는 걸 알게 된 것도 그 무렵이다. 나를 찌른 후 금호의 정수리에서 곧 노란 꽃잎이 나오기 시작한 것도 생각하면 의미심장하다. "아버지의 동지가 꽃을 피웠네." 내 말에, 환하지만 어딘지 모르게 쓸쓸히 웃던 아버지의 모습이 잊히지 않는다.

가시는 살아 있는 선인장의 데스마스크라 할 수 있다.

화석

"묵비권을 행사할 겁니까?" 담당 형사의 입술은 루주를 바른 것처럼 붉다. "묵비권이 피의자에게 불리하게 작용할 수도 있어요." 나는 형사의 눈을 본다. 작은 눈이다. "혼

혼자 사니 참 좋아   31

자 사는 당신 집에 몇 년 전 두 사람이 세 든 적이 있다는 사실은 마을 사람들 말로 이미 확인했어요. 한 사람은 조선족 여자애였고 한 사람은 나이가 좀 든 남자였다고들 하던대요."세 든 게 아니라 겨울 동안만 잠시 방을 빌려준 것뿐이에요.""돈도 안 받고 낯선 사람에게 방을 내줬다는 걸 이해하라는 겁니까?""이해를 바라진 않아요. 사람마다 사는 방법이 다르니까요. 겨울이었고, 그들은 오갈 데 없는 딱한 처지였으며, 우리 집엔 빈방이 있었어요.""암튼, 아가씨가 살던 집터에서 나온 유골은 남자의 것이에요. 함께 기거했다던 그 남자의 유골일 가능성이 높다고 봐요. 함께 살았으면서 그에 대해 아무것도 모른다는 게 말이 됩니까?"

"그 사람은요…… 그냥 물구나무서는 남자였어요."

내 화법이 형사의 요구에 맞춰진 것은 아니라는 걸 알지만 나로선 지금 그것밖에 생각나지 않는다. "이른 봄이었는데요. 남자가 물구나무를 서 있더라고요.""나 원 참!" 형사가 탁자를 가볍게 친다. "피해봤자 소용없어요. 그것으로 얼굴을 복원해 신원을 찾아낼 거예요. 유골의 DNA 검사도

의뢰해놨고요. 그러니 순순히 말하는 게 좋아요. 피할수록 불리하다는 걸 아셔야지."

그가 '그것'이라 부른 것은 '시멘트 데스마스크'이다.

빌라 공사장에서 포클레인 삽에 찍혀 나온 것은 시멘트 덩어리들과 유골이다. 형사가 보여준 두개골은 검댕을 묻힌 것처럼 검고, 또 갈라져 있다. "습기가 많은 땅이라 검은 것이고, 둔기로 머리를 맞았거나, 무언가에 부딪혀 절명 직전 두개골이 깨졌다고 봐야겠지요. 게다가 시멘트 덩어리에 찍혀진 이 얼굴 형상으로 말할 것 같으면." 형사가 시멘트 덩어리의 사진을 보여준다. 사람 얼굴이 부조화(浮彫化)되어 굳은 시멘트 덩어리다.

형사의 설명에 따르자면, 두개골의 주인은 죽은 직후나 직전, 콘크리트에 묻힌 게 확실하다. 문제의 시멘트 데스마스크가 유골과 함께 출토됐기 때문이다. 죽거나 실신 직후 콘크리트가 부어지지 않았다면 시멘트 덩어리에 그런 마스크가 생길 리 없다. 콘크리트는 재빨리 굳고 시신은 천천히

부패, 두개골이 최종적으로 시멘트 덩어리로부터 분리돼 나왔을 것이다. 내가 사진으로 본 시멘트 데스마스크는 담담한 표정이다.

희로애락이 완전히 거세된.

"물구나무선다는 말은 아무렇지도 않나요?" 이번엔 내가 입술 붉은 형사에게 반문한다. "그게 어쨌단 겁니까." 형사가 휴대폰을 눈으로 가져가 문자 들어온 걸 보고 있다. "나는 그때 너무도 마음이 아팠거든요. 그 남자가 물구나무선 것을 보고서요. 그 남자는요, 팔이 나팔꽃 줄기처럼 가느댕댕했어요." 형사는 내 말을 듣지 않는다. 그러나 상관없다. 내 눈엔 물구나무선 한 남자의 모습이 어제 본 것처럼 생생히 재연되고 있다.

코리아케라톱스(Koreaceratops)−ㄴ

늦가을이다. 사선으로 내려다보이는 다세대주택 외벽에

34   소소한 풍경

발을 대고 남자가 물구나무를 서고 있다. 외진 곳이다.

아침에 시작한 물구나무서기가 점심 후에도 끝나지 않는다. 솟아난 팔뚝 핏줄과 떨리는 그 경련도 보인다. 내 집 창에서 그곳까지 100여 미터가 넘으니 핏줄이 보였다는 게 과장이라 하겠지만, 사실이다. 피가 흐르는 사람이라면 누구든 그랬을 것이라고 나는 지금도 생각한다. 빌라를 지어 분양하려고 낡은 다세대주택을 경매로 넘겨받은 새 주인에게 세입자인 남자가 그날 아침 강제로 쫓겨났다는 건 후에 안 일이다. 카키색 더플백 하나가 물구나무선 남자 곁에 세워져 있다. 누군가에게 시위라도 하려 했다면 주민들에게라도 쉽게 눈에 띌 만한 곳이어야 할 텐데, 그곳은 아무도 보지 않는 외진 장소다.

"나는 물구나무를 서고 싶어. 단지 그뿐이야."

남자가 그렇게 말하는 것 같다. 몸 전체가 가느댕댕한 남자다. 포클레인에 의해 내일이라도 찢어발겨지길 기다리고 있는 다세대주택의 외벽은 거무튀튀하다. 남자는 거무튀튀한 외벽에 발을 대고 물구나무를 서서 견딘다. 아침에 10분을 견디었다면 오후엔 5분조차 견디지 못한다. 픽 쓰러지고 나면 잠시 호흡을 가다듬은 후 다시 벽으로 되돌아가는 짓의 무위한 반복이다. 오후가 되면서 햇빛이 남자의 얼굴과 눈을 찌른다. 내 집은 마을을 지난 산 아래 외따로 떨어진 외딴집이다. 남자와 내 집 사이에는 철 지난 포도밭이 있다. 물구나무를 서고, 또 서는 남자를 황량한 포도나무 등걸 사이로 내려다보던 내가 참지 못하고 급기야 남자에게 달려 내려간다.

그때까지 내게 남자는 이름이 없다.

남자가 내게서 'ㄴ'이라는 이름을 얻는 건 내가 처음으로 그에게 말을 건넨 다음이다. ㄴ이다. 비지땀을 뒤집어쓴 남자의 얼굴은 가면을 쓴 듯 청동빛이고 눈은 때꾼하다. 눈높이를 최대한 맞추려고 쪼그려 앉은 내가 남자 ㄴ에게 이렇게 말하고 있다.

"죽고 싶으세요? 물구나무서기론 절대 안 죽어요!"

전설

겨울이 시작되는, 어느 아침이다.

눈을 뜨자마자 나는 찬물 한 그릇을 마시고 언제나 그랬듯이 2층 베란다로 나간다. 구소소의 정다운 지붕들을 통과해 온 햇볕을 쬐는 게 나의 아침이기 때문이다. 베란다의 창을 반쯤 열다 말고 나는 멈칫한다. 내려다보이는 마당이 깨끗이 비어 있다. 어제만 해도 낙엽들이 잔뜩 뒤덮여 썩어가고 있던 마당이다. 그 마당이 지금은 하얗다. 방금 쓴 듯 대빗자루 자국도 선연하다.

그리고 또 나는 본다.

한 남자가 등을 이편으로 한 채 마당 끝에서 낙엽들을 태우는 중이다. 역광을 받은 남자의 등은 적당히 기울어져 있다. 물구나무서던 남자가 그제야 생각난다. 갈 곳 없는 남자를 하루만 재워 보내겠다고 생각하고 어제 오후 1층 빈방에 들여보낸 걸 잊고 있었던 것이다. 햇빛은 정갈하고, 남자의 등은 그곳에 놓여 있으면서도 그곳에 있지 않은 느낌이다. 어딘가 먼, 이역을 흐르고 있는 것 같다. 남자는 그런 듯이 앉아 있는데 그가 태우는 낙엽의 연기만 내게로 흘러온다. 구수하고 향긋하다.

갑자기, 문장들이 줄지어 내게로 오는 느낌이 든다.

'문장'이라니, 놀랍다. 좋은 문장은 연기처럼 자연스럽게 흐르는 것인지도 모른다. 대학 시절, 아주 가끔은 낯선 문장들이 나에게 줄지어 찾아오는 꿈을 꾼 적이 있다. 내가 현대문학을 전공하기로 한 것만 해도 그렇다. 오빠와 어머니―아버지가 죽은 뒤, 세상천지에 혼자 내버려졌다는 공포감이 불러온 결정이었는지도 모른다. 그 시절의 내겐 세상과 맞서기 위해 무기가, 이를테면 문장의 창(槍) 같은 것이 필요했었다고 생각한다. 첫 소설 수업 시간에 '선생님'이 던진 한마디는 지금도 잊히지 않는다.

"나는 작가야. 그러므로 나는 평생 늘, 새로운 문장을 쓴다. 그동안 수십 편의 소설을 썼지만 똑같은 문장을 두 번

쓴 적은 한 번도 없다. 새로 쓰는 문장으로 이미 써버린 과거의 문장을 계속 엿 먹인다고 상상하면 가슴이 뻐근하다."

내가 문장에 기대고 싶었던 것도 그런 심리였던 모양이다. 나의 아픈 기억들에게 통렬히 '엿 먹이고' 싶은. 외진 이곳에서 혼자 살아오며 깡그리 잊었다고 여겼던 문장에의 욕망이, 남자가 태우는 낙엽의 연기 때문에 돌발적으로 깨어나 나를 사로잡는 느낌이 든다. 가슴속이 홧홧하다. 낙엽의 향기일 뿐인데, 그것이 뭐든지 '엿' 먹일 수도 있는 문장으로 둔갑해 다가들다니, 그 비밀스런 광합성이 경이롭다.

아하. 입을 한껏 벌리고 나는 낙엽의 연기를 들이마신다. 감미롭다. 생의 특별한 지점에서 만나는 이향(異鄕)으로서의 감미 같다. '무엇인가 쓰고 있을 때를 빼고 생각한 적이 없다'는 몽테뉴의 고백이 갑자기 떠오르고, 나는 무의식적으로 중얼거린다.

"둘이 사니 더 좋네!"

산란(産卵)

비가 내린다. 이슬비다. "변호사를 선임해두는 게 좋을 거요." 형사의 말이다. 서둘러 변호사를 선임하고 싶진 않다. 형사의 염려와 달리, 두렵지 않기 때문이다. 내가 일관되게 말을 아낀다면 그는 범죄를 입증할 결정적인 실마리를 찾지 못할 가능성이 크다.

범죄라고?

아니다. ㄴ이 죽어 시멘트에 자신의 부조(浮彫)를 남긴 배후엔 누군가의 어떤 이익이나 분노, 또는 포만에 따른 어떤 쾌락도 존재하지 않는다. 나는 물론 그를 세세히 기억하고 있다. 그러나 그의 죽음이 범죄로부터 비롯됐다는 가설엔 동의할 수 없다. 그의 죽음에는 어떤 범죄도 깃들어 있지 않다. 범죄를 성립시키려면 결핍에 따른 폭력적 욕망이나 하다못해 비윤리적 포만이 부르는 심리적 개연성이라도 전제돼야 한다.

정열을 주인으로 섬기지 않는 살인은 상상할 수 없다. 그 누구에 의한 어떤 정열의 폭발도 없는데 어떻게 범죄를 구성할 수 있겠는가.

가령 어떤 남자가 내 동의를 받지 않고 나를 약탈하려 한다면 나는 그를 죽이고 싶을 것이다.

범죄란, 그렇다. 이를테면 사랑의 이름으로 벌어지는 약탈은 사랑의 당의정을 입혔으므로 피약탈자가 약탈될 것을 미리 인식하지 못하는 경우가 허다하다. 순수한 열정으로 가득 찬 젊을 때일수록 그럴 가능성이 높다. 사랑의 내밀한 과정에서 일방적 욕망, 사회문화적 습속(習俗)에 기대어 드러나는 여러 가지 폭력적 관행들을 '약탈'이라고 부르는 게 지나친가. 그렇다면 이렇게 비유하고 싶다. 어느 잠언처럼, 사랑한다면서 '꾀꼬리를 죽여 가죽으로 만들고자' 한다면 그것이 약탈이 아니고 뭐란 말인가.

가령 내가 한때 결혼해 산 적이 있는 남자1의 경우.

시간 차(時間差)—남자1

나는 남자1과 결혼해 1년여를 함께 산 적이 있다.

나는 그를 '남자1'이라고 부른다. 이름이 없어서가 아니라 이름을 부르고 싶지 않기 때문이다. 내 생애 최초의 남자이고 대학 시절을 온전히 함께한 남자이며 졸업할 무렵 정식으로 결혼식까지 올렸던 남자이다. 나는 '결혼'이라고 생각하지만 혼인신고를 차일피일 미루다가 헤어졌으므로 세상에서는 그걸 '동거'라고 부른다. 동거는 본인의 말이 아니면 증명되지 않는다. 담당 형사가 나를 '아가씨'라 부르는 것도 그 때문이다. 공문서에 기재되지 않으면 결혼했어도 동거한 것에 불과하다.

남자1은 잘생긴 청년이다. 대학에 입학하고 처음으로 등교하던 날에 만난 그의 첫인상이 잊히지 않는다. 텃밭에서 지상 위로 얼굴을 내민 채 이슬비에 젖는 무의 밑둥 같은 이미지다. 푸르스름, 희다. 한입 베어 물면 아삭, 청량한 푸른 물이 입안 가득 스며들 것 같은.

"너와 결혼하고 싶어. 너는 오로지 내 것이라고 세상에 당당히 선언하고 싶단 말이야!" 남자1이 속삭이고 있다. 그를 만나고 3년쯤 후의 일이다. 얼마나 기다리던 말인가. "오빠와 함께 가는 길이라면 두렵지 않아!" 불과 스물넷의 내가 이렇게 대답하고 있다. 젊은 날의 사랑은 당연히 급진적 완성을 향해 타오른다. 아니 그것이 진실한 사랑이었는지는 분명하지 않다. 분명한 것은 그가 나의 첫사랑이었다는 것이고 그 시절의 내 곁엔 오직 그밖에 없었다는 사실이다.

아버지−오빠−남자1−ㄴ이 태어난 후 내가 만나고 헤어진 남자들의 기계적인 순서고 또 그게 전부다. 남자1과 ㄴ 사이엔 3년여의 간격이 있다. 아버지와 오빠를 남자라고 부르기엔 어색하다. 남자로서 처음으로 만난 사람이니 그를 남자1이라고 부르는 게 어색한 일은 아닐 것이라 생각한다. 처음 만나던 순간, 너른 계단 한가운데서 내뱉은 남자1의 해맑은 목소리가 지금도 선연하다.

"우리 운동화가 똑같네요!"

관절

학교 앞 도로 한가운데 갇혀 있다가 '선생님'이 흔들어 주는 손짓에 따라 길을 건넌 직후다. 스무 살의 나, 그녀는 대학 본관으로 올라가는 너른 계단을 바삐 오른다. 등교 첫 날의 첫 수업이 그녀를 기다리고 있다. 수업에 늦었기 때문에 발걸음이 바쁠 수밖에 없다.

계단의 중간쯤에서 어떤 운동화와 딱 마주친다. 급히 올라오느라 그녀의 입에서 쌔액쌔액 바람 소리가 난다. 고개를 숙인 그녀에겐 상대편의 운동화밖에 보이지 않는다. 상대편을 피해 가려고 급히 옆으로 발걸음을 옮긴다. 상대편 운동화도 때맞추어 따라 움직인다. 피차 옆걸음질이 한 번, 두 번, 세 번까지 이어진다. 짜 맞춘 퍼포먼스의 일부를 연기하는 듯하다. "우리 운동화가 똑같네요!" 남자1의 목소리를 처음 듣는 순간이다. 그─그녀는 똑같은 상표의 흰 운동화를 신고 있다. 끈 없는 컨버스 운동화.

모든 좋은 처음이란, 희다.

돌이켜보면, 햇빛도 희고 바람꽃도 희고 오빠도 흰빛이다. 대학에 첫 등교 하던 날 만난 '선생님'의 흰 손과 '남자1'의 흰 운동화가 내 청춘의 대부분을 붙들고 있게 될 것이라고 감히 어떻게 그때 상상이나 했겠는가. 계단 끝까지 올라온 뒤 돌아본 그의 뒷모습이 지금도 뚜렷하다. 무슨 다급한 일이 있었는지 교문 쪽을 향해 뛰다시피 걷는 남자의 뒷모습은 햇빛 속이라서, 그냥 흰빛이다. 오빠의 유골처럼.

식물성 악기—오빠

하나밖에 없었던 오빠를 잃은 것은 초등학교 3학년 때다. 오빠는 키가 유난히 크다. 학교를 오가면서 잡았던 오빠의 긴 팔과 긴 손가락들이 잊히지 않는다. "나는 네, 네가 내, 내 동생이라는 게 가, 가끔 믿기지 않아. 너, 너무 귀여워서 그, 그래." 소소산성 북쪽 성벽에서 강으로 떨어졌을 때 말더듬이 오빠의 나이는 불과 열두 살이다.

성벽의 가장자리엔 지금도 여름마다 흰 바람꽃들이 무

리 지어 피어난다. "오빠, 저 꽃 갖고 싶어!" 내가 그런 말을 한 번이라도 했었는지는 생각나지 않는다. 오빠가 성벽 위에서 강으로 떨어지는 순간 나는 성문 어귀에서 오빠를 기다리고 있다. 학교가 파하면 그곳에서 기다리고 있으라고 오빠가 말했기 때문이다. 뙤약볕 때문에 땀이 자꾸 눈으로 들어간다. 나는 흰 레이스가 달린 원피스를 입고 있다. 관광버스가 연달아 성문 앞에 당도하고 사람들이 꾸역꾸역 내린다. 관광객들 때문에 행여 오빠를 찾지 못할까 봐 주먹 쥔 손으로 눈가를 문지르면서 나는 짐짓 눈을 부릅뜬다.

말더듬이 착한 나의 오빠는 그때 한사코 산성 후미진 북쪽 라인의 성벽 위로 오르고 있는 중이다. 오빠는 왜 성 안으로 들어가 성벽 위로 기어 올라갔을까.

천 년도 더 된 성벽이다. 나를 주려고 바람꽃을 꺾으려다가 성벽에서 떨어졌다는 건 내 자의식이 빚어낸 헛된 상상일 가능성이 높다. 그때나 지금이나 오빠가 왜 혼자 높은 성벽을 기어올랐는지는 아무도 말해주지 않는다. 어떤 이는 천 년 전 성벽 위에서 강으로 떨어진 무수한 원혼들이 어린 오빠를 끌어당겼을 거라고 말하지만 그 역시 근거 없는 상상일 뿐이다.

모딜리아니

남자1과 스무 살의 내가 음악관 뒤뜰의 추녀 밑에 서 있다.

등교 첫날 본관으로 올라오는 계단에서 부딪히고 겨우 두번째로 우연히 만난 남자다. "오늘은 구두를 신었네!" 음악관 뒤뜰 왕벚나무 그늘 길에서 남자1이 말을 건네 오지 않았으면 그가 본관 계단에서 부딪힌 흰 운동화의 주인인 줄 모르고 지나쳤을 것이다. "나도 오늘은 구두를 신었는데." 남자가 덧붙여 말할 때 후두둑 빗방울이 떨어진다. 얼결에 음악관 뒤뜰 추녀 밑으로 달려가 나란히 선다.

지상에서 튕겨 나온 빗방울이 남자1−나의 구두코를 적신다. 남자1−나의 구두코는 같은 갈색이다. 음악관에서 맑은 플루트 소리가 흘러나온다. 그는 오빠처럼 키가 크다. 플루트 소리를 따라 그의 키가 쑥 올라가는 느낌이다. 내 어깨가 그의 팔뚝에 닿는다. 왕벚나무 꽃잎들이 바람에 날리고 있다. 봄비는 고요하면서도 명랑한 데가 있다.

"봄비는 뭐랄까, 참 귀여워요."

그의 목소리도 귀엽다. "여동생이 있었어요. 장난기 많은 귀여운 아이였는데, 죽은 얼굴도 그냥 귀엽게 생겼더라고요. 봄비 오는 날 다리 위에서…… 사고가 일어났었지요. 다른 차와 부딪혔을 때 동생은 스포츠카 뒷자리에서 붕 하고 하늘로 날아올랐어요. 빗속의 하늘로요. 그래서 내게 봄비는…… 누이동생 같아요." 천연스러운 목소리다. 내 머릿속에서, 날아오르는 그의 여동생−내 오빠의 이미지가 자연스럽게 결합된다.

슬픈 것도 아닌데, 눈물이 툭 앞섶으로 떨어진다.

오빠 때문인지 그의 누이 때문인지는 알 수 없다. 흰 운동화−갈색 구두로 이어지는 비의적인 동행의 예감 때문이었는지도 모른다. 그의 긴 팔이 슬며시 뒷덜미를 지나와 반대쪽 어깨에 얹힐 때 플루트 연주가 뚝 끊기고 봄비 소리만 가슴으로 막 들어온다. 그는 내게도 죽은 오빠가 있다는 걸 알고 있었을까. 아니, 그런 일은 있을 수 없다. 그러나 오빠―누이동생의 우연한 부합은 너무도 신비하다. 알지 못했을지라도 그는 내 눈빛에 깃든 죽음의 이별을 한순간 느꼈을 수도 있다. 직관은 사실의 눈을 뛰어넘으니까.

모든 크고 작은 죽음은 전설을 빚어내게 마련이다. 큰 죽음―커다란 전설, 작은 죽음―조그만 전설이다. 시간의 광합성에 따른 전설은 죽음을 미화해 죽음에 대한 공포를 덜어준다. 오빠의 죽음이 끝내 어머니와 아버지의 죽음을 불러온 것도 그렇다.

가시

그들이 나를 남겨두고 동시에 생을 마감한 것은 여고 2학년 여름의 일이다.

오빠의 유골을 품은 주목은 남한강이 환히 보이는 추모 공원 상단에 있다. 어머니─아버지는 오빠가 주목 꽃으로 피는 봄과 주목 열매로 열리는 여름 끝물에 꼭 오빠에게 다녀온다. "네 오빠가 꽃이 돼 피었는데, 참 예쁘더라!" 그런 말을 할 때의 어머니 눈빛은 늘 서기로 충만하다.

어머니─아버지는 추모공원 근처의 굽잇길에서 사고를 만난다. 대낮 음주 운전으로 중앙선을 넘어온 외제 차를 피하려다가 아버지의 차가 난간을 들이받고 남한강 지류로 추락한 것이다. 어느 부잣집 고등학생이 무면허 운전으로 몰던 고급 승용차였다고 한다. "끌어올린 네 아버지 차 안엔 주목 열매가 여기저기 흩어져 있더라. 두 분, 네 오빠를 따라간 게야." 사고 수습을 하고 돌아온 당숙어른의 말이 기억난다. 오빠를 따라 당신들 역시 강으로 투신한 셈이다. 그들은 그래서 한통속이다. '오빠를 따라갔다'는 당숙의 말이 가슴을 찢는다.

'살아 천 년, 죽어 천 년'이라고들 말하는 주목이다. 오빠는 나로부터 어머니─아버지를 데려갔고, 그리하여 세 분은 불멸의 꿈속에 지금 함께 있다. 나에겐 너무나 부당한 결정이다. 내가 대학 생활을 옹골차게 견딘 것은 오로지 그 부당함에 앙갚음을 하고 싶었기 때문인지 모른다. 어서어서 시집가고 싶었고, 그리하여 아이들을 열두엇쯤 줄줄이 낳고 싶었던 게 그 시절 나의 꿈이었던 건 숨길 수 없는 사실이다.

나는 여전히 죽음을 모른다. 그러나 나는 죽음이 지우개라고 생각하진 않는다. 지워지는 게 아니라 살아남은 누구에게는 가시처럼 박히는 것이 죽음이다. 선인장의 어떤 가시는 몸뚱어리에 박여 몸 자체로 둔갑한다. 어떤 사람에겐, 어떤 기억들이 바로 그렇다.

아픈 기억은 최종적으로 가시가 된다.

그림자

나에게 대학이란, 돌이켜보면 남자1 이다.

흰 운동화가 '누이동생 같은 봄비'로 이어지고, 봄비가 사고로 죽은 그의 누이—나의 오빠, 어머니, 아버지로 이어 져 맺어졌을 때, 나는 그와 강력히 서로 속해 있다는 것을 느꼈던 셈이다. '흰 운동화'와 '누이동생의 봄비'는 젊은 날 의 내겐 이를테면 슬프면서 감미로운 세례의 기억이라 할 수 있다. 대학 시절 나는 남자든 여자든 다른 누구와도 사 귄 적이 없다. 아침부터 밤까지 오로지 남자1과 지냈을 뿐 이다.

그의 품에 있을 때 나는 내 자신이 지워지는 걸 본다. "오 빠는 지우개야. 함께 있으면 난 지워지고 없거든." 그것은 자유로서의 기꺼운 선택이다. 어찌 나쁘랴. "나도 그래. 네가 나의 지우개야. 함께 있으면, 너랑 나랑 다 지워지고, 그리고 우리만 남는 거지." 그도 말한 일이 있다. 스무 살의 연애란 나를 지우고 너에게 흔쾌히 이입되는 놀라운 경험 이라 할 수 있다.

소유에의 욕망을 가지고 모래나 자갈을 황금으로 바꾸 는 불가사의한 연금술 같은 것. 소유하고 있다고 여기면서,

그러나 소유에 따른 불편함은 아직 인식하지 못하는 애벌레들.

소유는, 소유하는 사람의 적합성에 따라 자유와 억압으로 구별된다. 연애 시절의 나—그는 적합성의 소유에서 이탈하지 않았다고 생각한다. 결혼의 유일한 윤리적 전제가 소유의 적합성이라고, 소유의 적합성을 최고조로 유지하는 좋은 전략으로서 결혼이라는 의례가 존재한다고. 그 시절의 나는 굳게 믿는다. 그래서 대학 졸업을 앞두고 기꺼이 남자1의 아내가 된다.

연애에서, 소유의 적합성이 자유라고 여길 때 최상의 열락을 얻는 건 사실이다. 그러나 지속의 보장은 없다. 연애 시절 우리의 문제는 피차 그 점을 몰랐다는 것. 그것이 지속 불가능한 꿈이라는 걸 안 것은 결혼 이후다. 고귀한 '소유의 적합성'을 결혼이 '비천한 지배에의 욕망'으로 조금씩 바꾸어놓았기 때문이다.

꼬리

가을비는 어둡다. 봄비가 아니기 때문이다. 한기가 돈다. 나는 어제보다 꽃이 더 번진 선인장 '금호'를 본다. 선인장의 생리는 사람의 손을 거부한다. 사람의 손길은 다급하고, 선인장은 기다림을 생의 율법으로 삼는다. 고립과 인고가 선인장의 사는 법이다. 흑왕환은 그 율법으로 무려 300년 이상을 살 수 있다. 브레비카리스는 겨울에 몸 전체가 바윗돌처럼 변한다. 환경은 문제 되지 않는다.

선인장을 처음 선물했을 때 "난 선인장 싫던데"라던 남자1의 말이 귓바퀴를 울린다. 그가 처음으로 싫다는 말을 했던 게 그때였던 것 같다. 칼로 베이는 느낌이 잠깐 들었던 듯하다. "가시 없는 선인장도 있어." 통증을 숨기려고 애써 밝은 목소리로 내가 말한다. 단지 가시 때문에 그가 선인장을 싫어한다고 여겼던 것이다.

오해의 시작이다.

그는 오래전 아버지가 노조 사무실에서 들고 나왔다는 금호를 가리키며 "요놈 아주 고집불통으로 생겨먹었어. 내게 적개심을 가진 것 같아 보여"라고 말한 적도 있다. 아버지의 '유일한 동지'가 그에겐 '적'으로 보였던 셈인데, 그때도 나는 문제의 근원은 간파하지 못하고 다만 가슴을 에는 통증을 느꼈을 뿐이다.

오해의 확장이다.

사람들은 오해 때문에 사람이나 사물로부터 스스로 고립된다. 사랑의 경우는 더욱 그러하다. 쓸데없는 자의식이 거의 자동 발생적으로 만들어 쌓는 오해의 더께가, 사랑하는 사람으로부터 사랑을 고립시켜 자신을 섬으로 만든다. 사람과 선인장이 다른 게 바로 그것이다.

남자1-ㄴ, 그리고 ㄷ

이제 '남자1-ㄴ'에 대해 말해야 할 때다.

이런 표식이 천박하다는 걸 알고 있다. 그렇지만 나는 '남자1-ㄴ'이라 하고 싶다. 남자1은 대학에서 만나 사랑했고 결혼했다가 1년도 안 돼 헤어진 사람이고, ㄴ은 소소로 혼자 내려와 살던 내가 물구나무서기 때문에 만나 얼마 동안 동숙한 인물이다. 그들에게 직접적 관련성이 있는 건 아니다. 관련성은커녕, 나에겐 남자1의 세상, ㄴ의 세상이 따로 있다. 시간 차를 두고 그 두 사람을 통과하면서 깨달은 것은 사람과 사람은 다른 별처럼 철저히 별개라는 사실이다. 소중한 깨달음이 아닐 수 없다. 나는 시간 차를 두고 남자1-ㄴ이라는 두 개의 별을 여행한 셈이다.

그리고 아, ㄷ이 있다.

ㄴ보다 한 달쯤 늦게 내 집에 들어와 한 겨울 동숙한 조선족 처녀의 이름이다. 내게 '남자'라는 말은 보편적인 성(性)의 구별이 아니라 '관계'의 구별이다. 성의 구별로서 '남자'라는 낱말은 내게 의미가 없다. 나는 보편적 관계에서 남자를 남자로 보지 않고 '사람'으로 볼 뿐이다. 아기를 가져본 적 없는 입장에서 나는 매달 치르는 월경에게 아무

런 방점도 찍지 않는다. 어떤 남자 선배는 자신도 "생리를 한다"라고 말한 바 있다. "여자들만 피를 흘리는 게 아냐. 나도 매달 남몰래 피를 흘린다고!" 문학적인 수사였을 테지만 나는 대학 때나 지금이나 그 선배의 말을 믿고 있다.

내가 남자라고 부를 때 남자는 '사랑'의 다른 이름이다. 내 속에 있으나 보이지 않고 잡히지 않으므로, 나는 '남자'라는 이름을 사랑이라는 이름으로 이해한다. 달거리를 하든 말든, 내가 사랑한다면 나는 그를 '남자'라고 생각할 것이다. 나는 '여자'이기 때문이다.

ㄷ의 경우도 그렇다. 그녀는 보편적 성별로 보면 여자가 틀림없다. 스물한 살 어린 나이로 우리 집에 들어온 그녀다. 나는 ㄴ─ㄷ 사이에서 거의 성적 차별을 느끼지 않는다. 동숙하던 시절에도 그랬고 지금도 마찬가지다.

당연히 내게 ㄷ은 '남자'다.

최종적으로, 내가 생애를 통해 만나고 헤어진 '남자'는 다시 '남자1-ㄴ-ㄷ'이라고 말할 수 있다. 남자1은 내가 조금 더 일찍 가본 별이고 ㄴ-ㄷ은 한 달여 차이로 만나고 한 겨울 동숙한 별이다. 차이는 그뿐이다. 이런 진술이 세상 사람들에게 자연스럽게 받아들여지지 않는다는 걸 알고 있지만, 뭐 상관없다. 주민등록 뒤 번호의 1과 2로 사람을 구획 짓는 것은 당신들의 세상에 있는 규범이지 내 규범이 아니다. 내밀한 관계에서 주민등록증 번호의 1과 2는 내게 의미가 없다.

뿔-ㄷ

ㄷ이 우리 집 문을 두드릴 때 나는 베란다에서 화분을 만지고 있고, ㄴ은 나의 부탁으로 어머니 아버지가 썼던 안방 문을 고치고 있는 중이다. ㄴ이 내 집으로 들어오고 한 달쯤 후, 눈발이 희끗희끗 내리던 날의 저물녘 일이다.

두드리는 소리가 나서 현관문을 열었더니 조그마한 처녀가 제 몸뚱이만 한 가방을 앞세우고 서 있다. 키는 작고 눈은 동그랗고 어깨는 반듯하게 벌어진, 이야기 속의 소년 같은 얼굴이다. "저, 숙소를 구하지 못해서요. 셋방 혹시 안 놓나 해서요." 난데없는 그녀의 말에 ㄴ—내가 동시에 마당을 내다본다. 마당엔 무거운 가방이 끌려온 자국이 선명히 나 있다. 쌀쌀한데도 그녀는 땀을 많이 흘린다. 눈가로 흘러드는 땀을 주먹으로 연신 닦는 모습도 꼭 소년이다. 오빠를 기다리며 산성 어귀의 뙤약볕 아래 서서 연신 땀을 닦던 나의 모습이 자연스럽게 떠오른다. "우리 세놓는 집 아닌데." 내가 말하고, 그녀는 금방 울상을 한다. "장춘…… 엄마한테 다시 돌아갈까 봐요." 그녀의 서툰 발음 때문에 나는 장춘이 중국의 '장춘'이라는 걸 얼른 알아챈다.

먼 길이 떠오른다.

돌아선 그녀가 가방을 다시 끌어보지만 계단 모서리에 걸린 가방은 꿈적도 하지 않는다. "저기, 오늘 밤만…… 재워줄게요. 내일 다시 부동산 사무실에 나가 방을 구해봐요!" 내 입에서 그런 말이 부지불식간에 흘러나온다. ㄴ이 괜한 짓을 한다고 힐난하듯 헛기침을 하고 자신의 방으로 들어간다. 날이 급격히 어두워지고 있다. 그녀의 얼굴이 환해진다.

화이트아웃

남편이었던 남자1과 헤어지고 짐을 정리해 이곳, 오랫동안 비워두었던 소소의 옛집으로 내려왔을 때, 생의 무게를 홀연히 벗은 듯했던, 그 첫날 밤의 행복감이 기억난다. 남자1과 한 침대를 쓰던 시절은 얼마나 무거웠던가. 남자1은 어머니 아버지에게 버림받은 후의 절망 속에서 단지 삶을 지속하기 위한 나의 핑곗거리였을 가능성이 높다.

"혼자 사니 참 좋아!"

한동안 나는 자주 그렇게 중얼거린다. 혼자 먹고 혼자 자고 혼자 씻고 혼자 읽고 혼자 빨래하고 혼자 청소하는 일이 너무 좋다. 구소소의 쇠락하는 분위기도 그렇고 산비탈 외딴집을 둘러싼 고요함도 그렇고 내려다보이는 강의 평화도 그렇다. 귀를 기울이면 모든 사물의 말을 알아들을 수 있을 것 같던 시절이다. 오로지 깊은 고요 속으로 내가 삶을 이끌고 갔던 나날, "혼자 사니 참 좋아!" 나는 노래하고 "아, 혼자 사니 참, 좋아!" 나는 노래한다.

그런데 그로부터 몇 년 후, ㄴ이 내 집에 들어오고 나서 '둘이 함께 사는 일'도 참 좋다는 것을 나는 새삼 깨닫는다. 남자1과 함께 살 때는 상상해보지 않았던 감정이다. 차이가 없는 것은 아니다. 남자1은 나의 남편이었고, ㄴ은 무책임해도 좋은 동숙자다. 그 사이엔 시간 차가 있다. 소소로 내려와 혼자 살 때는 다른 누군가와 다시 한 공간에서 사는 걸 상상해본 적이 없다. 남자1 때문에 누군가와 함께 사는 건 아주 불편한 일이라는 걸 절실히 느꼈기 때문이다.

그러나 뜻밖이다. ㄴ이 내 집에 들어오고도 나는 전혀 불편함을 느끼지 않는다. '남편'이 아니라 단순한 '동숙자'이기 때문일까. 둘이 사는데 혼자 사는 것 같고 혼자 사는데 둘이 사는 것 같다. 동숙자가 줄 수 있는 예상 밖의 선물이 아닐 수 없다.

오욕

　가령, 남자1은 선인장을 좋아하지 않는다. "난 선인장 싫은데." 그가 말했을 때 그것의 갈림길이 얼마나 장대하게 이어질지를 헤아렸어야 할 일이다. 그런데도 나는 그가 결국은 선인장을 좋아하게 될 것이라고 오해한다. 누이의 죽음조차 그에게 아련히 기억나는 하나의 풍경에 불과했을 수 있다는 걸 그때는 상상하지 못했기 때문이다.

　신혼여행 첫날 남국의 어느 해변 호텔, 관광 스케줄을 알아보겠다고 호텔 안내 데스크에 다녀온 남자1이 목욕탕에 들렀다 나오면서 말한다. "수건 좀 가지런히 해놓지 않고." "나보다 늦게 샤워하고 나온 건 오빠잖아. 내가 쓴 수건은 가지런히 걸어놨어." "울 엄마는 아빠 샤워 후 아빠가 쓴 수건을 정리하거나 욕조에 붙은 머리칼 따위를 물로 씻어내곤 했는데. 나 샤워하고 나온 다음에도. 여자잖아. 남자가 남긴 자국을 지우는 존재여서 여자가 예쁜 거래. 울 아빠 말이야." 남자1의 아버지는 연매출 수천억이나 되는 섬유 회사를 가지고 있다. 그가 섹스 후 한사코 내게 뒷정리를 맡겨온 것이 섬유 회사 '회장님' 때문이었다는 걸 나는 비로소 깨닫는다.

섹스 후의 뒷정리뿐만이 아니다.

이를테면 그는 치약을 쓰고 그 뚜껑은 닫을 줄 모르며 옷을 벗어 장롱에 가지런히 걸 줄을 모른다. 벗은 구두를 나란히 놓는 법도 없다. 어렸을 때부터 다른 누가 해주었기 때문이다. 흰 운동화를 좋아하지만 운동화를 빨아서 신은 적이 없다는 것도 결혼 다음 안 일이다. "더러워지면 새로 사 신는 게 운동화지." 연애 시절에 남자가 이미 했던 말인데 그 말을 간과한 내 죄가 크다.

우연한 습관은 존재하지 않는다. 그는 법칙으로서의 자유를 알지 못한다. 자유로서의 법칙을 알 뿐이다. 일상에서 만나는 수많은 소품들은 그걸 사용하는 우리에게 끝없이 저항한다. 그는 한사코 그것들의 저항을 '아내'나 다른 누군가에게 맡기는 타입이다. "내 아내잖아!" 그의 최종적인 결론이다. 그는 쓰고 난 치약 뚜껑을 자신이 닫지 않으려고 서둘러 결혼했을지 모른다. "나를 사랑하잖아!" 치약 뚜껑 때문에 싸우다가 그가 그렇게 말하는 바람에 내가 토한 일도 있다.

남자1에게 치약 뚜껑은, 범죄의 도구다.

미네랄

"이 사람 맞아요?" 담당 형사가 묻는다. 흑백으로 처리된 얼굴이다. 이마를 가로지르는 두 줄기 뚜렷한 가로 주름을 나는 본다. 눈썹과 눈썹 사이엔 짧은 세로 주름이 또 있다. ㄴ이 뭔가에 골똘했을 때 생기는 주름이다. 턱은 약간 각이 져 있고 볼은 완만하다. 움푹 패어 들어간 눈구멍 때문에 그로테스크해 보이지만, 슬픔도 기쁨도 없는 무심한 표정이다. "시멘트 덩어리에 박힌 남자 얼굴을 컴퓨터 전문가가 복원한 거예요. 이 얼굴이 그 남자 맞느냐고요." "글쎄요." 나는 심드렁한 표정을 짓는다. "그렇다는 거요, 아니라는 거요?" 형사가 손가락 끝으로 책상 위를 톡톡 친다. 주름

살만 보면 ㄴ이 맞지만 얼굴 전체의 모습은 미흡하다.

그러나 ㄴ일 것이다. 그곳에 묻힌 것이 그니까.

"이 주름 사이로 때로는 바람이 지나가는 게 느껴져." 그의 말소리가 들린다. 그가 자신의 이마에 놓인 가로 주름을 가리키며 하는 말이다. "거짓말!" ㄷ이 키드득 웃는다. 2층 베란다에서 내가 그들을 내려다보고 있다. 마당이다. 강이 오늘따라 가깝게 다가와 보인다. "정말이야. 지금도 그런걸. 바람이 이 골짜기로 지나가고 있어." 그가 부연하고, 그녀가 한 손으로 그의 가로 주름을 툭툭 친다. 오누이 같다. "그럼 이 주름들, 바람의 길이네!" 그녀가 계속 웃는다.

나는 그가 숨긴 '바람의 길'을 알고 있다.

"바람의 길을 혹시 알아요?" 내가 묻고 형사가 이마를 와락 찌푸린다. "이 얼굴 가로 주름요. 갑자기 그런 생각이 들었어요." 나는 컴퓨터로 복원한 그의 이마를 가리킨다. "나를 더 이상 가지고 놀 생각은 말아요." 담당 형사는 기분이 크게 상한 눈치다. 나는 침묵한다. 나의 대답은 정해져 있다. 유골은 그의 것이 틀림없겠지만 형사가 내민 얼굴에 대해선 여전히 "글쎄요"다.

나는 그를, '더플백 아저씨'라고 부른다.

날개

남루할지언정 모든 방랑자에겐 어떤 홀림이 있다. 그가 부드러운 미소로 자신의 말을 감추고 있다면 더욱 그렇다. ㄴ이 바로 그런 사람이다.

군용으로 제작됐음직한 군청색 더플백이 먼저 떠오른다. 백의 허리 깊숙이, 카우보이모자를 쓴 남자가 기타를 둘러메고 어딘가를 향해 걷고 있는 그림이 있다. 휘파람이라도 부는 듯, 그림 속의 남자는 경쾌해 보인다. 어깨에 멜 수 있는 멜빵끈은 그림의 반대편에 붙어 있다. 천막이나 만들법한 코튼 재질로 된, 세로 길이가 1미터는 됨직한 그의 더플백이다.

그는 항상 자신의 사물을 그 더플백에 정리해 넣어둔다. 그의 방에 들어서면 제일 먼저 눈에 띄는 게 침대 머리맡에 세워져 있는 그 더플백이다. 그는 아무 미련도 남기지 않고 떠날 준비가 상시적으로 되어 있는 사람처럼 보인다.

더플백에선 늘 휘파람 소리가 난다. 바람 속의 가뭇없는 길과 억새 우거진 오래된 성터에 해가 지는 풍경 등이 절로 떠오르기도 한다. 유랑에의 홀림, 회귀의 성찰 사이에 놓아두면 가장 잘 어울릴 것 같은 물건이다. "오래전부터 갖고 있었나 봐요." "뭐, 그냥……." "군대에서 가져왔나요." "뭐, 그냥……." 그는 그냥 웃는다. 소실점이 분명하지 않은 싱거운 웃음이다. 그의 웃음은 항상 그렇다.

"더플백 아저씨!"

'더플백 아저씨'는 때로 '더 아저씨'도 되고 '플백 아저씨'도 되고 그냥 '더플백'이 되기도 한다. 더플백은 길이다.

나는 지금도 그의 본명을 모른다. 사실이다. 형사가 나를 불러 다시 그의 이름을 대라고 한다면 '더플백 아저씨'라고 댈 수밖에 없다. '더플백', 혹은 길이라고.

수인선(水仁線) 철로

그는 말수가 적다. 아니, 적은 정도가 아니라 거의 벙어리다. 말이 많아서 종일 함께 있으면 덩달아 머릿속이 짚풀처럼 엉키는 느낌이 들곤 했던 남자1과 크게 다른 점의 하나다. "말 좀 하고 그래요." 내 말에, "말, 하는데요, 나도." 그가 뒷머리 긁적이며 한 대답이다.

그렇다고 답답한 건 아니다. 말수가 적을 뿐, 꼼꼼해서 눈에 거슬리는 건 전혀 없다. 가령 그는 벗은 신발을 나란히 해서 신발장 한쪽으로 옮겨둔다. 치약 뚜껑도 그렇다. 목욕탕 수건은 오로지 자신의 것만 쓰는데도 사용했는지 안 했는지 표시가 나지 않을 정도다. 물 한 잔을 마셔도 반드시 컵을 씻어 제자리에 둔다. 방문을 여닫을 때나 거실을 걸을 때 거의 소리를 내지 않는다.

나는 위층에 그는 아래층에 기거한다. 주방 옆으로 이어져 있는 작은 방이다. 그가 그 방을 쓴다. 나는 자주, 그가 집 안에서 함께 살고 있다는 것을 잊어버린다.

그는 그림자 같은 존재지만, 그러면서 어둡지 않다.

가끔 마당에 앉아 먼산바라기를 하는 그를 한참씩이나 2층 창 너머로 내려다보곤 하는 일이 있었는데, 놀랍게도 그의 조금 구부러진 등이 풍기는 기운은 겸손하고 둥근 고요다. 날카롭거나 어둡거나 배타적이지 않다. 조용할 뿐이다.

촛불을 켜고 둘러앉으면 모두 아름답다. 말수가 적으나 어둡지 않은 그는, 인위적인 데가 없어 촛불이 꺼지고 나서도 아름다운 타입이다. 어스레한 고요야말로 자연의 지순한 법칙을 연상시킨다. 남자1과 그 점에서 아주 대조적이다. 이를테면.

진흙

결혼 초기, 남자1의 친구들 몇과 한정식집에서 식사를 한 적 있다. 내 오른쪽에는 남자1이, 왼쪽에는 사법고시에 막 합격한 '사법고시'가 앉는다. 사법고시는 그와 가장 친한 '절친'이다.

간장에 절인 깻잎은 잘 떨어지지 않는다. 사법고시가 깻잎 한 장을 떼어내려고 여러 번 젓가락질을 한다. 내 눈이 사법고시의 눈과 우연히 마주친다. 사법고시가 어색하게 웃는다. "얘들은 무리지어 있는데 이쪽은 혼자니 안 되는 거지요." 나는 깻잎의 무리를 젓가락으로 눌러준다. "자요!" 비로소 사법고시 젓가락 끝에 깻잎 한 장이 떨어져 나오고, 우리는 마주 보며 웃는다.

"볼썽사납게 그게 뭐야!" 남자1의 목소리가 볼통하다. 식사 후 집으로 돌아온 다음이다. "뭐가?" 내가 묻고 그는 벗은 재킷을 소파 위에 그야말로 볼썽사납게 내던진다. "그 자식 깻잎을 왜 네가 떼어줘? 사법고시에 합격해서?" "떼어준 게 아니라 잡아줬는데." "글쎄, 왜 잡아주냐고!" "왜가 어디 있어? 그 사람이 하도 집요하게 붙들고 늘어지기에 무심코 잡아줬을 뿐이야." "그 자식 침 묻은 젓가락이 닿은 깻잎이야. 기분 나빠. 웃기까지 하고." "기분 상했다면 미안해." "네가 깻잎을 떼어줘야 할 남자는 이 세상에서 나 하나밖에 없어. 내 아내잖아!" 그의 단호한 선언이다.

어디 깻잎뿐인가. 벗어 던진 옷을 하나하나 주워 걸어야 하는 일부터 열어둔 치약 뚜껑을 닫아주는 일, 섹스 후 뒷정리를 하는 일까지, 모든 일이 다 그렇다.

그는 나의 주인이다. 나는 그가 들어올 때 오로지 반드시 집에 있어야 하고, 그가 술 마시고 싶어 할 때 오로지 함께 마셔주어야 하고, 그가 원할 때 오로지 다리를 벌려주어야 한다. '오로지'가 남편으로서 그의 권리다. '유일한 서비스'가 아니면 그는 화를 낸다. 그의 아내니까.

빙하기(氷河期)

유일하지 않으면 사랑이 아니라고 생각한 적이 나도 많다. 대학 시절의 내게 남자1은 세계에 단 한 명밖에 없는 남자다. "사랑은 유일한 거야!" 나는 말하고, 그 역시 기꺼이 내 말에 동의한다. 그에게도 내가 역시 유일한 여자였다고 나는 믿는다. 하나밖에 없는 모든 것은 귀하고 아름답다. 나는 그 시절 확신한다. 사랑의 가장 윤리적인 법칙이란 유일하다는 것뿐이라고.

그러나 자유를 최선의 가치로 여기는 자본주의사회에서조차 독점과 독과점은 매우 제한적으로 허용된다. 그것을 절제 없이 허용하면 시장질서를 전제적 환경에 맡길 수밖에 없다. 이런 시장에선 대체재가 허용되지 않는다. 1인 지배 아래에서의 시장은 개인의 창조성까지 제한하므로 새로운 생산성을 담보할 수 없다. 창조적 역동성은 가속적으로 무화되거나 황폐화된다. 통제되고 정형화된 시장질서가 세계를 지배하기 때문이다.

경제원리로 사랑을 비교하는 것은 수치스럽다. 당신들도 당연히 그렇게 지적할 것이다. 사랑의 독점은 시장경제의 그것과 다르다고 생각하니까. 그러나 그게 진짜 당신들의 생각일까. 유일한 것이 사랑이라고 믿었을 때 나 또한 당신들처럼, 그 유일무이함으로써 태양이 없는 세상에서 태양을 창조하는 일이 가능하다고 생각한 적이 많다. 그것이 감상적인 판타지인지 몰랐던 시절이다. 결혼은 감상적 순정이 불러온 앙갚음의 한 과정으로 내게 찾아왔는지도 모른다.

'깻잎' 문제로 확인한 것은 내가 파괴되고 있다는 자각이다. 무한한 축제라고 여겼던 사랑이, 결혼 후 오히려 나의 무한한 축제를 파괴한다고 느꼈을 때 나는 어린아이처럼 울부짖는다.

유일한 사랑으로 유일한 사랑을 부서뜨리고 있다는 자각은 끔찍하다. 깻잎 때문에 화가 나서 내던진 그의 재킷을 습관적으로 주워 옷장에 걸다가, 갑자기 나는 털썩 주저앉아 얼굴을 싸쥐고 "아앗!" 비명을 지른다. 비명을 지르는 나를 내려다보다가 남자1이 하는 말.

"너, 돌았냐!"

묘지

"너를 좀 봐. 너는 선인장이야!"

나를 남기고 떠날 때 남자1이 한 말이다. "그래, 나는 선인장이야." 오래전부터 이별을 연습한 것처럼 나는 담담하다. 혼인신고를 하지 않았으므로 수속을 밟아야 할 일도 없다. "잘 가!" 나는 가볍게 웃는다. 예비해온 이별이다. 그가나가고 아파트 현관문이 제자리로 돌아와 닫힐 때, 불현듯포도밭이 떠오른다. 어머니−아버지가 대부분의 시간을 보냈던 그 포도밭이다.

기억은 언제나 묘지에 묻혀 있는 게 아니다. 어떤 기억들은 불현듯 묘지 뚜껑을 열고 나와 현재보다 더 생생해진다.

그것은 때로 문장처럼 줄을 이룬다. 예컨대, 남자1의 치약 뚜껑-깻잎도 그러하고, 오빠-어머니-아버지로 이어지는 많은 기억들도 그러하다. 잊고 싶다고 해서 기억이 지워지는 것은 아니다.

남자1과 이혼하고 나는 곧 소소의 집으로 돌아온다. 어머니-아버지에게로의 귀환이다. 감옥에서 나와 푸른 들판을 보는 기분이 든다.

들판 너머로 오래된 무덤들이 있고, 강이 있고, 포도밭이 있고, 오빠-어머니-아버지가 있다. 당신들이 나를 버린 게 아니라고 비로소 생각한다. 두려움으로 가득 찬 내 자의식이 두려움을 비켜 가기 위해 그들을 버렸던 것이라고.

샘

내가 가진 선인장 중에서 가시 없는 선인장이 한 분(盆) 있다. 온즈카 난봉옥이다. 흰 줄이 뒤덮인 피부를 뚫고 노란 꽃이 선뜻 솟아 나온다. 화려하지만 오만하지 않다. 나는 가시 없는 온즈카 난봉옥을 쓰다듬는다. 가시 없는 선인장들은 저항과 두려움을 가시로 드러내지 않는다. 저항과 두려움을 오동통한 몸뚱어리 속에 숨겼기 때문이다.

ㄴ은 그 이치를 알고 있다.

그의 얼굴엔 그늘이 있지만 가시는 없다. 눈빛은 양순하고 턱 선은 부드럽다. 눈이 마주치면 입술이 약간 올라가면서 눈가에 잔주름이 슬쩍 생긴다. "그 표정, 웃는 거예요, 우는 거예요?" 내가 묻고, "웃는 건데요." 대답은 항상 싱겁다. "왜 활짝 웃지를 않아요?" "미안해요……." 미안한 일이 없을 때도 그는 자주 미안하다. 식사 중 숟가락이 그릇에 부딪히는 소리만 나도 "미안해요", 시장에 갔다가 와서는 빠뜨리고 온 것이 생각나 아차 할 때도 "미안해요", 전문대학 확성기 소리가 갑자기 커져서 내가 미간을 찌푸렸을 때도 그가 얼른 "미안해요……", 한다. "자기 잘못도 아닌데 뭐가 미안해요?" "미안해요……." 이런 식이다.

그가 베란다에 놓인 선인장 화분들에 물을 막 주려고 하는 것을 발견하고 내가 얼결에 그의 맨살 팔뚝을 잡으면서 "안 돼요. 아직 물 줄 때가 안 됐어요!" 했을 때 역시, "미, 미안해요……" 하면서 그가 얼굴을 붉힌다. 그가 내 집에 들어오고 사나흘 후의 일이다.

　내가 잡은 그의 팔뚝에 한순간 소름이 쫘르르 돋는 걸 나는 전광석화 감지한다. 내 손이 그의 피부를 건들어 하나의 길을 만든 모양이다. 그의 몸뚱어리 속에 감춰진 가시를 느낀 최초의 기억이다. 육체의 안뜰에 그가 은밀하게 감춰놓은 가시들. 팔뚝을 쥐었을 때 그 역시 내 손바닥 감촉을 통해 내 몸속의 가시를 느꼈을 터이다.

　잊고 있었을 뿐 내겐 삼십대 초반의 젊은 육체가 있다.

　그는 나보다 열 살쯤 위지만 그런 것은 아무런 문제도 되지 않는다. 그의 소름이 내 몸의 소름으로 냉큼 전이된다. 우리는 서로에게서 깜짝, 떨어지면서 살며시 귓불을 붉힌다. 멀고 먼 외딴 별에 우리는 단둘이 있을 뿐이고, 우리들 육체 안에 가시들이 내장돼 있다는 것을 재빨리 확인한 소름이다.

숨겨둔 그의 가시가 숨겨둔 내 가시를 건드려 몸뚱어리 밖으로 끌어낸 형국이라 할 수 있다.

신화

육체는 때로 영혼의 야영지(野營地)가 된다.

아니, ㄴ을 만나기 전까지의 육체는 내 영혼의 감옥이었을지도 모른다. 나의 육체가 감옥으로부터 야영지로 변이되는 것은 경이로운 경험이다. 몸뚱어리 속에 가시만 내장돼 있었던 게 아니라, 선과 악으로부터 놓여난 강물도 남몰래 흐르고 있다는 것을 나는 그를 통해 자각한다.

육체는 선과 악, 기타 모든 것에 일률적으로 소속하지 않는다. 선과 악에 속하는 것은 오로지 정신뿐이다. 나의 육체는 그러므로 정신보다 훨씬 멍청하고 정신보다 더 완전한 자유를 지니고 있다.

결론부터 말하건대, 그와 나는 깊은 관계를 맺는다.

열아홉 계단을 밟아 아래층 그의 방으로 내려가던 날 깊은 밤에, 세상은 눈으로 덮여 있다. 나는 잠옷 바람이다. 무엇이 나를 그에게 데려갔는지는 지금도 알 수 없다. 악몽이라도 꾸었을까. 가수(假睡) 상태의 내가 마치 자석에 끌리듯 아래층 그의 방으로 내려가는 중이다. 비몽사몽이다.

그의 방문을 열었을 때 내가 처음 수신한 것은 그의 숨소리다. 그가 이편에 등을 보인 채 오그리고 누워 있었는데, 어쩐 일인지 형상보다 숨결이 먼저 내 오관에 짚여 나온다. 그의 숨결이다. 형상은 어스레한데, 구부러진 등뼈를 타고 오르락내리락하는 그의 숨결이 오히려 명확히 보인다. 다른 아무것도 생각나지 않는다. 오로지 그의 숨결이 되어, 오로지 그의 구부러진 등뼈를 따라 오르락내리락하고 싶다, 라고 나는 생각한다.

그곳이 나의 그리운 야영지라고.

나의 외딴집은 오래된 마을과 격리되어 있고, 세계로 가는 모든 길은 눈으로 덮여 지워지고 없다. 등 뒤로는 황량한 겨울 숲, 숲 너머 산발치를 붙잡은 채 굳세게 얼어 있는 강이 있을 뿐이다. 오래된 시간 속엔 모든 것이 부스러져 깃들어 있다. 소리가 없고 형상이 없고 경계도 없다. 자석처럼 끌어당겨 스스로 풍경이 되게 만든 풍경이다.

나는 소리 없이 다가가 그가 구부린 대로 몸을 섬세히 구부려 등 뒤에서 가만히 그를 안는다. 울컥, 눈가가 뜨겁다. 멀고 먼 길을 돌아와, 마침내 오래된 내 자신의 몸에 깃드는 기분이다.

벽조목(霹棗木)

다음 날 아침, 그가 내게 건넨 게 벽조목 목걸이다.

벽조목은 벼락 맞은 대추나무로서 흔히 액을 쫓는 징표로 여겨진다. 조각칼도 들어가지 않을 만큼 단단하고 물에 담그면 가라앉을 정도로 밀도가 높다. "대추가 양(陽)인데 벼락을 맞았으니 이를테면 극양(極陽)이지요. 아픈 사람이 몸에 지니면 우환을 막고 심약한 사람이 지니면 귀신을 물리쳐요. 우리 어머니가 오래 몸에 지녔던 벽조목이에요." 그가 그것을 식탁 끝에 놓고 마당으로 나간다.

타원형으로 된 벽조목 조각인데 금실이 꿰어져 있는 게 목걸이로 사용한 듯하다. 검붉다. 아무런 장식도 없다. 나는 벽조목 조각을 손안에 쥐고 뜰에 나가 서서 뒷짐을 지고 서 있는 그의 뒷모습을 본다. 그에게 어머니가 있다는 것이 새삼스럽다. 한 번도 그에게 가족이 있으리라고 상상해본 적이 없기 때문이다. 어머니가 몸에 지녔던 것을 그가 갖고 있으니 어머니는 아마 이 세상 사람이 아닐 터이다. 그렇다고 해도, 그에게 가족이라는 말은 영 어울리지 않는다.

그는 과거도 미래도 없는 듯 보인다.

초월적인 풍경으로부터 불현듯 비어져 나온 사람이라고 나는 생각한다. 나는 그래서 그가 준 그의 어머니-벽조목 목걸이를 목에 걸지 않는다. 가족에 대해 물어보고 싶은 마음도 전혀 없다. 심약한 사람이 몸에 지니는 물건이라고 토를 단 걸로 볼 때, 그는 아마 나를 심약한 사람이라고 치부한 모양이다. "당신은 불완전한 사람이에요." 어젯밤 내가 등 뒤로 다가가 자신을 껴안았던 순간, 내 눈물을 닦아주며 그는 어쩌면 그렇게 말하고 싶었을는지 모른다. 그 말은 내게 이렇게 들린다.

"나는 불완전한 인간이에요!"

심석(深石)

고독은 정적의 알집이다.

남자1과 헤어지고 이곳으로 내려와 혼자 살 때, 네가 가장 좋아했던 게 돌 같은 그 정적이다. 정적과 친구가 될 수 있다고 믿는다. 말소리는 멀고, 강은 소리를 내지 않는다. 나뭇잎들이 바람에 몸 부비는 소리, 빗방울 떨어져 깨어지는 소리가 있을 뿐이다. 얼마나 고요한지, 포도가 영그는 소리, 산 너머 강물 소리, 지붕에서 미끄러져 내리는 햇빛의 소리까지 환청으로 듣는다. "내가 치매에 걸리거나 한 건 아닐까?" 그렇게 생각한 적도 많다.

ㄴ을 만나기 전까지의 몇 년, 나는 시간이 정지된 듯한 정적 속에서 가속적으로 늙는다. 혼자 사는 게 언제나 좋았던 건 아니다. 노화는 재빨리 진행된다. 육체 안에 나날이 가시를 쟁이는 것이 노화일 터, 쟁이고 또 쟁이다 보면 드디어 몸 전체가 몸뚱어리만 한 가시 하나 될 것인데, 그게 바로 죽음일 것이다.

방문하기엔 좋지만 체재하기엔 불편한 장소가 정적이다.

나─ㄴ이 어떻게, 보다 완전하고 보다 '멍청한 자유' 속으로 걸어가 덩어리를 이루었는지는 중요하지 않다. 정적 속으로 들어와 그가 가속적인 나의 노화에 걸림쇠를 걸어

준 것은 사실이다. 내가 먼저 그의 단추를 풀었다는 사실도 부정할 수 없다. ㄷ이 내 집에 들어오기 전, 그와 단둘이 산 한 달여 사이에 진행된 일이다.

'섹스'가 아니라, '덩어리'다.

나는 그렇게 말하고 싶다. 나─그는 때로 '덩어리'가 된다. 나─그 사이의 정적, 나─그의 몸뚱어리 속 가시가 훼손되지 않도록 하자는 데 암묵적인 동의를 전제한 '덩어리 되기'였다고 생각한다. 소유하지 않고 덩어리를 이루는 법을 우리는 알고 있었으며, 그렇기 때문에 당연히, 덩어리로 인한 어떤 소음도 발생하지 않는다. 피차 생의 가시를 촘촘히 내장하고 있었으므로.

애니미즘

산성 앞을 지나 시장 어귀 야외 의자에 앉아 있는데 ㄴ이 농기구 앞을 기웃거린다. 농기구 가게엔 삽부터 호미, 자귀,

곡괭이, 쇠스랑 등이 무질서하게 쌓여 있다. "내가요, 삽을 좋아하거든요. 새 삽날을 보면…… 가슴이 좀 더워져요." 집에도 삽이 있지만 더 있어서 나쁠 것도 없는 게 삽이다. "사요, 그럼. 선물로 내가 사드릴게." "정말요? 세 개, 사도 돼요?" "삽을 뭐 세 개씩이나……." 그가 삽을 이리저리 살펴보고 있다. 가슴이 더워져요, 라는 표현이 마음에 남는다.

무기물에 불과한 삽이 난데없이 정답다.

세 자루의 삽에 곡괭이까지 보태서 어깨에 둘러멘 그의 얼굴은 말 그대로 '더운 표정'이다. 삽질로 보낸 추억이 많은 눈치다. 시골에서 살았거나 막노동에 오랫동안 종사한 모양이다. "삽질 많이 해봤나 봐요?" "뭐든지, 막 팔 수 있다고 상상하면 재미있잖아요." "뭘 팔 건데요?" "흙이오!" 그가 이를 드러내고 웃는다.

"샘을 팔까 해요."

우물이 하나 있으면 좋겠다고 말한 건 엊그제다. 지대

가 높아 여름이면 수돗물이 끊길 때가 더러 있기 때문이다. "우물을 삽으로 판다고요?" "샘인데, 삽으로 파야지요." 나는 우물이라고 하고, 그는 한사코 샘이라고 한다.

'우물'에선 노년의 어둠이 먼저 떠오르고 '샘'에선 청춘의 빛이 먼저 떠오른다. 경중경중 걷고 있는 그의 등에 다른 날과 달리 광채가 있다. 삽 때문에 그가 한결 젊어진 느낌이다.

이향(異鄉)

나는 우물 파는 남자, ㄴ을 본다.

우리 집 뒤란은 자못 넓다. 아버지가 남새를 심을 요량으로 임야 일부를 개간해둔 곳이다. 도구라곤 삽과 곡괭이가 전부다. 머리에 수건을 질끈 동여맨 채 그가 뒤란에서 우물을 파고 있다. 일을 한번 시작하면 쉬지 않는 것이 그의 버릇이다. 내가 이 집에 돌아왔을 때부터 시종여일 그가 그곳에서 삽질을 하고 있었던 것 같다. 어쩌면 내가 태어나기 전부터일는지도.

그는 스스로 풍경이 된다.

파낸 흙은 외발 수레에 담아 마당 끝, 턱이 져 있는 낮은 곳으로 옮긴다. 우물을 파고 그 흙으로 내려앉은 마당귀를 높이니 일석이조라고 할 만하다. 외발 수레를 밀고 앞마당으로 돌아 나오는 그의 모습도 보기 좋다. 움직이지 않는 것처럼 그는 움직인다.

겨울이 깊어지고 있다. 생각하면 요즘 세상에서 삽만으로 우물을 판다는 것 자체가 웃긴다. 삽만 가지고 어떻게 우물을 파겠는가. 암반과 맞닥뜨릴 수도 있다. 그 스스로 하던 일을 곧 중단할 거라고 나는 예상한다. 그러나 그에겐 그런 염려의 기색이 전혀 없다. 오로지 삽질을 할 뿐이다. 암반이 나오면 암반도 파 들어갈 기세다. 무모하고 단순하고, 그렇기 때문에 아름답다.

나는 2층 창가에서 삽질하는 그를 자주 내려다본다.

그가 여간해서 단순노동에 물리지 않는 것처럼, 나 역시 그를 바라보는 일에 물리지 않는다. 그의 뒷덜미로 흘러내리는 땀방울이 햇빛에 반사되어 빛날 때마다 나의 숨결이 은연중 불끈 솟았다가 가만히 꺼지곤 한다. 그의 삽질에 따라 내 손이 덩달아 막 움직일 때도 있다.

고갱의 그림 속 인물처럼, 삽질하는 그의 모습은 내게 아주 이국적으로 보인다. 그는 태어날 때 이향(異鄉)에서 태어났으며, 그러므로 이제 비로소 본래의 고향을 발굴하고 있는 것 같다.

횡단 열차

ㄷ이 들어오기까지, 그러니까 내가 ㄴ과 단둘이 지낸 것은 한 달 남짓이다.

그사이 그와 내가 '멍청한 자유'로 맺어진 건 사실이지만, 한 침대에서 잠든 적은 없다. 덩어리에서 풀려나면 그는 아래층 자신의 방으로 돌아간다. "좋은 꿈 꿀 거예요." 그는 속삭인다. "좋은 꿈 꾸세요"라고 말하지 않는다. 정물처럼 나는 누워 있다. 그가 이불을 끌어당겨 내 알몸을 꼼꼼히 덮어준다. 그의 입술이 내 이마에 가만히 앉았다가 떠나는 게 다음 순서다.

그가 언제나 섹스의 뒤처리를 깔끔하게 해주었으므로 나는 그 상태 그대로 잠들면 된다. 그는 벗어놓았던 자신의 옷가지들을 주워 가슴에 포개어 안은 채 문을 열고 나간다. 눈을 감고도 나는 그가 층계를 내려가는 걸 볼 수 있다. 층계는 어스레하다. 그는 거의 발소리를 내지 않는다.

그가 쓰는 아래층과 내가 쓰는 2층 사이엔 열아홉 개의 계단이 있다. 그는 발소리를 거의 내지 않지만 하나, 둘, 셋 하고 나는 입으로 그의 발걸음을 센다. 열아홉번째에서 비로소 쿵 하고 거실 마루를 딛는 발소리가 난다. "좋은 꿈 꿀 거예요." 그의 목소리가 환청으로 그 순간 다시 들린다.

눈물이 핑 돌 때도 더러 있다. 따라 내려가고 싶다. 나는 생각한다. 이런 정적 속에서 가속적으로 늙으며 살았는데 왜 쌓인 욕망의 더께가 없겠는가. 그러나 바로 그럴 때, 더플백이 떠오른다. 매듭이 잘 맺어져 언제나 그의 머리맡에 놓여 있는 그 더플백.

말할 것 없이, 그가 떠나거나, 내가 그를 보낼 날이 올 거라는 사실은 명백하다.

나는 혼자 남겨져 잠든 채 그의 말대로 '좋은 꿈'을 꾼다. 정적과 친구가 되는 꿈이다. 예전과는 다른 정적이다. 그를 만나기 전의 정적은 가시 같았지만 그를 만난 후의 정적은 외투 같은 구석이 있다. 따뜻하고 환하다. 광대한 숲 한가운데 혼자 앉아 있거나 해 지는 사막을 혼자 횡단하는 꿈을 나는 꾼다. 바람은 불지 않는다.

꿈속에서의 나는, 광대무변의 그곳이 본래 내 고향이라는 걸 알고 있다.

바이칼 호(湖)

덩어리질 때, 나는 가끔 ㄴ을 투명인간처럼 느낀다.

가령 남자1과의 '섹스'는 늘 진군의 나팔 소리를 따른다. 남자1은 무찔러 오고 나는 결정적인 상처를 피하려고 최대한 나의 감각기관을 오그린다. 그런데 ㄴ과의 '덩어리 되기'는 향기처럼 스민다. 나가면 내가 나간 것만큼 부드럽게 구부러지고, 솟으면 내가 솟은 것만큼 가볍게 그는 상승한다. 세심한 배려 때문인지 감각의 유연한 조절 때문인지는 알 수 없다.

최상의 연주자에겐 악보가 필요 없다. 연주자가 최종적으로 따라야 할 것은 음표, 샤프, 스타카토 따위로 지시된 광물성 악보가 아니다. 영혼 속을 질주하는 악상, 혹은 악기 자체의 식물성 욕망이다. 남자1과의 경험밖에 없는 내게 그와의 그것은 새로운 세계다. 나는 경이롭게 연주된다. 물처럼 그가 스며들고, 오븐 속 식빵처럼 나는 부푼다. 연주 솜씨가 뛰어난 건지, 내 육체가 본래부터 부드러운 음률을 내재한 식물성 악기로서의 고유성을 지니고 있었는지는 판별하기 어렵다.

그것은 희고, 푸르다.

분명, 쾌락이 아니다. 자연 발생적인 휴식이고, 자연 자체인 것 같다. 그와 나의 감각 체계가 합일해 빚어낸 창조의 다른 너울이라고 해도 좋다. 그의 손길은 이를테면, 내 육체를 단숨에 초기화해 언제나 저기, 먼 요람에 닿게 한다.

그의 손길엔 그 어떤 인위적인 '플롯'도 존재하지 않기 때문이다.

뼈

모처럼 뒷산으로 올라가려다 내 집이 있던 곳에서 걸음을 멈춘다. 구덩이가 파인 채 공사가 중단된 내 집터, 폴리스라인 곁에 놀랍게도 선생님이 앉아 있다. "연락도 없이,

여기까지 오셔서 뭐하세요, 선생님!"“뭐 오다 보니 예까지 왔구나. 너한테 전화를 할까 말까 하고 있던 중이다.”선생님은 몰래 나쁜 짓을 하다가 들킨 아이처럼 얼굴을 붉힌다. 선생님이 ‘나의 이야기'로 소설을 쓰려 한다는 걸 내가 확신한 것이 그 순간이다.

“내 이야기를 소설로 쓰시려고 취재 오신 거지요?”내가 묻고, “너의 이야기를 쓴다고? 내가?”선생님은 펄쩍 뛴다. “아니에요?”“그 시멘트 데스마스크 말이다. 그게 나의 상상력을 건든 건 사실이다. 그것에서 어떤 영감을 얻은 건 사실이지만, 네 이야기를 쓰려는 건 아니다.”“집으로 가세요. 선생님이 소설 쓰는 걸 막을 수도 없을 테고, 그러니 오늘 밤 차라리 제 이야기를 다 해드릴게요.”선생님이 손을 휘젓는다. “아니라니까. 너무 네 이야기를 많이 해주면, 정말 네 이야기를 쓰게 되는지 몰라. 그러니 이야기해주려면 아주 쪼금, 쥐꼬리만큼만 해라.”“어떤 소설을 쓰려고 그러시는데요?”“그게, 말하자면 플롯이 없는 소설을 써보고 싶다만, 그게 될지 원.”

당신은 끔찍한 것을 본 듯 아주 질린 표정으로 황급히 고개를 가로젓는다.

"내가 그동안 수십 권의 소설을 썼으니 얼마나 플롯에 질렸겠냐. 플롯이란 한마디로 인과론(因果論) 같은 거 아니냐. 주인공이 최종적으로 죽는다면 소설은 그가 왜 죽을 수밖에 없었는가, 그 원인의 진술에 바쳐지는 것. 그리고 인과론은 당연히 시간의 꼼꼼한 관리로써 미학적 균형을 얻는다. 그게 플롯의 승리라 할 수 있다. 자유로운 상상력을 갖고 있는 게 작가라고 여기는 건 너무 단순한 생각이야. 작가들은 관리자에 가까운 표정을 갖고 있어. 정말 지겹다. 자유로워지려 쓴다고 말하면서, 그러나 쓰면 쓸수록 부자유해지는 이 갑갑증, 얼마나 환장할 일이겠니."

"물론, 플롯 없이 쓰는 게 가능할까 생각하면 머리가 더 아프다. 딜레마야. 하기야 뭐, 소설 쓰기만 그런 건 아니겠지. 우리 모두 근본적인 지향은 자유일 텐데, 삶에서나 사랑에서나, 사람들은 플롯을 만들어 씌워 구조화하려고 평생 안달하거든."

인생은 그러나, 선생님이 생각하는 것보다 더 비밀스럽다고 나는 생각한다. 모든 인생이 구조화의 그물망에 걸리는 건 아니다. 더 이상 비밀이 없다고 생각하는 소설가는 불쌍한 존재다. 우연히 찾아오는, 플롯 없는 시간 속의 유영을 경험하는 경이로운 순간도 더러 포함돼 있는 게 인생이지 않느냐고 말하려다가 그만 입을 다문다.

말은 플롯보다 더 강력한 제한을 갖고 있기 때문이다.

풍경 소리

ㄷ의 벗은 몸은 막 잡혀 나온 오징어처럼 희고 포동하다.

그녀는 2층 북향 방을 쓴다. 오랫동안 창고로 사용해 곰팡이가 핀 건 물론이고 보일러도 원활하게 돌지 않아 한기가 도는 방이다. "내 방에 와서 자는 게 좋겠어." 날씨에 따라 한방을 쓰자고 한 건 내 쪽이다. 추운 날에, 나는 침대 위에서 자고 그녀는 침대 밑에서 요를 깔고 잔다.

눈이 많이 내려 며칠째 동네 어귀의 슈퍼마켓조차 내려가보지 못한 날, 한밤이다. 천둥이라도 쳤던가. 잠결에 누군가의 손길을 느끼고 나는 소스라친다. 그녀다. 방바닥에서 잠든 그녀가 언제 내 침대 위로 올라왔는지는 알 수 없다. 그녀가 누군가를 애타게 부르는 소리를 잠결에 들었음직도 하다. "엄마······" 아니면, "언니······" 하고 불렀던 것 같다. 나는 흡, 하고 숨을 멈춘다. 그녀의 손이 나의 젖가슴을 더듬고 있기 때문이다.

조금 까슬까슬하고 오동통한 손이다.

까슬까슬한 느낌이 좋다. 뿌리쳐야 할 참인데, 어떻게 된 노릇인지 잠을 깰 수가 없다. 잠을 깨야 할 타이밍을 놓쳤다, 라고 나는 생각한다. 바람이 세찬 모양이다. 창이 다르륵다르륵 떨리는 소리를 내고 있다. 나는 그녀의 손길을 그냥 가만히 받는다. 신열이 오른다. 창밖에선 눈보라, 창 안쪽에선 선인장들이 가시의 힘으로 꽃을 피우고 있을 시간이다.

그해 겨울, 플롯에서 비어져 나온 또 다른 풍경이다.

벌판

구소소에서 강을 따라 걷다 보면 도자기 마을이 나온다. 국립공원으로 지정된 산의 북쪽 협곡이다. "강 따라 걷고 싶어!" ㄷ의 제안으로 나선 길이다. 함박눈이 내린다. 산과 들과 길의 경계가 다 지워지고 없다. 오직 강만이 눈송이를 삼키면서 마중 나오듯 우리를 향해 흘러내리고 있다.

"강물에서 자유자재 셋이 놀면 좋을 텐데." ㄷ이 말하고, "봄이 되면 강으로 가지 뭐. 뒷산을 넘어가면 인적 없는 강 변 나오잖아." ㄴ이 화답하고, 한참 만에 "뒷산 꼭대기에서 강까진 절벽인데." 내가 아퀴를 짓는다. "로프를 타고 내려가면 돼. 나 로프 잘 타거든. 캥거루처럼 한 사람은 앞주머니에 넣고 또 한 사람은 등에 업고 내려가는 거야. 나는 힘이 세니까." 너무 오래 걸어 지친 끝이라 아무도 그 말에 토를 달지 않는다.

나의 외딴집 뒤 산꼭대기에 오르면 절벽이 나온다. 절벽 아래에선 댓잎처럼 푸른 강이 늘 젖은 암벽들을 휘감아 흐른다. 까마득하게 내려다보이는 강의 이미지엔 황홀한 홀림, 어두운 공포가 있다. "뛰어들고 싶다"라고, 언젠가 그곳에서 강을 내려다보며 오빠도 말한 적이 있다. 나도 때로는 그렇다. 위태로울 정도로 강력한 욕망이다. 왜 절벽 위에 서면 강물로 뛰어들고 싶을까. 투사(投射)의 욕망은 일종의 폭음(暴飲)을 닮았다고, 나는 생각한다. 지배적일 뿐 아니라 일반적인 변증법을 벗어난 욕망이다.

　길은 가도 가도 끝나지 않는다. 굵어진 눈송이 때문에 강은 더 깊어지고 산은 더 높아 보인다. 되돌아갈 수 없는 길을 떠나온 것 같다. 아무런 부족함이 없는 원융한 이역(異域)에 도달할 듯하면서, 그러나 동시에 그 길 끝이 무섭다. "더 이상 못 걷겠어." ㄷ이 주저앉는다. 차들은 보이지 않는다. "여기 있으면 얼어 죽어. 얼마 남지 않았어. 저기 이정표에서 오른쪽으로 돌면 곧 마을이야." 내 말에도 그녀는 꿈쩍하지 않는다. "업고 갈게. 자, 내 등에 업혀봐." 그의 등에 그녀가 업힌다. "아저씨 등이 참 따뜻하네." 업힌 게 아니라, 그녀가 그냥 몸을 그의 등에 내려놓은 느낌이다.

도자기 마을의 하나밖에 없는 숙소는 손님이 꽉 차 있다.
"방이 딱 하나 남았는데." 주인이 고개를 갸웃한다. 마을을
가로막은 흰 산이 더 우뚝해 보인다.

방은 따뜻하다. 흙냄새가 난다. 그녀가 눕고, 내가 눕고,
그리고 그다음에 그가 눕는다. 종일 걸었으므로 우리는 금
방 잠이 든다. 눈을 뜬 것은 새벽이다. 어떻게 된 것인지 그
녀가 그의 허리쯤에 딱 붙어 잠들어 있다. 잠결에 그녀가
나를 넘어 그의 허리께로 간 모양이다. 어미 사슴 허리께에
어린 새끼 사슴이 바싹 붙어 있다.

도자기 마을엔 전시장, 가마가 여럿이다. 한 가마에서 도
공이 구워진 도자기들을 꺼내고 있다. 흰 자기들이다. 소수
의 자기는 선반으로 올라가지만 더 많은 자기들은 즉석에
서 도공이 든 망치에 의해 깨뜨려진다. "왜 깨요, 아저씨?"
말없이 보고 있던 그녀가 울부짖듯이 소리친 건 흰 자기 파
편이 수북이 쌓인 작업의 끝물이다. "잘못 구워진 거예요.

깨야 돼요!" 도공의 설명은 간결하다. "너무해요!." 그녀가 이윽고 울음을 터트린다. 둘러선 사람들이 그녀를 이상한 눈빛으로 보고 있다. "그래도 너무하네. 잘났든 못났든 다 제 몫이 있는 건데." 그가 그녀에게 동조한다.

그녀의 어깨를 안고 나가는 그의 뒷모습을, 나는 혼자 남겨진 채 돌아다본다.

대설주의보

ㄷ이 제 방에서 일찍 잠들었으므로, 나는 ㄴ과 함께 내 침대에서 포개져 있다. 아니 그녀가 잠들지 않았어도 상관없다고 생각했었는지 모른다. 그녀와 내가 껴안고 잠든 것을 그가 한두 번쯤 보았듯이, 그녀 또한 나―그의 관계를 눈치채고 있을 가능성이 많다. 나는 일종의 숙주인 셈이다. 내 촉수가 양 갈래로 갈라져 그와 그녀에게 맺어져 있는데, 그러나 그때까지 그와 그녀 사이는 물론 단순한 동숙자에 불과하다.

설해(雪海) 속 깊은 밤이다.

　내 위에 엎드려 가슴 사이에 코를 비비던 그가 멈칫한다. 잠들었다고 여긴 그녀가 담대하게 방문을 열고 우리를 들여다보고 있다는 걸 그가 알아차린 순간이다. 나는 놀라지 않는다. 당황해 떨어져 나가려는 그의 상반신을 억세게 잡아당겨 안는다. 그는 놀라서 경직되고 내 몸은 알 수 없는 홀림으로 경직된다. 어떤 찰나, 본래의 자신에서 벗어나 딴판의 내가 되는 것을 향한 위태롭고 뜨거운 홀림이다. 우리, 계속해! 그의 귓구멍에 나는 숨을 불어넣는다.

　멈추지 마. 가던 길을 가는 게 좋아.

　그의 눈동자가 잠깐 열렸다가 가만히 내려앉는다. 내 손톱이 그의 등 날개에 더욱 깊이 박혀든다. 더욱 놀라운 것은, 그녀가 물러나지 않았다는 사실이다. 물러난 게 아니라, 그녀는 '덩어리'진 우리를 향해 담대히 걸어 들어오고 있다. 당황한 그가 질끈 눈을 감고, 나는 감고 싶은 눈을 짐짓 더 크게 뜬다. 내가 방문 잠금쇠를 잠그지 않은 게 의도적이었는지는 단언할 수 없다. 처음부터 불온한 전략이 내게 있었는지도 모른다.

며칠째 눈은 내리고, 모든 길은 분별없이 고립되어 있다. 나의 침실이 거대한 충동에 내몰려 급진적으로 부풀어 오르고 있다고 나는 느낀다. 그녀가 옆으로 바싹 다가든다. 그녀를 우리에게 끌어당긴 것도 내가 느낀 그 거대한 충동이었을 터다. 그녀가 그—내가 덩어리를 이룬 침대 머리맡에 마침내 앉는다.

나와 눈이 마주친다.

바로 그때 내 안에서 무엇인가 뜨거운 것이 확 치밀어 올랐는데, 눈물이다. 어디서 오는 눈물인지 알 수 없다. 우리 함께, 지금 죽고 싶다, 라고 생각했을까. 눈물 때문에 그녀의 모습은 물의 자국처럼 뭉개져 보인다. 그녀의 눈에도 눈물이 맺혔던가. 내 위에 엎드린 그가 혀로써 나의 눈물을 핥아주기 시작한 것은 거의 동시의 일이다.

함께 죽을 수 없다면 무엇으로 이 눈바람의 잔인한 포위를 견디겠는가.

　　울지 말아요. 따뜻한 그의 혀가 하는 말을 나는 알아듣는다. 그녀의 손이 내 위에 엎드린 그의 등에 가만히 얹히는 게 보인다. 마치 먼 곳에서 온 성자가 세례를 주려고 외로운 부랑인의 이마에 손을 얹는 것 같은 느낌이다. 들까불던 내 가슴이 고요히 몸을 낮춘다.

　　무엇이 어떻게 된 노릇인지는 알 수 없으나, 내 안에서 그 순간 무엇이 어떻게 된 건 확실하다. 보편성이 주입한 가름과 문명이 가르친 모든 금기를 그녀—우리가 한편이 되어 단박에 물리친 것 같다. 바로 그때, "자기들끼리만, 너무해요!"라는 그녀의 말이 들린다.

　　"자기들끼리만, 너무해요!"

　　하나의 진언(眞言)이다. 그의 등 날개를 쓰다듬으면서 또박또박 내던진 그녀의 말, "자기들끼리만 너무해요"가, 동심원을 그리면서 세상 끝까지 번지는 걸 나는 보고 느낀다. "자기들끼리만, 너무해요"가 "자기들끼리만, 너무해요" "자기들끼리만, 너무해요" "자기들끼리만, 너무 해요……" 라고 울리고, 그리고 이어 그녀의 머리가 뗏장을 떠올리듯 그를 밀어 올리며 그와 나 사이로 자맥질해 들어온다.

그녀도 우는가. 아니다, 눈이 마주쳤을 때 그녀─나는 킥, 하고 경망스럽게 웃는다. 기쁨에 찬.

육체란 본래 멍청해서 그 어떤 영광도 알아보지 못한다.

그곳은 눈보라 치는 땅끝, 이라고 그 순간에 나의 육체는 생각했을 것이다. 그러나 나는 땅끝이 아니라 '영광'이라고 말하고 싶다. 제 몫몫 먼 길을 걸어와 마침내 흰 눈 속 세례의 전당에서, 우리 함께, 생의 내밀한 길을 통해 마침내 영광스런 신의 영지(領地)에 도달했던 것이라고. "자기들끼리만 너무해요!" 그것은 일종의 팡파르였다고.

나의 고백을 듣고 혹시 눈살을 찌푸리며 손가락질을 할

지 모르는 세상의 당신들에게 나는 여전히 소리치고 싶다. "자기들끼리만 너무해요!" 그—그녀도 그 순간 그랬을 게 틀림없다. 이 말을 "엿 먹어라!"라는 천박한 말로 바꿔 듣는 이가 있다면 그것은 내 탓이 아니다. '엿 먹어라!'가 아니라, 나는 그 순간 단지 크나큰 종을 하나 울렸다고 느낀다.

세상 끝까지 울리고 싶었던 나—우리의 종(鐘).

대평원

예컨대, 이런 풍경도 있다.

잠이 덜 깬 상태로 그녀가 벌거벗은 채 2층 거실로 나온다. 세계는 눈으로 뒤덮여 있다. 두 자가 더 됨직한 적설이다. 눈이 온 세상의 경계를 다 지웠기 때문에 마을 너머, 한 뼘쯤 보이는 강의 허리쯤만 선뜻 가깝다. ㄴ이 현관에서 대문까지 눈삽으로 길을 내고 있는 중이다. 꼭대기에 방울이 달린 흰 털모자를 쓴 그의 모습이 역광으로 내다보인다.

간밤의 폭설은 꿈이었다는 듯 햇빛 투명하다. 나는 긴 소파 끝에 앉아 창밖의 그를 내다보고 있다. 뒤뚱뒤뚱 다가온 그녀가 나의 허벅지 위에 머리를 내려놓고 눕는다. "다 큰 처녀가……." 혀를 차면서 내가 무릎 담요로 그녀의 알몸을 가려준다.

그녀는 비 맞은 오이처럼 사랑스럽다.

그는 모든 일에서 집중도가 높다. 우물을 팔 때처럼 그는 눈 치우는 일에 완전히 몰입해 있다. 허리를 구부릴 때 눈삽으로 한가득 눈을 뜨고 허리를 펴 올릴 때 눈삽의 눈을 길 밖으로 내던지는 단순한 반복이다. 몰입 때문에 그가 아름답다. 자신이 어디에서 무슨 일을 하는지도 모르고 있는 눈치다. 나―그녀는 창 너머로 그를 계속 내다본다. 몰입이라는 점에선 보는 쪽도 마찬가지다. 삽질에 따라 그의 털모자 꼭대기에 달린 흰 방울이 이쪽저쪽으로 왔다 갔다 한다.

그는 풍경에 완전히 이입돼 있다.

나는 그녀의 머리칼을 가만가만 쓰다듬는다. 그의 삽 끝에서 새 길이 나고 있다. 털모자의 방울이 햇빛을 튕겨내며 움직이는 게 리드미컬하다. 그의 작업은 언제나 절도가 있으며 규칙적이다. 삽질한 눈이 허공으로 던져질 때, 한순간 작은 무지개들이 홀로그램처럼 허공에 나타났다가 이내 스러진다. 찰나적이다. 한 번의 삽질에 두세 개의 무지개가 동시에 나타났다가 스러질 때도 있다.

"언니……."

그녀의 머리가 위로 올라와 내 골짜기에 묻힌다. 모든 여자의 가슴은 묘지로 적합하다. 나는 그녀의 머리를 안아 더 깊이 골짜기 안으로 숨겨준다. 그녀는 그때도 아마 죽고 싶었던 것 같다. 골짜기에 갇힌 그녀가 이윽고 눈물 젖은 목소리로 이렇게 속삭였으니까.

"언니…… 저기 저, 무지개요. 왜…… 예쁜 건…… 금방 사라질까요……."

사구(砂丘)

골목길 어귀에서 자동차에 치여 죽은 고양이를 본다. 낯이 익은 어린 고양이다. 집으로 들어와 머플러와 겨울 스웨터 하나를 들고 나온다. 머플러엔 '100일 기념'이라는 글자와 함께 남자1과 내가 안고 찍은 사진이 프린트되어 있다. 그의 흔적이 아직도 남아 있다니. 나는 머플러로 고양이의 시신을 싼다. 고양이는 피 묻은 군화 같다. 땅을 파고 묻는다. 슬프진 않다.

묘지란 껍데기에 불과하다.

"그 남자요, 어떤 인디밴드에서 베이스를 맡고 있었던 모양인데 알고 있었어요?" 전화를 걸어온 담당 형사가 큰 전리품을 얻은 것처럼 의기양양하게 내던진 말이 귓가에 남아 있다. 시멘트 데스마스크를 가지고 컴퓨터로 얼굴을 복원, 실종자의 신원을 마침내 찾아낸 모양이다. 처음 들었을 때처럼 아직도 그 말을 생각하면 그냥 멍해진다. "내일 아침에 다시 경찰서로 출두해주세요. 당신이 모른다는 그 사람 신원을 내가 확인해줄 테니." 형사가 오금을 박는다.

베이스라고? 인디밴드의?

ㄴ이 밴드의 베이스 연주자였다니, 믿어지지 않는다. 그가 음악에 대해 이야기하는 걸 들어본 기억은 한 번도 없다. 얼굴은 비슷할는지 모르지만 다른 사람일 가능성이 높다. 그는 오직 '우물 파는 남자'였다고 나는 생각한다. 그는 삽과 정말 잘 어울린다. 막노동을 했거나 농부였을 가능성이 제일 높다. 우물 파는 그가 베이시스트였다니, 그가 그럼 삽으로 연주라도 했었다는 말인가.

나는 평토로 마감한 고양이의 묘지 곁에 앉아 해바라기를 한다. 히말라야시다 그늘에 은신해 있다가 사람 소리가 나면 전문대학 담장 위로 훌쩍 솟아오르곤 하던, 내가 기억하는 그 고양이인지는 확실하지 않다. 그 고양이에겐 이름이 없다. 나는 그를 "나비야!"라고 부르고, 어떤 이는 그를 "요놈아!"라고 부른다. 이름 없이 죽는 것은 주인이 없으며, 그러므로 죽음에 극적인 알리바이를 만들어 세울 필요도 없다.

장엄한 죽음은 존재하지 않는다. 묘비에 이름을 새기든
말든, 죽음은 완전히 죽은 자의 것일 뿐이다. 죽음에 의해 무
언가를 잃어버린다는 생각은 산 자들의 착각에 불과하다.

건기(乾期)

"DNA 검사결과도 나왔어요." 취조실엔 담당 형사와 나
뿐이다. "신원이 확인됐다고요. 한때 인디밴드에서 베이스
를 맡았다는 말은 어제 했지요?" "밴드라니, 믿어지지 않아
요." "함께 밴드를 했던 팀원들이 확인해주었어요. 그런데,
그 친구 가족이 없어요. 가까운 친척도 없고. 어머니가 살아
있다는데 광주 근교 요양원에 있대요. 실어증에 기억조차
전혀 없는 상태로요." 형사가 난감한 표정을 짓는다. 가슴
에서 날카로운 동통(疼痛)이 느껴진다. "신원이 확인된 이
상 아는 대로 고백하세요. 함께 살았던 사람이잖아요."

“내 집에 들어오고, 그 사람은 오직 우물을 팠어요.”

“그건 이미 다 진술하신 것이고!”“아는 건 그뿐이에요. 밴드 이야기도 처음 들어요. 어느 날부터 그가 보이지 않았어요. 처음부터 떠돌이였겠지요. 말도 없이 우리 집에서 자취를 감춘 걸 보면.”“신원도 모르는 사람을 집 안에 들여 살게 했다?”“이름이나 나이나 고향 따위가 사람을 이해하는 데 큰 몫을 한다고 생각 안 해요. 우물을 다시 메운 것도 내가 직접 한 게 아니라고 말씀드렸잖아요.” 우물을 메워준 것은 전문학교 뒤편에 사는 중늙은이 남자다. “당신이 그를 죽여 우물 속에 던져놓고 레미콘을 밀어넣은 후, 알리바이를 만들려고 일부러 사람을 시켜 우물을 메우도록 시켰을 수도 있지. 우물 밑은 전혀 보이지 않았다니까. 두개골이 금 간 것도 수상하고.”

형사가 볼펜으로 귓구멍을 판다.

이 사건에 흥미를 잃은 듯, 피곤이 역력하게 담긴 눈빛이다. 형사는 아마 평생 동안 똑같은 도어만을 여닫으면서 살아왔을 것이다. 만약 형사가 살의를 품는다면 생의 지루함을 견디지 못했기 때문일 것 같다.

권태야말로 살인자가 될 수 있다.

형사에게 확인시켜준 건 아니지만 그가 우물 밑으로 떨어져 죽은 것은 이제 확실하다. 그러나 그가 추락하는 순간 나는 허리를 구부려 부저가 울린 세탁기를 보고 있다. "아저씨는 늘 우물 밑으로 가고 싶어 했어요!" 그가 흔적 없이 사라지고 난 다음 날 아침 ㄷ이 한 말이다. 떠나겠다면서 무거운 가방을 끌고 나온 그녀의 표정은 우는 것도 같고 웃는 것도 같다. 그녀에게 정말 살의가 있었을까. 아니다. 그녀가 그를 우물 속으로 떠민 것이 아니라, 그가 제 자신을 단호히 처단했을 수도 있다.

형사의 볼펜이 다시 그의 귓구멍으로 들어간다. 평생 동안 똑같은 도어만을 여닫으면서 살아온 자의 볼펜이고 귓구멍이다. "남자와 조선족이었다는 그 여자, 셋이 삼각관계 아니었나요? 질투심 때문에 도는 사람을 많이 봤거든." 형사는 말하면서도 여전히 아주 지루한 표정이다. 우물가에 앉아 있던 그와 귓구멍을 파는 형사의 표정이 어딘지 모르게 닮은 듯하다.

차마고도(茶馬古道)

나ㅡㄴㅡㄷ은 서로에게 어떤 요구도 하지 않는다.

우리는 만났을 때 이미, 각자 죽음에 익숙해져 있었다고 기억한다. 죽음에 익숙해지면 이별이 두렵지 않으며 이별이 두렵지 않으면 가지려고 할 필요도 없다. 소유하려 하면 할수록 소유 자체가 사랑의 주인이 된다는 것을 아는 일이야말로 죽음에의 이해라 할 수 있기 때문이다.

이를테면.

우리에겐 자신의 방이 정해져 있지만 어디에서 자느냐 하는 것은 전적으로 자신의 선택에 달려 있다. 그런데도 그해 겨울 우리는 한방에서 잠든 적이 많다. 그가 침대 위에, 나—그녀가 침대 아래 잠들기도 하고, 그녀—그, 혹은 나—그, 혹은 나—그녀가 침대 위에, 남은 사람이 침대 밑에서 잠든 적도 있다.

경우의 수는 그 외에도 여럿이다. 셋이서 덩어리져 잠들기도 한다. '덩어리'다. 가운데 눕는 사람은 늘 바뀐다. 우리가 선호했던 건 아마도 그를 한가운데 두고, 나—그녀가 그와 반대쪽으로 머리를 대고 눕는 배열이었을 것이다. 침대가 좁기 때문이다. 그렇게 잠자리에 들면, 나—그녀는 자연스럽게 그의 발과 다리 한 쪽씩을 공평히 차지한다.

나는 그의 발가락을 좋아한다.

그는 검지 발가락이 엄지보다 길다. 나는 그의 검지 발가락을 다른 발가락들 사이에서 빼내어 입에 물어본다. 길쭉한 발가락 위에 난 몇 가닥의 수초들이 흐느적거리면서 혀 끝에 감기어오는 느낌이 좋다. 오랜 세월 동안 발가락과 발가락 사이에 눌려 형성된 발가락 모서리의 굳은살 감촉도 나쁘지 않다. 먼 길을 걸어온 자만 가질 수 있는 굳은살이다. 길이 시작되고 모여드는 곳.

탄생, 죽음, 어둠, 도시, 생존을 위한 피어린 길.

"나는 언니, 아저씨의 장딴지가 참 좋아. 내가 만지면 울근불근해!" 그녀는 제 가슴의 골짜기에 그의 장딴지를 자주 숨긴다. "여기를 긁어봐, 언니!" 그녀의 안내를 받아 손톱으로 긁으면 간지럼을 참지 못하겠다는 듯 울근불근, 그의 장딴지 단단한 힘살들이 움직인다. 힘살마다 스스로 길이 되고 스스로 산맥이 되는 느낌이다. 아니, 그의 장딴지만 그런 건 아니다.

울근불근……은 존재의 경이로운 파동이다.

예컨대, 나와 그가 그녀를 사이에 두고 반씩 껴안고 잠들 때도 있는데, 그녀의 젊은 육체는 어느 곳을 만지든 울근불근한다. 퍼져나가는 힘찬 파동을 나―그는 나누어 만진다. 그녀의 숨결은 때로, 패배한 자신을 향해 죽이라고 손가락을 아래로 내리는 군중을 보고 있는 검투사의 그것만큼 격렬하다. 나는 전율한다. 생명이 하나의 거대한 파동이라는 걸 온몸으로 확연히 깨닫는 순간이다. 그 파동으로 나의 하루하루가 혁명적으로 갱신되는 느낌이 들던 때.

사회적 제복이 아닌 옷은 없다. 그전까지 내가 살아온 전 과정이 다 그러했다고 할 수 있다. 어머니는 늘 어린 공주 같은 옷을, 선생님은 문학을 전공하는 대학생 같은 옷을, 남자1은 현숙한 젊은 아내 같은 옷을 내가 입기 바랐다고 생각한다. 짧은 핫팬츠-레깅스 청바지는 청춘의 제복이고 검은색 계통의 정장은 샐러리맨의 제복이며 긴 머리-가죽 재킷은 로커들의 제복 아닌가.

법칙에 복속되지 않으려면 그 모든 양식의 제복을 벗는 수밖에 없다. 우리들은 모든 제복을 벗고 그 긴 겨울의 나날을 덩어리져 보낸다. 우리가 덩어리진 그 별에는 고유성을 억압하는 어떤 법칙과 형태도 없으며 그러므로 어떤 악이나 거짓도 존재하지 않는다. "우리…… 메아리 같아요……." 어느 날 그가 한 말이다. 지나가고 나면 메아리는 아무런 흔적도 남기지 않는다.

그해 겨울 우리를 살렸던 숨[呼吸]은, 메아리다.

나마스테

언제나 요람 속 같은 평화만 있었던 것은 아니다. 터놓고 말한 적은 없지만, 맺어질 때 우리는 이미 서로에게서 떠날 날이 오리라는 걸 피차 알고 있었다고 생각한다. 눈이 세상으로 가는 길을 다 지우지 않았었다면 그 겨울에 우리가 어떻게 맺어질 수 있었겠는가. 우물이 완성될 때, 또는 봄이 올 때를 우리는 각자 기다리고 있었는지도 모른다.

가령.

누가 어깨를 흔들어 나는 잠을 깬다. 머리가 찢어지는 것처럼 아프고 숨이 가쁘다. "언니……" 그녀가 울면서 소리친다. 그는 여전히 잠에 빠져 있다. 우리 셋이서, 생으로부터 비어져 나가 있다가 무결점의 열락 끝에서 잠들고 난 얼마 후다. "저…… 저거……." 내 눈이 그녀의 손가락을 따라가다가 화들짝 놀란다. 연탄이다. 방 한가운데, 양은 대야 위에 벌겋게 불붙기 시작한 연탄이 놓여 있다. 나는 비틀비틀, 창문을 열어젖히고 비명 소리로 그를 깨운다.

"난 오로지…… 혼자서…… 결정했어!"

그녀는 울면서 고백한다. 어떤 배우가 차 안에다 연탄을 피워놓고 죽었다는 뉴스를 함께 본 생각이 난다. 장렬한 고백이 아닐 수 없다. 자주 그와 나 사이에서 잠들곤 했던 그 무렵의 젊은 그녀는, 시간을 끊어, 오로지 그 열락을 영원히 머물게 하고 싶었던 모양이다. "오로지"라고, "오로지 혼자서"라고 그녀가 덧붙이고 있다.

오로지 혼자서 미리 번개탄과 연탄을 구해다가 숨기는 그녀의 손이 보인다. "언니랑 아저씨랑, 우리, 지금 함께, 한순간에 죽는 게 가장 행복한 거, 맞잖아!" 일종의 비명이다. 나―그가 덩어리진 채 깊이 잠들기를 그녀는 떨면서 기다렸을 것이다. 창밖에선 눈바람이 불고, 방 안에선 그녀가 대야 속 벽돌 위에 미리 준비해둔 번개탄을 피우고 연탄을 올려놓는다. 여러 번 생각해 오로지 혼자서 결정했으므로 그녀의 손길은 꼼꼼하고 단호하다.

"난 있지, 때때로 무서웠어. 아저씨가 죽어라 우물을 파고 있을 때, 그럴 때의 아저씨는 떠나려고 우물을 파는 거 같았거든. 언니가 포도밭을 돌볼 때도 그래. 아저씨가 우물을 다 파면, 언니의 포도에 새순이 나오면, 그때에도 우리 이렇게, 셋이 함께 있게 될까, 그런 생각은 무서워."

연탄에서 파란 불꽃이 마침내 솟구친다.

그녀의 살의엔 그때까지 아무런 비탄도 없다. "연탄을 피워놓고, 언니와 아저씨 얼굴을 한참이나 들여다봤어. 예뻤어. 정말이야. 이별의 뽀뽀 같은 건 안 했어. 우리, 헤어지는 게 절대 아니니까. 먼저 아저씨의 장딴지를 만졌어. 아저씨 장딴지 나, 좋아하잖아." 그녀의 손이 울근불근하는 그의 장딴지 힘살을 만지는 게 떠오른다.

시간과 맞장 뜨려는 반역의 작은 손이다.

"그러고 나서, 언니의 얼굴을 만졌어. 그런데 내 손의 연탄 가루 때문에, 언니 얼굴에 자꾸 얼룩이 생기지 뭐야. 닦아야 한다고 생각했어. 누가 그랬거든. 저승에 가서도 죽는 순간의 얼굴 그대로 있다고. 언니 얼굴의 얼룩을 닦지 않으면 죄받을 거 같았어. 그렇잖아, 죽어서도 계속 언니의 얼굴에 연탄 검댕이 묻어 있으면 어떡해."

그녀가 나를 흔들어 깨운 게 바로 그 때문이다. 내 얼굴의 얼룩이 그녀의 확고부동한 삶의 사이로 비탄을 데려왔던 모양이다. 나는 와락, 그녀를 품에 안는다.

"괜찮아! 다 괜찮아!"

오로지, 혼자서, 광대무변한 시간과 맞서려던 그녀의 결단이 가슴 깊은 곳을 후비고 지나간다. 창 너머 세상은 온통 흰옷으로 덮여 있다. "추워, 언니." 그녀가 말하고 "그렇구나." 나는 비로소 창을 닫는다.

눈은 단지 희거나 가벼운 것만이 아니다. 가볍지만 눈은, 때로 사랑처럼 무겁다. 젊은 그녀가 그날 밤 꿈꾸던 죽음처럼.

카일라스

"그 사람이, 기타 치는 걸 못 보았단 말인가요?"

내 또래 여자가 묻는다. 그가 기타를 든 걸 본 적은 한 번도 없다. 여자는 단아하고 깨끗한 얼굴이다. 담당 형사의 말로 미루어, 그가 한때 소속됐었다던 인디밴드에서 보컬을 맡고 있던 여자라는 걸 나는 금방 알아차린다. 그의 낡은 지갑 안쪽에 사진으로 들어 있던 바로 그 여자다. 우연히 그 사진을 보았던 날, "옛날 애인?" 내가 웃으면서 묻고, 언제나 그렇듯 그가 "애인은 무슨……." 말꼬리를 흐리고 만기억이 새롭다.

"말도 안 돼요. 어떻게 그 사람이 기타리스트라는 걸 모를 수가 있어요." 여자의 말은 혼잣소리에 가깝다. "그 사람이 기타와 함께 있는 걸 본 적이 없거든요." 내 말에 여자가 한숨을 쉬고 토를 단다. "난 처음 만나자마자 그 오빠가 기타 치는 손을 가졌다는 걸 금방 알아봤었는데." 그의 손가락 끝에서 기타리스트가 가졌음직한 굳은살을 찾아보지 못한 게 순전히 내 잘못인 것 같다.

내가 기억하는 그의 굳은살은 발가락에 달려 있다.

유골함을 든 키 작은 남자와 그의 사진을 든 여자와 키 큰 남자, 그리고 내가 나룻배에 올라탄다. 날이 저물고 있다. 담당 형사는 유골을 강에 뿌리는 걸 모른 척할 요량으로, "이따 서로 잠깐 들러주세요" 하고 화장터 앞에서 돌아갔으니 남은 사람은 나를 포함해 넷뿐이다. 키 큰 남자는 기타리스트, 키 작은 남자는 드러머다. "이제 겨우 옛날 멤버, 다 모였네!" 기타리스트가 쓸쓸히 웃는다. 그들끼리도 오랜만에 만난 모양이다. "이 친구가 팀을 떠나고 우리 밴드도 자연스레 해체됐었거든요." 드러머가 덧붙인다. 배가 둥실, 뜬다.

사공은 죽은 이가 가는 길을 알고 있다.

배가 인적 드문 하류로 내려간다. "기타도 없이, 그는 어떻게 지냈나요?" '보컬'인 여자가 또 묻는다. "우물을 파면서 지냈어요. 우리 집에 살 때는." "그 우물 남아 있나요?" '드러머'가 이어서 묻고, "메웠어요." 나는 대거리가 귀찮아 짧게 대답한다. 강을 따라 돌아 나가자 내 옛집의 뒷산이 다가든다. 산꼭대기까지 절벽이다. 사공이 고갯짓을 하자 드러머가 흰 장갑을 낀 뒤 유골함의 보자기를 푼다. 이제 그의 유골 분말이 강의 뿌리에 닿을 시간이다.

"조지 해리슨을 꿈꾸었어요, 그는."

여자가 눈가를 훔치면서 내게 들으라는 듯 말하고 있다. 조지 해리슨이 누구였더라. 전설적인 비틀스의 기타리스트였던 조지 해리슨의 푸른 눈, 높은 콧대, 붉은 입술이 선뜻 떠오른다. 사진에서 본 조지의 눈은 깊어서 마치 생의 이면을 보고 있는 것 같다. 조용한 성품에 웃으면 한쪽 입술이 먼저 치켜 올라가곤 했던 조지 해리슨. 영국 리버풀에서부터 세계를 돌아 쉰여덟에 마침내 뼛가루가 되어 어머니의 강 갠지스로 돌아간 조지 해리슨.

조지는 인도인의 흰옷으로 갈아입고 힌두의 만트라를 암송하면서 초연하게 신의 품으로 돌아갔다고 전해진다. "다른 모든 것을 기다릴 수 있어도 신을 향한 탐구는 기다릴 수 없습니다." 세기의 뮤지션이었던 그가 죽기 전에 했다는 말이다.

아, 하고 나는 소리 없이 입을 쩍 벌린다.

조지 해리슨은 나도 좋아하는 뮤지션 중의 한 명이다. 그가 조지 해리슨을 꿈꾸던 기타리스트였다니, 받아들일 수 없다. 이 이상한 배신감은 뭐란 말인가. 아니, 배신감이라기보다 일종의 굴욕이다. 그를 소유하고 싶다고 생각한 적이 한 번도 없었다고 줄곧 우겨온 나의 방어벽을 단번에 무너뜨리는 감정이 아닐 수 없다.

꺽 하고 목이 꺾이는 소리가 목울대를 타고 올라온다.

드러머가 뿌린 흰 분말이 바람을 타고 날아와 내 눈물에 달라붙는다. 이 세상에 먼지로조차 남지 않는 게 그의 꿈이었다는 걸 나는 안다. 멸진(滅盡)의 꿈이다.

'보컬'이 다가와 내 어깨를 안는다. 한 시절의 그가 간절히 기대고 싶었을지도 모르는 여자의 어깨는 넓고 따뜻하다. 여자의 어깨를 매개로 그가 그림자처럼 부드럽게 내 안에 스며드는 느낌이다. "아침노을은 오전 내내 계속되지 않고……"라고 부르는 비틀스의 노랫소리가 환청으로 들린다. 조지 해리슨의 곡이다.

"아침노을은 오전 내내 이어지지 않고
폭우도 하루 종일 이어지지 않습니다.
내 사랑도 예고 없이 당신을 떠나는 것 같지만
언제나 그런 식은 아니었습니다.
모든 것은 소멸합니다.
모든 것은 죽게 마련입니다.
저녁노을은 저녁 내내 계속되지 않고
마음만이 저 먹구름을 날려 보낼 수 있습니다."

(비틀스, All Things Must Pass, 1970)

양귀비

요양소는 키 큰 메타세쿼이아로 둘러싸여 있다.

광주 도심에서 늦은 점심을 먹고 택시로 40여 분쯤 달려온 길이다. "환자와 무슨 관계이신가요?" 장부를 뒤적거리며 늙수그레한 남자가 묻는다. "말씀드렸잖아요, 이모님이라고." "그동안 면회 온 분이 거의 없어서요. 여기 인적 사항을 좀 적어주세요." 나는 남자가 내민 서류에 내 이름을 적는다. "그 집 오빠가 면회를 왔을 텐데요?" "오래전의 기록뿐인데요. 그 아드님은 지금 어디 있습니까?" "사고로, 죽었어요!" 그의 반문을 막으려고 나는 되도록 냉정히 대답한다. 남자가 가볍게 혀를 찬다. "아시고 왔는지 모르지만 환자는 실어증으로 말을 못해요. 사람을 알아보지도 못하고요. 따라오십시오."

복도는 길고 어둡다.

완전무결한 백발이다. 잡아 쥐면 단숨에 바스라지고 말

것 같다. 창밖 메타세쿼이아 잔가지를 통과해 온 햇빛이 노파의 흰 머리칼에 닿고 있다. 일흔네 살이라 알고 왔는데, 구십이 넘었음직한 얼굴이다. 몸은 깡마르고 주름살은 깊다. "아직은 혼자 걷고 혼자 먹습니다. 뜨개질하는 걸 좋아해서 가급적 털실을 구해다 드리려고 합니다만." 안내해 온 남자의 말이다. 다른 환자의 침상은 비어 있는데 노파 혼자 남아 의자에 앉은 채 조끼를 뜨고 있다. "아들이랑 남편 준다고 조끼와 셔츠를 주로 떠요. 가족들이 죽은 걸 잊어버린 거지요." 모자지간으로 생각해서 그런지 ㄴ과 닮은 듯 느껴진다. 특히 이마의 가로 주름이 그렇다.

그리고 나는 또 노파의 목을 본다.

검버섯이 뒤덮어 반질반질한 목이다. 잔주름이 가득하다. 깜박깜박하다가 불이 켜지는 형광등처럼 갑자기 한 가지 사물이 내 눈앞에 떠오른다. 벽조목 조각이다. 어머니가 목에 걸었던 것이라면서 내가 처음으로 그의 방에 갔던 다음 날 아침 그가 내게 주었던 목걸이다. 오랫동안 잊고 있었기 때문에 어디에 두었는지도 생각나지 않는다. 그가 처음이자 마지막으로 내게 선물해준 유일한 유품인데, 그것이 왜 이제야 생각날까.

그의 아버지와 형이 1980년 광주에서 죽었다는 사실을 처음 알려준 건 담당 형사다. "그의 모친은 그 몇 년 후 정신병원에 입원한 것으로 신원조회에 기록돼 있어요." 형사가 말해준 그의 '모친'이 뜨개질을 중단하고 우두커니, 곁에 선 나를 본다. 초점 없는 눈이다. 이성의 착오에 의한 범죄에 삶을 약탈당한 자의 눈이 그러할 것 같다. "저이는 아직도, 여전히, 가족들을 기다리고 있어요. 못 알아듣겠지만, 무슨 말이든 해보시든지요." 안내해 온 남자가 말하지만 나는 할 말이 없다.

겨우 노파의 손을 잡는다. 뼈만 남은 손이다. 긴 손가락의 느낌이 그의 그것을 닮은 듯하다. 노파의 목에 오래 걸려 있었을 벽조목 목걸이, 가족의 아무런 액도 끝내 막지 못했던 벽조목 목걸이 때문에, 갑자기 콧날이 시큰해진다.

노파의 손을 뿌리치듯 놓아버리고 나는 뒤돌아선다.

"이모님이 뜬 셔츠나 조끼가 이렇게 많아요. 솜씨가 좋으세요. 하나 가져가도 좋아요." 사무실로 함께 돌아온 늙수그레한 남자가 캐비닛을 열어 보이면서 말한다. 노파가 뜨개질한 조끼와 셔츠, 가디건 등이 차곡차곡 쌓여 있다. "아니에요." 나는 황급히 고개를 젓고 도망치듯 요양원을 빠져나온다. 겨우 벽조목 목걸이 같은 것으로 액막이를 할 수 있다고 여겼던 당신과 나 같은 사람들 때문에, 그가 우물 밑으로 간 거라고 소리쳐 말하고 싶다.

"우리는 오랫동안 오염되어왔습니다.
이제 여기 오염을 깨끗이 씻을 방법이 있습니다……"

조지 해리슨의 노랫말이다. '신의 이름을 찬양하는 것으로 자유로워질 수 있다'고 믿어 쉰여덟에 세상을 떠난 조지 해리슨은 지상에 남은 그의 동료들보다 지금 더 행복할 게 틀림없다. 지상의 삶은 오염돼 있어 신의 이름으로 찬양하는 것조차 한계가 있기 때문이다.

초원

광주역에서 생수를 한 병 산다. 생수병 속에 우물을 파는 그가 어릿어릿 깃들어 있다. 오직 땅을 파고 지하로 내려가는 그의 모습이다. 우물 자리가 깊어짐에 따라 다리가 지워지고, 허리가 지워지고, 가슴이 지워지고, 어깨가 지워지던 사람이다. 눈이 내리는 날에도 그는 계속 삽자루를 타고 조금씩 지하로 내려가고 있다.

그는 정말 삽을 기타라고 상상했을까.

"봄에 파도 되잖아요!" 내가 말하면 "봄엔 비가 와서요. 돈벌이 일도 나가야 할 테고. 일하는 게 겨울철 건강에 좋아요." 그는 웃는다. "영화 같은 데서, 물로 세례받는 걸 볼 때마다 가슴이 괜히 타는 듯했어요"라고 덧붙일 때, 그는 꿈꾸는 눈빛이 된다. "우물물이 나오면 그 첫 물로 세례를 받으세요!" 어린 시절 오빠의 손을 잡고 찾곤 했던 산성 안의 오래된 우물을 나는 기억하고 있다.

나는 역 광장 한가운데 서서 생수병의 마지막 한 방울의 물까지 모두 목구멍에 흘려 넣는다. 그래도 갈증은 남는다. 물의 비밀을 이해하는 건 말로 설명할 수 없는 최상의 관능일 것, 이라고 나는 생각한다. 생명의 모든 걸 이해하는 최적의 수단이 물에 있을 테니까.

법회(法會)

ㄴ이 우물가에 앉아 있다.

우물물이 솟아나 밤새 포도주에 취해 셋이 덩어리져 놀고 난 다음 날 아침이다. 햇빛이 눈부시다. 더불어 천지 사방에서 봄꽃들이 폭죽처럼 터져 나오고 있다. 물이 솟아난 핑계로 술에 취해 놀다가 각자의 방으로 돌아간 것이 새벽이었는데, 나보다 먼저 뒤란에 나와 있는 걸 보면 나처럼 그 역시 잠들지 않았음이 확실하다.

나는 이불 호청을 북북 뜯어 가슴에 안고 나와 세탁기

안에 집어넣는다. 빨랫감은 많지 않다. 세탁기를 돌리고 싶어 돌리려는 것인지, 그 자리가 뒤란을 한눈에 내려다볼 수 있어 애당초 세탁기를 핑계로 그곳으로 나왔는지는 단언할 수 없다. 우물의 벽을 쌓는 데 쓸 레미콘이 그의 곁에 수북이 쌓여 있다. 유리 한 장을 사이에 두고 있는데도 그는 나를 돌아보지 않는다. 두 팔을 깍지 껴 무릎 위에 얹고 쪼그려 앉은 그가 손을 내밀면 만질 수 있을 듯 가깝다.

그는 내게서 삐딱 돌아앉은 앉음새다.

우물에서 마침내 물이 솟아났으니 성취감으로 한껏 솟아났음직한 등인데 웬일인지 그의 어깨와 등은 한없이 무겁게 가라앉아 있다. 우물에 너무 바짝 다가앉은 것도 마음에 걸린다. 바람만 불어도 우물 속으로 떨어질 것 같다. 저기요, 하고 부르려다가 나는 그만둔다. 나는 괜히 걸어둔 마른 걸레들을 걷는다. 그도 짐짓 나를 바라보지 않는다. 서로 보지 않지만 나—그는 서로 보고 있다고 나는 느낀다.

"인생의 길에 상봉과 이별 그 얼마나 많으랴……"

ㄷ의 목소리다. 현관문 열리는 소리는 듣지 못했는데 그녀의 목소리는 이미 뜰로 나와 있다. 그녀는 아침잠이 많다. 새벽까지 포도주를 마셨는데 그녀가 이 시간 깨어 일어나다니 뜻밖이 아닐 수 없다. 그 역시 그녀가 이 시간에 깨어 일어날 것은 예감하지 못했을 것이다. 내 가슴이 갑자기 두근거리기 시작한다.

그녀의 음색은 높고 고운 청음이다.

그가 있는 뒤란으로 그녀가 돌아 나오는 모양이다. "헤어진대도 헤어진대도 심장 속에 남는 이 있네. 아 그런 사람 나는 못 잊어……." 노랫소리가 뒤란으로 다가온다. 봄빛 같은 목소리다. 나는 안 보는 듯 그를 휙 내다본다. 맥박이 아주 빨라지고 있다. 무겁게 가라앉아 있던 그의 등에서 뭐랄까, 새가 앉았다 떠난 직후의 나뭇가지 같은 미세한 떨림을 본능적으로 감지했기 때문이다.

분명히, 그의 등이 조금씩 솟아나고 있다.

그의 등이 내쏘는 파장에 따라 나의 감각들도 시시각각 더욱 예민해진다. 세탁기를 보는 체하지만 나는 세탁기를 보지 않는다. 가슴속이 뻐근하다. 그녀의 노랫소리가 어떤 신호인 것 같다. 그녀의 노랫소리가 가까워질수록 그의 등이 솟아나고, 그의 등이 솟아날수록 나의 온 감각기관이 가파르게 부풀어 오르는 식이다. 그녀의 노랫소리가 그의 등은 물론 내 감각 체계의 회로들까지 교묘하게 조정하고 있는 듯하다. 초읽기로 짜 맞춘 불가해한 프로그램이 작동된 느낌이다.

"오랜 세월 함께 있어도 기억 속에 없는 이 있고……."

노래가 2절로 접어든다. 신호를 수신한 그의 등이 더욱더 리듬을 타고 가속적으로 솟아난다. 슬픔이나 기쁨, 과거와 현재로 나뉘지 않을 것 같은 등이다. 날개가 다 솟아나기를 기다렸다가 단번에 훌쩍 날아오르려고, 그가 등을 잔뜩 오므리고 있는 듯하다. "잠깐 만나도 잠깐 만나도 심장 속에 남는 이 있네……"에서, 그녀의 그림자가 마침내 그의 등에 겹친다.

바로 그 순간이다, 세탁기가 삐익, 비명을 지른 것은.

내가 세탁기를 돌아본 시간은 채 1분여 정도였을 것이다. 그녀의 노래는 "아아, 그런 사람……"에서 부러져 있다. 세탁기로부터 다시 창밖으로 고개를 돌렸을 때, 레미콘 더미 옆에 앉아 있는 것은 그녀뿐이다.

그가 앉아 있던 그 자리에 그는 없고, 그녀만이 그와 똑같은 자세로 앉아 우물 밑을 들여다보고 있다. 투명한 햇빛이 그녀의 등에서 고요하게 미끄럼을 탄다. 좀 전까지 앉아 있던 그의 뒷모습은 하나의 환영이었던 것 같다.

적요하기 이를 데 없는 풍경이다.

소금호수

밤 깊은데 전화가 온다. 낯선 번호다. 받을까 말까 하다가 받았더니 상대편에선 말이 없다. "누구세요?" 전화가 예의 없이 툭 끊어진다. 앳된 여자의 얼굴이 툭 떠오른다. "ㄷ이야!" 이럴 때 나의 감각은 신성(神性)에 이른다. 다시 전화벨이 두어 번 울리고 얼른 멈춘다.

잠시 후, 이번엔 내가 휴대폰에 찍힌 번호로 전화를 건다. "너지?" 나는 다짜고짜 묻고 상대편은 말이 없다. "너인 줄 알아. 네 숨소리를 내가 잊었을 것 같니. 요즘은 어디 있어?" 침묵 속에서도 상대편의 떨리는 숨결을 느낄 수 있다. 울고 있는 것도 같다.

바람이 부는가.

"어, 언니……." 낮은 한숨 소리가 한참 만에 뒤따라온다. 그녀가 맞다. 마지막 통화를 하고 거의 1년 만이다. 전화를 걸어올 때 그녀는 늘 말 대신 한숨을 먼저 쉰다.

"언니 품이 그리워……." 다시 한숨이다. "어디인데?" "먼 바닷가." 겨우 수습된 목소리다. "강이랑 포도밭이랑 언니랑 다, 너무 보고 싶어." "넌 여기 오면 안 돼. 대신 내가 한번 갈게." 내 어조가 딴딴해진다. 담당 형사가 그녀를 끝내 찾아내지 못한 것은 그녀가 불법체류자 신분이기 때문이다. "선인장들은 어때, 언니?" "선인장, 없어. 예전 그 집이 아냐. 그늘이 많은 집이란다." 내 말에 잠시 사이를 두었다가, "언니랑…… 아저씨랑 살던 그 집……." 그녀가 급기야 울먹인다. "넌 그 집에 와서, 겨우 잠만 자고 갔어. 그뿐이야." 그녀의 울음에 말려들지 않으려고 난 짐짓 사무적인 말투를 쓴다.

그녀가 킥, 금방 어린애처럼 웃는다.

그녀는 그런 성격이다. "그랬어, 참. 그곳에 있을 때 제일 많이, 오래 잤어, 내가. 그 대신, 나 잠들면 언니랑 아저씨랑, 둘이 더 좋았잖아!" 셋이서 덩어리져 함께 놀았던 시간이 제일 좋았다는 걸 알면서 던지는 수작이다. 깨어 있는 시간보다 잠자는 시간이 더 많았던 그 시절의 그녀가 눈을 뜨면서 맨 처음 하는 어리광은, "나 잠든 새, 둘이서만 뭘 했어!"이다. "나 잠든 새, 나하고보다 더 재미있게만 놀아봐. 가만두지 않을 거야!" 종주먹을 들이대던 그녀의 아이 같은 표정이 눈에 선하다.

둘이 사니 더 좋아

나를 ㄴ이라 불러줘서 고마워요. 정말이에요. 만약 나를 어떤 특정한 개별적 이름으로 불렀다면 이렇게 당신에게 내 묵은 말들을 전하려 하지 않았을 거예요. 나는 여전히 보편적인 익명 속에 은닉되어 있고 싶어요. 니은— 하고 불러보면 참 정답고 부드러워요.

　　놀라시는군요. 그렇겠지요. 나는 죽은 자니까요. 당신이 ㄷ을 도와, 결과적으로는 둘이서 함께 나를 우물 속에 묻어주었어요. 당신의 말, '멸진(滅盡)의 꿈'이라 했나요. 먼지를 멸하다니, 오히려 수많은 길들이 숨겨진 신비한 표현 같아요. 멸진의 꿈을 위해 내 유골이 저 강에 뿌려질 때까지 함께해준 당신. 나의 멸진을 눈물로 배웅해준 당신.

그러므로 당신은 내가 멸진되는 모든 과정을 지켜본 가장 완벽한 증인이자 시종이 된 셈이에요. 나는 당신을 뭐라고 부르는 게 좋을까요. 내가 ㄴ이고 그녀가 ㄷ이니, 당신을 ㄱ이라 불러야 좋겠지요. 기역—하니 좀 꽉 막힌 기분도 들지만, 뭐 괜찮아요. 당신에게 어울리는 면도 있다고 봐요.

우리가 처음 만났던 날 생각이 나요.

내가 살던 다세대주택 외벽에 대고 계속 물구나무서기를 하던 그날요. 세입자로서 새 주인에게 쫓겨난 것이 억울해 시위하는 마음으로 종일 물구나무섰다고 여기진 마세요. 더플백 하나 메고 쫓겨나왔을 때 천지간 갈 데가 없었던 것은 사실이지만, 그렇다고 주인에게 시위하거나 할 마음은 전혀 없었어요. 물구나무서기를 반복한 이유 중 하나는 갈 데가 생각나지 않았기 때문이고, 다른 하나는 내 육체 속에 너무도 많은 여분의 힘이 남아 있다는 걸 여실히 느꼈기 때문이에요.

여분의 힘은 더럽잖아요.

더플백 하나를 메고 다세대주택 층계를 쿵쿵거리면서 내려오는 힘센 남자를 상상해봐요. 나는 정말 힘이 많이 남아 있었어요. 나의 모든 것이 들어간 더플백을 메고 층계를 다 내려왔는데도 전혀 숨이 가쁘거나 다리가 후들거리거나 하지 않았으니까요.

포도밭이 다세대주택 옆에 딸려 있었어요. 늦가을 포도밭은 을씨년스럽기 짝이 없었지요. 지난여름 내가 먹었던 탐스러운 포도 알알에 비해 겨울로 가는 길목의 포도 넝쿨들은 한없이 어둡고 빈약해 보였어요. 대부분의 잎들은 땅에 떨어져 썩어가고 소수의 어떤 잎들은 핏줄 같은 빈약한 가지를 앙세게 붙잡고 있었어요. 무기물처럼 보였으나 죽은 것은 아니었지요. 다가올 혹한을 견디려고 포도나무들이 죽은 체하고 있었다고 생각해요.

그때 불현듯 깨달았지요. 내가 너무 힘이 세다는 것을요. "나는 여분의 힘이 너무 많구나. 기운을 좀 빼야 되겠다!"

둘이 사니 더 좋아   143

나는 유쾌하게 중얼거렸어요. 그렇게 된 거예요. 여분의 힘을 빼기 위해 종일 물구나무서기를 했던 것이랍니다. 그런 나를 내내 내려다보고 있던 당신이 참지 못하고 쫓아와 물구나무선 내 얼굴을 향해 던진 첫마디 말은 지금도 잊히지 않아요.

"죽고 싶으세요? 물구나무서기론 절대 안 죽어요!"

오해예요. 첫번째 오해는 내가 죽고 싶어 물구나무서기를 했다는 것이고, 두번째 오해는 물구나무서기로 절대 안 죽는다는 것이지요. 왜 안 죽겠어요. 물구나무서기로라도 여분의 기운을 빼고 또 빼서 제로(0)가 되게 하면 결국은 죽겠지요. 죽음이라는 게 뭐 별거겠어요. 기운이 다 빠져서 마지막으로 숨 쉴 기운도 없으면 죽는 건데요. 암튼 그렇게 해서, 나는 ㄱ, 당신을 뒤따라 당신의 외딴집으로 갔지요.

당신은 그날 저녁 콩나물국을 끓였어요. 내가 추위에 지쳤으니 새로 한 이밥에 더해 뜨거운 국을 먹여야겠다고 생각했던 게지요. 우리는 식탁에 마주 앉았어요. 담백한 밥상이었는데, 그러나 당신의 권유로 식탁에 앉았을 때 먼저 나를 사로잡았던 것은 밥그릇과 국그릇이었어요.

지금도 눈에 선해요. 수(壽) 자 문양에 금색 테두리가 둘러쳐진 그 반상기요. 품격 있게 짝을 맞춘 밥−국그릇이 나란히 놓인 밥상에 앉아보긴 그때가 평생 처음이었어요. 오래된 반상기였어요. 할아버지 때부터 쓰던 그릇이라고 당신은 말했어요. 당신은 세상에 버려진 나를 위해 오래된, 품격이 있는 그 반상기를 일부러 꺼낸 것이었어요. "그냥, 이게 그쪽하고 맞을 것 같아서요." 당신은 덧붙였지요.

그때처럼 감동적인 순간은 내 생애 없었을 거예요.

ㄷ이 들어오고, 우리 셋이 강을 따라 걸어갔던 소소 외곽의 도자기 마을에도 그런 반상기는 없었어요. 내가 그날 받았던 감동은 단지 당신의 배려 때문만은 아니에요.

어린 시절 우리 집에도 비슷한 반상기가 있었는데요, 두 벌뿐이어서 언제나 아버지와 형이 차지했었어요. 내가 불평하면 어머니는 늘 말했어요. "형만큼 크면 네게도 이런 그릇으로 밥과 국을 퍼줄게. 형만큼 크면!" 어머니는 그 말을 정말 많이 했었어요. "형만큼 크면!" "형만큼 크면!" 그러나 내가 크는 것만큼 형도 크니까 언제나 형만큼 클 수가 없었지요. 내가 형만큼 컸을 때 형은 이미 이 세상 사람이 아니었고요. 그런데 당신이 내게 '형만큼 큰 사람'으로서 받아야 하는 밥-국그릇을 짝 맞춰 준 것이었어요.

우리는 마주 앉아 밥을 먹었어요. 나는 말이 없었고 당신은 말이 많았던 식사 시간이었어요. 식사 시간이 끝날 때쯤 당신이 했던 말이 아직도 뚜렷해요. 나와 눈이 마주치자 어색했던지, 당신은 서양 여자처럼 어깨를 으쓱 올려 보이면서 이렇게 말했지요.

"둘이 밥 먹으니 참 좋네!"

처음 며칠 동안 우린 거의 말없이 지냈어요. 말을 하더라도 부득이 나누어야 할 기계적인 대화뿐이었지요. 가령 당신이 "비가 오려나 봐요" 하면, 나는 겨우 "예" 하는 정도에서 대화는 끊어지곤 했어요. 당신은 아무것도, 이를테면 고향이 어디냐, 언제부터 그 빌라에 들어와 살았느냐, 가족은 없느냐, 몇 살이냐 따위를 묻지 않았어요. 외지에서 흘러온 낯선 사람의 신상에 관해 유달리 관심이 많은 구소소의 다른 보통 사람들을 생각하면 당신은 정말 특별한 사람이었지요. 그런저런 걸 시시콜콜 물어오면 내가 더플백과 함께 금방 떠날 거라는 사실을 당신은 알고 있었던 거예요.

그렇지 않나요. 아니 어쩌면 겨울이 지날 때까지 우리가 함께 지낼 거라고 전혀 상상하지 않았기 때문에 그런저런 걸 묻지 않았었는지도 몰라요. 당신은 종일 물구나무서기로 버티는 불쌍한 나를 버려둘 수 없어 단지 하룻밤만 재운 다음 나를 내보내겠다고 처음 생각했겠지요.

다음 날 나는 뜰을 치우기 시작했어요.

앞뜰과 뒤뜰에 얼마나 많은 낙엽이 쌓여 있었던지요. 낙엽은 물론이고 나뭇가지나 박스들을 비롯한 쓰레기들도 함부로 버려져 있었어요. 비교적 깔끔한 집 안과 내박쳐둔 집

밖의 우울한 편차 때문에 당신의 관심과 사랑이 오로지 내부에 한정돼 있다는 걸 나는 알았지요. "낙엽을 땅에 묻어 뒀다가 퇴비로 쓰면 참 좋아요." 나는 말했고, "한번 내버려 두면요, 나중엔 엄두가 안 나 계속 내버려두게 돼요. 산에서 휩쓸려 내려오는 낙엽까지, 낙엽이 좀 많아야지요. 처음엔 나도 열심히 치웠었는데." 당신은 겸연쩍게 웃었어요.

낙엽은 구덩이를 파서 묻고 박스는 차곡차곡 접어서 헛간에 넣었으며 허드레 쓰레기는 뒤란에 앉아 태웠지요. "몸을 씻기고 새 옷으로 갈아입힌 아이 같아요, 우리 집 마당이요." 정갈해진 마당 가운데 서서 당신이 했던 말이 생각나요. 그리고 곧 날이 저물었지요. 하룻밤 자고 나면 떠나게 될 줄 알았는데, 두번째 밤을 우리가 함께 맞이한 거예요. 저녁을 겸상으로 먹으면서 당신은 또 혼잣말처럼 말했어요.

"둘이 사니 그것도 좋네!"

셋째 날은 부서진 헛간의 문과 지붕을 고쳤고 넷째 날은 물이 새는 주방 수도꼭지를 갈아 끼웠으며 다섯째 날엔 막혀 있던 아래층 변기를 뚫었어요. "맥가이버 아저씨 같아요!" 당신이 웃으면서 말했어요. 떠돌아다니면서 갖은 일을 다 해봤기 때문에 사실 그런 일쯤은 내게 식은 죽 먹기였어요. 우물을 파겠다고 한 건 아마 그다음 날쯤이었을 거예요. 외딴집인 데다가 지대가 높아 여름엔 물이 자주 끊어진다고 당신이 말했기 때문인데, 그것은 뭐 표면적인 이유에 불과했다고 봐요.

우리 둘이 걸어서 소소 외곽에 있는 고분군 터에 다녀오던 날이었어요. 햇빛이 밝았지요. 복원된 고분들은 납작한 대접을 엎어놓은 것처럼 무심한 모습이었어요. 당신은 어떤 고분 앞에 앉았고 나는 당신 곁에 허수아비처럼 서 있었어요. 새 떼들이 연방 우리의 머리 위를 가로질러 갔어요. "여기서 청동기시대의 유물이 많이 나왔다나 봐요. 적어도 3천 년 이상 넘은 것들. 3천 년은 얼마나 긴 세월일까요." 당신은 말했고, 잠시 사이를 두었다가 "과거는 부식된 흙과 같아서 몇 년이라는 식의 구분이 사실은 필요 없겠지만요" 하고 당신은 덧붙였어요. 고분군 너머 수로를 따라 서 있는 억새들의 흰 깃털을 나는 오로지 바라보고 있었지요.

우리가 그 순간 본 것은 흐르는 시간이 아니었나요.

그게 아니면 쌓이고 쌓여온 시간의 찌꺼기들을 보고 있었는지도 모르겠어요. 당신을 보지 않았지만, 나는 당신의 눈가에 눈물이 맺힌 것을 알고 있었답니다. 당신이 거짓말을 하고 있다는 것도요. 아직 흙으로 돌아가지 않은 어떤 기억들에 당신이 붙잡혀 있다는 것을 처음으로 느낀 순간이기도 했지요. 내가 그랬으니까요.

당신 안의 부식되지 않은 기억들과 내 안의 부식되지 않은 기억들이 서로 알지 못하면서, 그러나 한통속으로 덩어리져 있는 듯 느껴지는 그 비밀스러운 광합성을 어떻게 설명해야 할는지 모르겠어요. "그럼요!"라고, 나는 나도 모르게 속으로 대답하고 있었어요. 과거로 편입되어도 결코 흙이 되지 않는 기억들이, 현재보다 더 생생한 기억들이 존재한다는 것을 나—당신, 우리가 그 순간 침묵으로 공유하고 있었다면 과장일까요. 그렇지 않았나요. 나—당신을 '우리'

라고 묶어 말해도 좋다고 생각한 첫 지점이 내겐 아마도 그 날이었을 거예요.

소소로 돌아오면서 삽을 세 자루 샀어요.

그 삽으로 "뭘 팔 건데요?"라고 당신이 묻고, "흙이오!" 내가 대답했어요. "샘을 팔까 해요." 삽을 샀다는 것은, 내가 당신의 집에 한동안 계속 머물 것이고, 머물러도 좋다는 계약을 맺은 셈이었어요. 아울러 물을 찾아가는 길에 대한 상상이야말로 부식되지 않은 기억들을 충분히 넘어설 수 있다고 함께 생각한 거 같아요.

고향 집 마당귀엔 작두샘이 있었어요.

철물점에 걸려 있는 삽을 보았을 때 바로 그 작두샘이 떠올랐지요. 눈에 보이지 않는 지하의 물길을 통하면 내가 버린 고향으로 되돌아갈 수 있을 것 같은 기분이 들었던 것도 사실이에요. 뭍으로 돌아가는 길은 없다고 생각하며 살았으니까요. 말하자면 작두샘의 기억이 내게 새로운 길을 예시해준 셈이었지요. 마중물을 한 바가지 들이붓고 구부러진 손잡이를 잡아 힘차게 펌프질을 하면 어떤 순간, 손목이 낭창 휘어지는 듯하면서, 땅속 먼 곳의 물이 손목에 확 딸려 올라오는 느낌이 들다가, 이윽고 쏴아 맑은 물이 쏟아져 나오는, 그런 작두샘으로 가는 길.

어머니는 그곳에서 쌀알도 씻고 채소도 씻고 빨래도 했지요. 여름에 아버지─형─내가 자주 등목을 하던 곳도 바로 그 작두샘이었답니다. "엎드려라!" 작두샘의 무쇠 손잡이를 잡고 선 어머니는, 언제나 마상에 올라타고 긴 칼을 비켜 든 장군처럼 당당해 보였지요. 나는 윗도리를 벗고 작두샘 주둥이 밑에 맨 등을 대고 엎드려요. 그러면, 까마득히 먼 지하에서 싸아 하고 물이 딸려 올라오는 소리가 먼저 들려요. 온몸에서 솜털들이 일제히 곤두서고, 급기야 고추 끝에 바짝 힘이 들어가지요.

비밀스러운 길을 따라 우물물이 지상으로 올라오는 그 고동 소리가 잊히지 않아요. 물이 쏟아져 나오는 순간보다 어둠 속의 길을 따라 물이 올라오는 걸 기다리던 순간이 훨씬 더 긴장되고 야릇했었지요. 알지 못하는 지하세계의 정령들이 춤추면서 나에게 달려오는 느낌이었으니까요.

형은 가벼운 펌프질로 물을 긷지만, 용을 써도 힘에 부쳐 나는 도무지 물을 긷지 못했어요. 아무리 눌러도 꿈쩍하지 않던 작두의 손잡이 때문에 얼마나 여러 번 속이 상했던지요. "크면 된다!" 어머니의 말은 아무런 위로가 되지 않았어요. 어엿한 반상기에 담은 밥을 먹는 것보다 작두샘의 물을 퍼 올리는 게 어릴 적 나의 가장 큰 소망이었답니다. 작두샘 물을 퍼 올릴 만큼 내 팔뚝이 어서어서 두꺼워지는 걸 늘 꿈꾸었지요. "두꺼워져서 되는 게 아냐. 알통이 팔에 생겨야 돼!" 형은 자신의 알통을 내 눈앞에 들이대 보여주며 말하곤 했어요.

봄이었던 것 같아요.

햇빛이 밝은 한낮, 대문 옆 라일락이 한창 꽃을 피우고 있어요. 일터에서 잠깐 들어온 아버지는 툇마루에 앉아 있고. 콩을 씻으려고 함지박을 들고 나온 어머니와 외출에서 막 돌아온 형이 나를 바라보고 있는 중이에요.

"꽉 잡아. 내가 물을 부으면 힘차게 펌프질을 하는 거야. 힘이 옆으로 가면 안 돼. 이렇게, 알통이 팍 나오도록 아래위로 힘을 줘!" 마중물을 든 형이 말하고, 무쇠 손잡이를 두 손으로 잡고 잔뜩 긴장한 내가 고개를 끄덕거려요. "자, 붓는다!" 형이 작두샘 원통으로 마중물을 부은 것과 동시에 나는 두 손에다 내 몸무게를 실어요. 손잡이가 몇 차례 헛되게 오르내리고 나서, 어떤 찰나, 이를테면 바람도 없는데 라일락 꽃 하나 제 가지에서 소리 없이 뚝 떨어져 나오는 그런 찰나에, 내 손목과 팔이 낭창 휘어지는 듯한 느낌이 와요. 지하 먼 곳에서 누가 내 손목을 잡아채는 그런 느낌이요.

그리고 아, 마침내 펌프 주둥이로 쏴아, 쏴아, 물이 쏟아져 나오기 시작해요. 형과 아버지가 동시에 박수를 치고 어머니가 다가와 내 어깨를 품에 안아요. "어이구 내 새끼, 다 컸네!" 어머니가 말할 때 갑자기 쏟아져 나오는 물길 위에 무지개가 떠요. 세상에서 가장 황홀한 일곱 빛깔 무지개가 말이에요.

우물에게는 비밀이 있다고 오랫동안 생각했어요.

거대한 비밀이지요. 내가 딛고 선 굳은 땅 밑에 커다란 호수가 있고, 그 호수의 물이 흘러 나가는 구부러진 강이 있으며, 그 강은 또 다른 수많은 지류로 이어져 있다고 상상하면 늘 잠을 이룰 수가 없었어요. 내가 내 힘으로 작두샘의 손잡이를 움직여 그 거대하고 신묘한 비밀을 지상의 한낮으로 퍼 올리는 거지요.

비밀이 없는 세상은 사막처럼 황막할 뿐이라고 지금도 생각해요. 단지 사막에 있기 때문에 오아시스가 아름다운 건 아닐 거예요. 다른 종족에게는 비밀로 해서 지켜야 하기 때문에, 오아시스가 더욱 아름다운 거잖아요.

당신과 나에게도 비밀이 있어요.

우리의 비밀이 묻힌 집터를 파헤친 포클레인, 분별이라

곤 눈곱만큼도 없는 그 강철 삽날에 내 뼈들이 햇빛 속으로 끌려 나왔을 때, 내가 어떤 공포감을 느꼈는지 다른 사람은 몰라도 당신은 알았을 거예요. 당신도 그랬을 테니까요. 행여 살인자로 몰릴까 봐 당신이 두려웠을 거라고는 생각 안 해요. 공유했으나 우리 자신도 다 해석하지 못한 비밀들이, 그 우물 밑에 묻혀 있는걸요.

불가해(不可解)한 감정이 아니면 삶의 신비함에 결코 도달할 수 없다는 사실에 당신도 동의할 거라고 봐요. 신비한 지경에 결코 도달할 수 없다면, 어디에서 무엇으로 살든, 우리의 삶은 영원히 비천함을 벗어날 수 없을 거예요. 그렇지 않나요. 그러므로 당신—나—ㄷ, 우리가 가졌던 불가해한 감정들이야말로 영원한 비밀이 되어야 마땅해요. 비밀스런 오아시스처럼요.

그 비밀을 온전히 지켜준 당신, 고마워요.

나는 우물을 파면서 자주 2층의 당신을 올려다보지요. 당신은 당신의 방 창가에 서 있거나 세탁기가 놓인 북쪽 베란다에 있어요. 창가에 서 있는 당신은 대개 커피 잔을 들고 있고, 베란다의 당신은 대개 세탁기를 돌리는 중이에요.

우리 사이엔 투명한 유리창이 한 장 있어요.

유리 한 장이지만, 당신은 그늘에 있으며 나는 늘 모자를 쓰고 있으므로, 우리는 사실 서로의 눈빛을 정확히 볼 수 없는 상태예요. 특히 내 입장에선 그늘 속의 당신을 거의 그림자처럼 느낄 뿐이지요.

세탁기 돌아가는 소리가 멀리 들려요. 나는 가끔 창가에 서서 나를 내려다보는 당신을 슬쩍 올려다봐요. 그림자처럼 보이니 당신이 이 세상 사람이 아니라는 느낌까지 들어요. 서로 눈빛이 마주친 순간도 많았을 테지요. 그러나 돌이켜보면, 눈빛이 마주치던 순간과 서로 딴 데를 보고 있던 순간은 별 차이가 없어요. 딴 데를 보고 있으면서도 나는 항상 당신을 보고 있었다고 생각하니까요. 당신은 그렇지 않았나요.

가령, 세탁기가 삐 울리면, 당신은 느릿느릿 세탁기로 걸어가 다음 동작을 지시하는 버튼을 누르거나 탈수된 빨래를 꺼내거나 해요. 세탁기를 향해 당신의 몸이 활대처럼 구부러지는 순간이지요. 묶고 남은 당신의 머리칼 몇몇이 이마 쪽으로 부드럽게 흘러내리고, 당신의 가슴은 중심을 향해 모여지다가 윗옷의 열린 틈으로 앙바틈히 흘러나올 듯해지며, 그것들과 상반된 허공으로 당신의 양 날개가 불끈 솟아나는 걸 나는 본답니다. 안 보이는데 보는 거지요.

우리는, 서로 보지 않아도 보았다고 나는 생각해요.

심지어 당신의 말이 들리기도 했어요. "식사할 시간이에요!" 당신이 그렇게 말했다고 느끼고 집 안으로 들어가면 당신이 이미 다 차린 식탁을 만나는 날도 많았어요. 당신이 실제로는 그 말을 하지 않았지만요. "삽질하는 모습이 참 보기 좋아요!" "오늘은 날씨가 좋아 우물 파는 일에 맞춤하네요." "눈이 와요. 좀 쉬세요." 당신의 그런 말도 수시로 들리지요. 그럼 나는 대답해요. "빨래하는 모습 보기 좋아요." "정말 일하기 좋은 날씨예요!" "쉬고 싶지 않아요. 삽질하는 것이 더 좋은데요." 당신 역시 침묵으로 하는 나의 대답을 들었다고 생각해요. 정말 경이로운 소통이었지요.

당신과 나 사이엔 비밀스러운 길이 있었어요.

그 축복이 어디에서 연유한 것인지 아직도 나는 잘 모르겠어요. 우리는 거의 말하지 않았지요. 식사 시간에도 당신이 어쩌다가 몇 마디 말을 하긴 했으나 내 대답을 바라는 말은 아니었어요. 나는 마당을 치우거나 문을 고치거나 수도꼭지를 새로 갈아 끼우거나 하고, 당신은 빨래를 돌리고, 화분에 물을 주고, 설거지를 하지요. 간간히 눈 마주칠 때도 있어요. 그럼 보일 듯 말듯 우리는 그냥 웃어요. 함께 살면서도 따로 살고 있는 것 같고 따로 살면서도 함께 사는 것 같았지요.

그렇게 한 주일, 그러나 그 처음 한 주일이야말로 이상한 고요 속에서 우리가 서로 다정하게 다가가고 있었던 한 주일이었다고 생각해요. 바람이 늘 불었어요. 밖에선 찬바람이 자주 불고, 당신의 집은 늘 고립되어 있었어요. 우리가 서로에게 다가가는 데 최상의 조건이었다고 나는 생각해요.

　사람들은 끝없이 그의 본향과 상관없는 것을 물어대잖아요. "고향이 어디세요? 어디 살아요? 결혼하셨나요? 직업이 뭐예요? 전공은요?" 말을 하지 않으면 "왜 암말도 안 해요? 뭐 기분 나쁜 일 있어요? 내가 마음에 안 드세요?" 천연스럽게 나무라기 일쑤고요. 내가 제일 싫어하는 게 이런 거예요. 왜 사람들은 침묵의 말을, 물이나 바람이 하는 말을 알아듣지 못하는 것일까요.

　그런데 당신은 아무것도, 심지어 내 이름, 내 고향, 내 가족 관계에 대해서도 묻지 않았어요. 그러면서도 전혀 불편하지 않은 눈빛으로 내 침묵을 받아주었지요. 상대편의 침묵을 견디지 못하는 사람들이 많은 세상에서 오래 살아온 나로서는 당신의 그런 태도가 정말 경이로웠어요.

　당신이야말로 다른 사람의 심장 소리, 작고 큰 핏줄을 따라 붉은 피가 서로 교접하고 갈라지는 소리까지 들을 수 있는 사람이라고 확신하게 됐답니다. 당신이 내 방으로 와서 등 뒤에서 가만히 나를 안았을 때 내가 전혀 놀라지 않았던 것도 그것 때문이라고 생각해요. 침묵의 운행으로 다가온 두 개의 별이 마침내 하나로 합쳐지는 느낌이었지요. 얼마나 신비스럽던지요.

기억하나요. 내가 당신의 집에 들어오고 일주일쯤 후던가, 유난히 바람이 많이 불던 날이었지요. 나는 침대에 구부리고 누워 벽을 바라보고 있었어요. 다르륵다르륵 울리던 창문 소리 외에 다른 어떤 소리도 없었던 깊은 밤이었어요. 아래층으로 조심스럽게 내려오는 발소리, 그리고 내 방의 방문이 열리는 소리가 났어요. 나는 잠든 척 가만히 있었지요. 당신이 내게 다가올 것을 미리 알고 있었던 것도 같아요. 잠시 사이를 두었다가 당신이 다가와, 이윽고 내가 구부러진 대로 당신도 구부러지면서 나를 등 뒤에서 고요히 안았어요. 나는 가만히 있었답니다.

서로에게 가만히, 스며들던 시간이었어요.

셔츠를 입고 있었는데도 나는 당신이 얇은 잠옷 바람이

라는 것을 금방 알아차렸어요. 당신의 앞가슴이 납작 퍼지면서 나의 등을 골고루 싸안고, 당신의 아랫배, 다리가 내 허리쯤, 다리에 차례로 스며들던 느낌은 지금도 생생해요. 경이로운 것은 그 순간에 내가 하나도 놀라지 않았다는 거예요. 놀라기는커녕 예정된 일이었다고 생각한 것 같아요.

정말이에요. 너무 자연스러워서, 아주 오래전부터 당신을 내 등에 붙이고 긴 항해를 계속해온 것 같은 느낌이었습니다. 나는 계속 그대로 있었지요.

내 면 셔츠의 등 날개 부분이 곧 따뜻이 젖기 시작했어요. 당신이 소리를 전혀 내지 않았기 때문에, 나는 당신이 운다고도 생각하지 않았어요. 그것은 눈물이라기보다, 우리가 원활하게 우주를 항해하는데 꼭 필요한 향기로운 윤활유 같았답니다. 내가 누군가와 완전한 원형을 이루었다고 생각한 내 생애 최초의 순간이었으니까요.

어머니가 오래 지녔던 벽조목 목걸이를 당신에게 준 것은 그다음 날 아침이었을 거예요. 어디로 어떻게 떠돌며 살든 당신을 영원히 기억하겠다고 맹세했지요. 완전해지고 싶은 꿈은 처음으로 되돌아가고 싶은 꿈과 같다고 봐요. 본능은 곡선처럼, 공처럼, 굽어 돌아들기를 지향하지요.

사랑이 있다면, 그래요. 사랑이 있다면요, 그것은 출발−종말이 접합된 완벽한 원형일 거예요.

문제는 그것이 불변의 고형(固形)으로 머물러 있지 않다는 점이겠지요. 만나고 나면 곧 다시 엇갈려 지나가는 게 원형의 운명이잖아요. 이를테면 모든 사랑은 만나는 순간 이별이 시작된다고 할 수 있어요. 나는 아침 식탁에서 바로 그 점을 깨달았어요. 당신과 원형으로 만났으니 이미 이별이 카운트다운을 시작했다는 것을요. 앞으로 겪게 될 일들은 모두 그 과정에 불과할 것이라는 사실 말이에요. 그래서 어머니가 오래 지녔던 그 벽조목 목걸이를 다가올 이별의 징표로 그때 당신에게 준 거랍니다. 요양소에 어머니를 맡기고 떠날 때 가져온 어머니의 살점 같은 그 목걸이요.

당신이 내 등을 눈물로 적실 때 당신과 함께 울어주지

못해 미안해요. 그래도 당신은 내 눈물을 느꼈을 거라고 믿어요. 형—아버지가 죽고, 어머니가 요양소에 들어간 뒤부터 내겐 더 이상 눈물이 나오지 않아요. 눈물샘이 말라 사막화가 되었기 때문인지 혹은 어떤 병 때문인지 그런 건 잘 모르겠어요. 그 순간 나도 당신을 따라 함께 울었다면 우리, 더 행복했을 텐데.

형이 죽은 건 겨우 고등학교 1학년 때였어요.

계엄군의 총알이 열일곱 살 형의 쇄골 사이를 날카롭게 가로질러 갔지요. 형을 찾으러 나갔던 아버지가 쓰러지는 형을 발견한 것은 더 큰 비극을 불렀어요. 피칠갑을 한 형을 엎고 달리던 아버지의 옆구리로 또 다른 총알이 날아왔으니까요. 형은 아버지의 등에서 죽었고 아버지는 병원 응급실 시멘트 바닥의 모포 위에서 죽었어요. 아버지를 병원으로 데려간 사람은 과다출혈로 숨을 거두면서 아버지가 마지막으로 내 이름을 불렀다고 했어요.

아버지는 나에게 무슨 오욕의 짐을 지우려고 마지막으

로 내 이름을 불렀을까요. 당신의 등에서 죽어간 형이 아니라 왜 하필, 아버지가 내 이름을 불렀는지는 지금도 정말 모르겠어요. 아버지는 나보다 형을 더 사랑했었거든요. 형은 나보다 공부도 훨씬 잘했고, 운동도 잘했고, 부모님 말씀도 더 잘 들었어요. 새벽 운동 다닌다면서 형이 신문배달 일까지 했다는 건 나중에 알았어요. 아버지가 마지막으로 부른 이름이 형이었다면, 하고 바란 적이 많았지요. 나는 원래부터 내 이름이 싫었어요. 아버지가 내 이름을 마지막으로 불렀다는 걸 알고 난 후엔 더 말할 것도 없고요.

모든 이름엔 존재의 운명이 깃들어 있다고 믿어요.

죽어가면서 아버지가 내 이름을 부른 순간, 아버지─형보다 내가 더 오래 살도록 운명 지워진 것이겠지요. 죽고 싶어도 죽음으로 갈 수 없는 불공정한 운명 말이에요.

가끔 형사가 '폭도의 집안'이라고 낙인찍힌 우리 집에 찾아왔어요. "어머니가 저러고 있는데 너라도 살아서 참 다행이구나!" 형사는 말했어요. 그 말은 마치 너는 왜 죽지 않고 살아 있는 거냐고 묻는 소리처럼 들리곤 했어요.

어머니에겐 실어증이 왔고 치매가 왔고 공황장애가 왔
으나 나에겐 나를 죽이고 무너뜨릴 아무런 손님도 찾아오
지 않았어요. 나의 십대는 신과의 관계에서 누군가는 철저
히 불공평한 대우를 받는 게 세상이라는 걸 나날이 확인하
는 권태로운 과정에 불과했어요. 어머니는 늘 대문을 열어
두고 뜨개질을 했지요.

"니 애비, 니 형, 아, 안 죽었어……."

완전한 실어증이 되기 전에 어머니가 마지막 남긴 말이
에요. 어머니 계신 요양소로 들어가는 길가, 키 큰 메타세쿼
이아가 도열한 걸 보았을 거예요. 어머니를 생각하면 늘 그
나무들이 생각나요.

어머니를 요양소에 맡기고 나왔을 때 메타세쿼이아 사
이, 얼룩이 많은 유리창을 사이에 두고 어머니-나의 시선
이 잠깐 부딪쳤는데, 그 순간 바람이 불면서 메타세쿼이아

잘디잔 붉은 잎들이 내 앞으로 우수수 떨어졌어요. 그때 나는 어머니가 침묵으로 하는 그 말을 들었지요. "돌아오지마라! 멀리 가라!" 어머니는 말했어요.

정말이에요. 실어증에 걸린데다 치매 상태로 나를 알아보지도 못하는 어머니의 목소리를 찰나적으로, 그러나 또렷하게 들었다고 나는 기억해요. 그리고 또 알았지요. 내가 가는 길은 빙판이며, 나는 빙판에 떨어진 생명의 작은 한 조각, 시든 나뭇잎에 불과하다는 사실을요.

서울 근교, 내가 고향 떠나고 처음으로 일하던 대형 아울렛 매장 앞에도 그 메타세쿼이아가 도열해 서 있었어요. 지하층의 제품 창고에서 재고품을 정리하거나 매장 직원의 지시에 따라 매대로 제품을 옮겨 진열하는 일을 하고 한 달에 70만 원 정도를 받았지요. 기계실 바로 옆에 제품 창고가 있었어요.

하루 종일 붕붕거리는 기계 소리를 들으면서 아침부터 밤까지 계속해야 되는 일이었어요. 대형 매장은 현란한 불빛이 수천 가지 상품들을 화려하게 비추고 있었으나 창고엔 먼지 긴 형광등뿐이었어요. 환풍기조차 고장 난 지 오래되었기 때문에 제품을 정리할 때 피어오른 미세먼지가 지하실을 가득 채우고 있는 형국이었어요. 잠깐 매장 밖으로 나와 도열한 메타세쿼이아를 볼 때 비로소 숨을 쉰다고 생각하던 시절이었지요.

열대야가 오래 계속되던 여름이었어요.

매장은 언제나 적정 온도로 쾌적하게 유지되지만 에어컨 없는 지하실에선 늘 비지땀이 났어요. 기계실 냉방설비가 고장을 일으켜 멈춰 서는 바람에 설비 보수업체 직원들이 고치러 나왔어요. 자정이 넘은 시간이었지요. 고객의 쇼핑을 방해하면 안 되기 때문에 자정에야 보수업체 직원들을 불렀던 거예요.

그날 밤에 사고가 일어났지요. 안으로 들어간 보수업체 직원들의 기척이 없어 기계실 문을 열어본 내가 목격한 것은 쓰러진 네 명의 남자였어요. 누출된 냉매 가스에 의해 단시간에 네 명의 직원이 거의 동시 질식사했다는 것이 최종 수사결과였습니다. 환기시설이 고장 나 있었던 게 사고를 부추긴 셈이었지요. 그중 두 명은 아르바이트생이라 했어요. 대학교 2학년짜리 아르바이트생도 있었어요.

그에겐 싸구려 장바구니를 만드는 공장에 나가 라벨을 붙이는 일을 하는 어머니와 고등학교 다니는 여동생이 있었어요. 사회운동가였다가 시위 주동자로 몰린 그의 아버지가 기관에 붙잡혀 가 고문받은 뒤 그 후유증과 합병증으로 세상을 일찍 떠난 게 모든 비극의 시작이었다고 해요. 그들은 내몰릴 대로 내몰려 결국 지하 월세방까지 내려앉았어요. 그는 그러나 열심히 공부해 검정고시를 거쳐 마침내 대학에 들어갔고, 대학에 들어간 후에는 혼자서 학비와 용돈, 생활비의 일부를 벌어야 했지요. 그가 냉방설비 보수업체에서 아르바이트를 한 것은 다른 알바에 비해 오로지 수입이 나았기 때문이었어요.

그는 죽은 후에도 한 달이나 변두리 병원 냉동고에 누워 있어야 했어요. 대형 아울렛 회사는 책임을 냉방설비 판매

회사로 떠밀었고, 판매회사는 보수를 하청 맡긴 보수업체에 책임을 떠넘겼습니다. 직원 네 명에 불과한 영세 보수업체 사장은 경찰에게 불려 다니던 중 사고에 따른 압박감과 사업 부도로 그가 땅에 묻히기도 전에 자살하고 말았어요. 수사결과는 냉방설비를 판매한 판매회사 직원 한 명을 입건하는 것으로 끝났어요. 재벌급 아울렛 회사나 외국계 냉방설비 판매회사는 그들의 죽음에 대해 아무런 책임도 지지 않았지요. 한 달이나 장례를 미루던 유가족의 말에 귀를 기울여주는 사람은 아무도 없었답니다.

장례를 치르던 날 그의 어린 여동생이 해준 말이 지금도 잊히지 않아요. 제대로 수사하라고 항의하러 간 어머니와 여동생 앞에서 담당 형사가 그랬다는 것이었어요. "알고 보니 빨갱이 집안이던데" 하고요. 여동생은 보상받지 못한 것보다 그것이 제일 억울하다고 했어요.

내가 고향을 떠난 후 최초로 세상과 만난 전말이에요.

늘 떠돌아다녔지요. 바람 불고 비 내리는 풍진의 길이 나의 본향이라 생각한 것 같아요. 젊은 날을 그렇게 소비했어요. 나를 부수고, 부수고, 또 부수고 싶었던 세월이었습니다. 한 도시에서 한 해를 넘긴 적도 없었어요.

기타를 처음 배운 것은 멀리 바다가 보이는 어떤 승마장에서 말똥 치우는 일을 할 때였어요. 냄새나는 마장 옆의 컨테이너에 기거하며 말들을 재우고 먹이고 하던 시절인데요, 나의 전임자가 줄 끊어진 낡은 기타를 하나 두고 간 것이 인연이 되었지요. 낮엔 승마하러 오는 사람들도 있는데다가 마부들 시중도 들어야지, 말들을 먹이고 씻기고 똥 치워야지, 눈코 뜰 새 없지만 밤이 되면 아침까지 나 혼자만 산속에 남겨지는 나날이었어요. 아무렇게나 기타 줄을 튕겨보다가 곧 끊어진 줄과 기타 교본을 사 왔고, 기타 교본을 사 오고 한 주일 만에 〈황성 옛터〉를 혼자 칠 줄 알게 됐어요. 〈황성 옛터〉는 어머니가 잘 부르는 노래였거든요.

막걸리 한 사발 마시고 툇마루에 앉아 어머니가 "황성 옛터에 밤이 되니 월색만 고요해" 하고 노래를 부르면 어린 나이에도 뭔지 모르게 눈시울을 붉히곤 했었답니다. 어머니의 목소리는 가느다랗고 청아했어요. 어머니가 노래 부르기 시작하면 낮이든 밤이든 가을 깊은 밤 휘영청 달이 막 떠오르는 것 같았으니까요. 어머니에겐 음악적 재능이 있었던 게 분명해요.

이듬해 다른 도시로 나와 음악 학원을 좀 다녔어요.

〈황성 옛터〉에서 컨트리와 힙합 등을 거쳐 비틀스까지 나아가는 데 1년쯤 걸린 것 같아요. 특히 '조용한 비틀 (Beatle)'이라고 불리었던 조지 해리슨의 비틀스 곡들은 거의 모두가 나를 매료시켰어요. 〈Isn't It A Pity〉는 수천 번을 연주했지요. 노래 가사도 꼭 마음에 들었어요. 이불 속에 혼자 누워 있을 때조차 잠꼬대처럼 이 곡을 노래했던 시절이었답니다.

"불쌍하지 않나요. 부끄럽지 않나요.
우리가 어떻게 서로의 마음을 아프게 하고
서로에게 고통을 주는지,
우리가 어떻게 아무 생각 없이 사랑을 받고

돌려주는 것을 잊어버리는지,

안타깝지 않나요."

조지 해리슨이 본연으로 가는 남다른 삶을 살게 된 것은
인도의 한 수행자를 만나면서부터였어요. 눈 깊은 청년 기
타리스트 조지 해리슨은 스물두 살 생일에 장편영화 〈헬프
(Help)〉를 찍기 위해 동료들과 함께 '천국의 섬'이라 불리는
바하마 군도 파라다이스 섬에 가 있었어요. 그때 오렌지색
수도복을 입은 한 인도 수행자가 다가와 자신이 쓴 요가 책
을 한 권 선물했던 것이 조지 해리슨의 인생을 바꿔놓았지
요. 그 책엔 이렇게 씌어 있었다고 해요.

"원숭이는 두통으로 괴로워하지 않는다."

조지 해리슨을 채식주의자, 더 나아가 동양적인 명상의
세계로 기울게 만든 계기가 된 구절이었지요. 오직 사람만
이 초월적인 세계를 상상하고, 오직 사람만이 원인 모를 두
통에 시달리니까요. 그는 생전에 여러 번 인도 여행을 했고
영적 계시를 찾아 헤맸어요. 노래로써 사람만이 가진 '두통'

둘이 사니 더 좋아   173

을 이기고자 했던 뮤지션이 조지 해리슨이라고 생각해요.

힌두의 진언 만트라를 암송하면서 고요히 영면(永眠)에 든 쉰여덟까지, 힌두의 성지 갠지스 강에 유해가 뿌려져 강물의 근원으로 돌아갈 때까지, 조지 해리슨의 삶은 찰나의 카타르시스를 위한 록이 아니라 영원으로 가는 먼 꿈의 지향에 바쳐졌다고 할 수 있지요. 모든 존재가 신성을 품고 있다는 것을 그는 믿었습니다. 인도 여행 끝에 그는 이렇게 말했다고 그래요.

"제가 얻은 것은 단지 인도의 순수한 본질입니다."

여러 음악 장르의 운지법을 거의 다 배웠을 때 여섯 달을 건축 공사장에서 일한 돈으로 나는 새 기타를 하나 샀어요. 멀티이펙터가 내장된 일렉트릭 기타였지요. 나는 기타리스트가 되었다, 라고 혼자 생각했습니다. 마음속에 조지 해리슨의 길이 자리 잡기 시작한 것도 그 무렵이었을 거예요. 프렛에 닿을 때마다 비명을 질렀던 손가락 끝은 어느새 굳은살이 박여 단단해졌으며 어떤 곡이든 한두 번만 들으면 연주를 따라할 수 있을 정도로 음악적 감수성도 자라나 있었어요.

꿈에서 조지 해리슨을 만나기도 했답니다.

조지 해리슨은 갠지스 강 일엽편주 수많은 촛불 사이에 앉아 기타를 치고 있었어요. 갑자기 어머니가 그리워 밤 기차를 타고 어머니에게 다녀오기도 했었지요. 비루한 유랑의 터널을 조금씩 벗어나고 있다는 느낌이 잠깐씩 들기도 하던 날들이었어요.

싱어 송 라이터이자 우리 밴드의 보컬이었던 그녀를 만난 것은 답십리의 내 월세방으로 가는 골목에 그녀의 음악실이 있었기에 얻은 행운이었어요. 버스 정류장을 오가는 길가 지하실에 그녀의 음악실이 있었지요. 가끔 노래 부르는 소리, 연주하는 소리가 길까지 흘러나오고 했기 때문에 더러 어스레한 층계참에 앉아 그 소리들을 귀동냥하기도 했었답니다.

가을비가 내리는 밤이었어요.

버스에서 내려 골목길로 접어드는데 한 여자가 음악실이 들어 있는 3층짜리 건물 어귀에 앉아 담배를 피우고 있는 게 눈에 들어왔어요. 건물 현관 시멘트 바닥에 털썩 주저앉은 채 두 발만 골목길로 내뻗은 모양새였어요. 제법 굵은 빗줄기였다고 기억해요. 당연히 건물 밖으로 내뻗은 여자의 레깅스 바지 아랫단과 목 짧은 부츠는 비에 젖을 수밖에요. 마치 현관 안으로 들여놓은 몸통과 빗속으로 내놓아져 무방비로 비에 젖는 무릎 아래가 인위적으로 분리된 느낌이었습니다. 건물 앞의 가로등 불빛이 그녀의 무릎에서 경계를 만들고 있었기 때문에 더욱더 불구의 이미지로 보였던 것 같아요.

우산을 쓴 내가 여자의 발끝에 불현듯 멈춰진 건 그 때문이었어요. 비에 젖는 여자의 종아리와 발이 내 우산을 잡아챈 셈이었지요. "발이 젖고 있어요." 내가 그 말을 했는지 안 했는지는 기억이 흐릿해요. 여자가 고개를 들고 나를 올려다보았지요. 녹아내린 마스카라 얼룩에 인조 속눈썹이

제자리를 이탈한 채 기웃 붙어 있었어요. 울고 있었던 거예요. "나하고 소주 한잔 하실래요?" 여자의 말은 지금도 똑똑히 기억하고 있어요. 내가 당황해 머뭇거리자 여자가 덧붙인 말도요.

"혹시, 혹시요, 기타 칠 줄 아세요?"

내 유골을 강에 뿌리던 날 당신이 만난 '보컬'이 바로 그 여자예요. 그녀를 생각하면 항상 무릎 아래를 빗속으로 내놓고 앉은 그녀의 첫 모습이 떠올라요. 내가 기억하는 이미지 속에서 그녀의 일부는 늘 비에 젖고 있어요. 겉으로는 밝았으나 그 여자의 내면엔 언제나 허공처럼 비어 있는 데가 있었다고 여겨요. 누군들 그렇지 않을까요. 삶이라고 이름 붙인 저 황야에서요.

우리 모두, 몸의 어느 반쪽은 비에 젖은 채 걷고 있어요.

당신은 이해할 거예요. 당신도 그런 사람이었으니까요. 그녀는 키가 나만큼 크고 목이 유난히 길어요. 화려한 미인이라 할 수는 없겠지만 묘한 중성적 매력을 갖고 있어 남자보다 여성 팬이 더 많았던 여자였어요. 크게 부족한 것 없이 자랐고 대학도 좋은 데를 다녔어요. 음악이 아니었다면 달콤한 자본주의적 소비 세계에서 범속한 행복을 누리며 살 수 있는 배경을 가지고 있었지요.

"나는 시끄러운 록은 싫어. 세상을 부수고 싶지만, 세상을 부수기 위해서 꼭 시끄러워야 해?" 그녀는 말했어요. 우리 밴드가 슈게이징 장르로 기운 것은 다채로운 재능을 가졌던 그녀의 영향 때문이었지요. 그녀는 진정한 우리의 리더였으니까요. 시끄러운 음악이 누군가에겐 한없이 무위한 것처럼, 조용한 음악이 누군가에겐 한없이 폭발적일 수 있다는 것을 내게 가르쳐준 여자가 바로 그녀였답니다. 록의 자유 정신에서 중요한 것은 내면의 폭발이니까요.

그녀는 감상적인 아마추어 기타리스트인 나를 한 단계 끌어올려 음악의 깊은 안뜰로 인도해준 가이드이자 친구, 혹은 그 이상이었어요. 화성학이나 간단한 작곡법 또는 프로듀싱하는 법 따위를 가르쳐준 것도 그녀였지요.

그녀를 사랑했었다고 말하고 싶지는 않아요. 사랑이라는 말이 가진 폭력성을 나는 알고 있어요. 그렇지 않나요. 갖고 싶은 욕망 때문에 사랑이라는 이름으로 천연스럽게 상대편을 장난감처럼 자주 취급하면서, 그것에 대한 아무런 깊은 성찰도 갖지 않는 경우가 얼마나 많은가요. 부서지지 않는 장난감은 본 적이 없어요.

그러므로 사랑은, 두려워요.

모든 사랑에는 그런 위험이 다 깃들어 있어요. 훼손하기 위해 욕망하는 것 같은 느낌이 든 적도 많아요. 예컨대, 형과 아버지의 죽음으로 나는 세계 전부를 잃었어요. 나는 아무것도 믿을 수 없었고 존중해야 할 아무런 가치도 남겨 갖지 못했어요. 살아남았다는 것 자체가 치욕이었지요. 내 존재 자체가 돌이킬 수 없도록 훼손된 것이었어요. 아버지와 형을 사랑했기 때문에 얻은 결과예요.

이제 기타리스트였던 남자의 이야기를 해야겠어요.

우리 밴드는 기타, 드럼, 베이스, 보컬 이렇게 4인조로 구성됐어요. 가끔 프리로 뛰는 건반 연주자가 합류하곤 했지만요. 기타를 담당했던 친구는 잘생긴 데다가 재능도 있었고, 그리고 뭐든지 욕심이 많았던 사람이었어요. 항상 자신이 뛰어나다고 생각하는 유형이었지요. 내가 '보컬'을 알게 되기 훨씬 전부터 그들은 한 팀을 이루고 있었어요. "오랜 후배예요. 재주꾼이지." 보컬이 처음 내게 소개할 때 '기타'를 가리키며 한 말이에요. 나보다 다섯 살이나 어렸고 보컬보다는 두 살이 어렸어요. 그에 비해 '드럼'은 수더분한 성격에 말수가 적었고 그러면서 표정만은 항상 밝고 싹싹했지요.

내가 보컬을 만난 시기가 '베이스'를 맡고 있던 멤버가 팀을 뛰쳐나간 직후였다는 사실을 안 것은 나중 일이었어요. 제일 나이 많은 내가 뒤늦게 팀에 끼어든 셈이지만 아무도 불만은 없었어요. 잠잘 때를 빼곤 거의 동고동락할 정도였으므로 우리는 금방 깊이 맺어졌지요. 팀워크는 나쁘지 않았다고 봐요. 오랜 유랑 끝에 만난 사람들이라, 하루가 다르게 내 마음이 그들 속으로 스며들던 나날이었어요.

그사이 함께 연주한 슈게이징 장르의 음반 하나를 발매하기도 했답니다. 내가 알지 못하는 먼 곳에서 나의 연주를 미지의 다른 누가 듣는다고 상상하면 흥분돼요. 완성된 음반을 받던 날엔 새벽까지 잠을 잘 수 없었으니까요.

록은 흑인 음악의 한 갈래였던 블루스에 그 뿌리가 닿아 있다고 들었어요. 미국 남부의 흑인 노예들이 유일하게 쉴 곳은 교회밖에 없었지요. 그들은 처음 교회에 모여 전통적인 영가(靈歌)를 불렀는데, 교회를 빠져나온 세속의 영가가 블루스가 됐으며, 그것이 노예 해방 이후 도시로 간 흑인들에 의해 일렉트릭 과정을 거치면서 백인 중심의 저항적인 록으로 변이되었다는 사실을 가르쳐준 것도 바로 '보컬'이었어요. 바위(Rock)와 구르다(Roll)를 합친 말 '로큰롤'이 남녀 간의 성행위를 가리키는 흑인들의 속어였다는 사실을 알려준 건 '기타'였고요.

한참 동안 나는 기타와 보컬 간의 미묘한 관계를 알지 못했습니다. 음악실 옥상으로 기타가 나를 불러내기 전까지 말이에요. "나하고 이야기 좀 합시다." 어느 날 기타가 내 옆구리를 찌르며 말했어요. 보컬이 자리를 비운 날이었지요. 나는 기타를 따라 음악실이 들어 있던 건물 옥상으로 올라갔습니다.

"형의 마음을 정확히 알고 싶어요!" 옥상에 마주 선 기타의 첫마디는 오리무중이었어요. 그러나 눈빛에 번뜩이는 광채가 적개심이라는 걸 나는 단번에 알아차렸지요. 처음 있는 일이었어요. 팀에 의지하는 내 마음이 거의 절대적이라 할 만큼 깊어졌기 때문에 나는 크게 당황했어요. 그 무렵의 내게 가장 두려운 것이 있었다면 팀원들과 사소하든 크든 간에 심리적 균열이 생기는 일이었어요. 무너져버린 나의 자존감이 음악으로 복원되기 시작했다고 느끼던 나날이었으니까요. 나는 두려움 때문에 기타의 적개심에 찬 눈빛을 차마 마주 보지 못했습니다.

점심을 먹을 때, 리더인 보컬이 그의 기타 포지션과 나의 베이스 포지션을 바꾸면 어떻겠냐고 제안한 게 사달을 일으킨 것이었어요. "알고 보면 무대에서 베이스가 뒤를 잘 밀어야 우리 모두가 살아나잖아. 이 오빠는 경험이 부족해.

그러니 당분간만이라도 네가 베이스를 맡으면 어때?" '기타'에게 '보컬'은 말했지요. 기타와 베이스 포지션을 바꾸라는 주문이 기타로서 환영할 일은 아니나, 그때까지만 해도 나는 문제가 이리 심각해질 줄은 몰랐어요.

아시겠지만 무대에 오르면 '베이스'보다 '기타'가 훨씬 더 갈채를 받게 마련이에요. 밴드에서 베이스란 음식을 먹을 때 밥상과 같은 존재라고 할 수 있어요. 보컬과 드럼과 건반이 더욱 멋지게 솟아날 수 있도록 세심히 배려하면서 그것들이 관객에게 화려하게 어필할 수 있게 받쳐주는 것이 베이스의 역할이니까요.

보컬이 진즉부터 기타의 어떤 점에 대해 문제의식을 갖고 있다는 것을 나는 물론 눈치채고 있었어요. 기타 역시 보컬의 불만을 알고 있었다고 봐요. 문제가 되는 것은 연주가 아니라 기타의 탤런트 기질과 자기 현시욕에 있었어요. 이를테면 간주 시간, 기타는 연주를 하면서 기타를 높이 쳐들고 약속한 라인을 넘어서 춤추는 동작으로 무대 끝까지 자주 나와요. 보컬이 기타에게 가려서 밀려나는 경우도 생겨나요. 약속된 조명이 미처 기타를 따라가지 못하는 상황까지 생기는 일도 있어요. 관객의 시선은 뛰쳐나온 기타에게 집중될 수밖에 없지요.

단순한 문제는 아니에요. 간주 시간이라고 해서 보컬이 그냥 머물러 있는 건 아니거든요. 간주 중에도 보컬은 리듬을 타고 그것을 동작과 표정으로 보여주면서 관객의 호흡을 자신의 감정 지도에 맞춰 꺼지지 않게 조절, 유지해야 돼요. 이어 부를 노래의 내적 폭발력을 관객과 더불어 끌어내야 하니까요.

어떤 연주자가 오버해 약속된 라인보다 더 솟아오르면 보컬의 호흡은 물론이고 밴드 전체의 흐름에도 당연히 균열이 생겨요. 기타의 나쁜 버릇이 고쳐질 기미를 보이지 않자 참다못해 보컬이 넌지시 그런 처방을 내놓은 것이었어요. 보컬로 보면 당연한 제안이지만 기타의 입장에선 위기감을 느낄 수밖에요. 그러잖아도 자기 현시욕이 강한 기타가 가장 그늘진 포지션으로 밀려날 참이니 그 위기감이야 오죽 했을라고요.

"걱정 마. 나는 베이스가 딱 좋아. 내 성미에도 맞고 내 실력에도 맞아. 내가 보컬에게 말할게. 나는 기타, 그거 못해." 나는 말했어요. 진심이기도 했고요. 내겐 천성적으로 베이스 포지션이 맞는다고 생각하고 있었거든요. 조지 해리슨이 늘 존 레논 뒤에서 조용히 연주만 했듯이 말이에요. 그것으로 나는 문제를 해결할 수 있다고 생각했어요. 그러나 기타는 나에 대한 경계심과 적개심을 조금도 풀지 않았어요. 누그러들기는커녕 오히려 그의 눈에서 더 강력한 레이저가 쏟아져 나온다는 느낌이 들었지요. "포지션을 말하는 게 아냐, 형. 내가 묻고 싶은 건 보컬에 대한 형의 마음이야. 보컬, 좋아해? 사랑해?"

그것은 예상 밖의, 너무나도 낯선 질문이었어요.

모르겠어요, 사랑했었는지도요. 분명한 것은, 사랑이 어떤 건지 전혀 몰랐으니까 내 마음에 사랑의 싹이 파종돼 있었더라도 나 자신은 그걸 절대 알아보지 못했을 거라는 사실이에요. 그녀를 경애하고 존중하는 마음이야 깊었지요. 거리의 나를 거두어 내가 좋아하는 음악에 둥지를 틀 수 있도록 이끈 가이드고 친구고 스승이 그녀였으니까요.

문제는 기타가 덧붙인 그다음 말이었어요.

"그녀를 보는 형의 눈빛을 보았어. 거짓말로 얼버무릴 생각은 마. 감히 형이, 그녀와 맞는다고 생각해? 형은 저기, 거리에서 굴러왔어. 여기 왔을 때 화성학이 무엇인지, 대위법이 무슨 말인지도 몰랐잖아. 기타를 친다면서 심지어 커팅 연주법이 뭔지도 모르는 사람이 형이었어. 그녀는 엘리트 출신이야. 부모가 다 교수라고. 몰라? 왜 그렇게 눈치가 없어? 밴드를 같이 한다고 해서 뭐든 똑같이 섞일 수 있는 건 아니란 걸 알아야지. 그리고 이런 말까지는 안 하려고 했지만 하도 눈치가 없어 해두는 건데, 그녀와 나, 같이 잔 사이야. 어디 감히, 끼어들려고 해?"

한마디로, 그것은 폭력이었습니다.

뺨을 맞고 오물을 뒤집어쓴 기분이었지요. 내가 애초 음악에 대한 체계적인 지식이 전무했으니 나를 무지하다고 말하는 건 상관없었어요. 내가 거리에서 온 게 사실이니까 그녀와 내가 사회 보편적으로 어울리지 않는다고 지적한 것도 그래요. 그녀를 소유해 내 것으로 하고 싶은 욕망이 전혀 없었으니 그런 지적이야 웃으면서 넘어가면 그뿐이지요. 내가 화가 난 것은 '그녀와 나, 같이 잔 사이야. 어디 감히 끼어들려고 해!'라는 말이었어요. 그 말은, 나뿐만 아니라 누구보다 내가 소중히 생각하는 그녀에 대한 더할 수 없는 모욕으로 들렸어요.

나는 소리쳐 반문하고 싶었어요.

"그게 뭔데? 같이 잔 게? 같이 잤으니까 그녀가 네 것이라도 됐다는 거야? 겨우 같이 잤다는 그것으로?" 말은 그러나 목젖에 걸려 있었어요. 분노가 솟구쳤고, 분노는 이내 절망과 슬픔으로 뒤바뀌었지요. 그가 의기양양하게 목을 쳐들고 나를 바라보고 있었거든요. 나에게 회생 불능의 치명적인 펀치를 날린 표정으로요. 그를 바로잡는 게 불가능할 것이라는 자각이 갑자기 나를 슬프게 했어요. 노래를 통해 함께 나아가야 할 동료이자 동지인데, 그를 바로잡을 수 없다고 생각하니 슬픔이 목구멍으로 마구 차오르는 것이었습니다.

나는요, 한 번도 그녀와 자고 싶다고 생각한 적이 없었어요. 그녀는 충분히 매력 있는 여자이자 뮤지션이었지만 나는 다만 그녀에게 가까이, 가까이 닿고 싶었을 뿐이에요. 그리고 그런 내 마음을 아무에게든 말한 적도 없었어요. 소망이 있었다면 그녀의 그림자 같은 존재가 되는 것이었어요. 사랑이 뭔지 여전히 나는 모르지만, 그것이 사랑이라고 하더라도 내 소망은 그게 전부였다고요. 우리가 연주를 통해 서로서로 자유롭게 날아서 하나의 완전한 하모니에 도달했다고 느끼는 그런 순간들에의 지향 말이에요.

오로지 깊은 이해에 도달하고 싶은, 그런 거요.

상황은 그날 이후 계속 나빠졌어요. 연주가 끝나면 그가 늘 내 연주 때문에 전체적인 하모니가 깨어졌다는 식으로 나를 타박했어요. 그뿐만 아니라, 그가 자극을 받을까 봐 그날 이후 나는 보컬 옆에 앉지도 않고, 제대로 바라보지도 못했어요. 그 무렵 그와 보컬 사이에 어떤 갈등이 있었는지는 지금도 잘 몰라요. 아마도 그는 그 무렵 오직 1대 1의 절대적인 관계망에 그녀를 가두어 독차지하고 싶은 열망에 사로잡혀 있었던 것 같아요.

어쨌든 그것으로 내게 해방공간이었던 음악실이 감옥처럼 변한 건 사실이에요. 참고 견디면서 그 국면을 뚫고 가보려는 노력을 안 한 건 아니에요. 기타의 오해를 풀어보려고 여러 시도를 했고, 보컬에겐 일정한 거리를 두도록 노력했어요. 하지만 그러면 그럴수록 그 문제는 우리 팀 전체를 더욱 옥죄는 것이었어요. 상황이 개선될 가능성은 전혀 없었지요. 오로지 더 좋은 노래에만 관심이 가 있던 보컬로서도 그런 분위기는 견디기 너무 힘들었을 거예요. 어쩌면 우리 중에서 리더인 보컬이 가장 힘들었을지도 몰라요. 나는 깨달았지요. 팀은 물론 보컬을 위해서라도 내가 무엇인가 결단을 내려야 한다는 것을.

우리가 팀을 이루고 1년 만의 일이었어요.

삶에서 '원의 중심으로부터 몇 개라도 반경을 그릴 수 있듯이 길은 얼마든지 있다'라는 말은 길이 우리를 기만하기 위한 속임수라고 생각해요.

잔인하게도 길은 늘 두 가지예요. 한 길은 기쁘게 얻어가는 길이고 한 길은 스스로 길을 잃어버리기 위해 가는 길이지요. 나는 후자를 선택했어요. 보컬을 떠나고 나서, 두리번거리며 또 다른 길을 찾을 생각 같은 건 하지 않았어요. 처음부터 아무런 길도 배정 받지 못한 게 내 인생이었으니까요. 길을 찾는 게 어렵지, 원래의 길 없는 길로 되돌아가는 건 아주 쉬운 일이었어요.

밤이었어요. 나의 유일한 보물인 일렉트릭 기타를 메고 어두운 하천변을 걸어가는데 담배를 피우고 있던 고등학교 남자애들이 다가왔어요. "아저씨, 기타 좀 보여줘봐!" 어깨가 떡 벌어진 키 큰 아이가 말하고 "기타, 좋네. 이거 아저씨 꺼, 맞아? 어디서 훔쳐 오는 거 아냐!" 등을 떠밀며 다른 아이가 말했지요. 그 애들이 무섭진 않았어요. 오랜 떠돌이 생활로 단련된 체력이 있으니 죽어라 싸운다면 그 애들에게

서 내 기타를 지킬 수 있었을 거예요. 그러나 나는 그렇게 하지 않았어요.

그 순간 내가 견딜 수 없었던 것은 오욕이었지요.

나의 누추한 나날이 견딜 수 없었고, 밴드에서 떠나려고 나오면서 그래도 기타만은 챙겨 온 나의 소심함도 견딜 수 없었어요. 울고 싶은데 그 애들이 나의 뺨을 때려준 셈이었어요. "왜, 이 기타를 빼앗고 싶어?" 나는 자조적으로 웃었어요. "어디 빼앗아보셔!" 거꾸로 잡아 쥔 기타를 옆의 바위에 내려치기 시작했지요. 완전히 미친 사람 같았을 거예요. 산산조각이 나서 줄만 남았는데도 지칠 때까지 그걸 바위에 내려치고 있었으니까요. 지쳐 주저앉아 보니까 그사이 애들은 도망치고 없더라고요. 나 혼자 황량한 천변에 팽개쳐진 상태로 남아 있었어요.

다음 날 나는 서울을 떠났습니다.

다시 유랑이 시작됐지요. 입에 풀칠할 정도만 먹고 아무

데서나 잠자면서 흘러 다녔답니다. 흐르다 흐르다 보니 소소까지 온 거예요.

사멸로 가는 듯한 구소소의 분위기가 좋았어요. 소소의 공사판을 전전하다가 강 건너편 조그만 철강 회사에 비정 규직으로 취업했지요. 비정규직이었으나 나 혼자 사는 데 지장 없을 정도의 급료를 받는 것만으로도 과분하다고 생 각하고 살았습니다. 고분군이나 풍화된 왕릉, 오래된 성벽 에 앉아 있으면 때로는 시간이 흘러가는 소리가 강물 소리 보다 더 가깝게 들리기도 했지요. 기타는 물론 다시 손에 들지 않았어요.

희망을 버렸는데 무엇으로 어떻게 노래를 부르겠어요?

철강 회사의 전기로는 24시간 멈추지 않고 가동되지요. 섭씨 1,600도의 쇳물이 이글대는 쇳물 통에서 고철을 녹여 다음 공정으로 보내는 일은 3교대로 24시간 진행돼요. 집 중력이 떨어지는 심야 근무에선 특히 조심해야 되는 일이 지요. 나와 자주 한 조가 되어 일했던 점박이는 반신불수

노모를 모시고 사는 마흔 살 총각이었어요. 관자놀이에 콩알만 한 점이 있어 이름 대신 점박이라 불렸는데, 효성이 지극했고, 물색없이 착한 사람이었으며, 온갖 개그로 늘 동료들을 웃기는 유쾌한 사람이었어요. 형제는 많지만 노모를 모시고 살겠다는 형제가 없어 자신이 개그맨의 꿈을 접고 고향에 주저앉았다고 했습니다.

쇳물 통은 하루에 세 번씩 '스프레이' 작업을 해야 돼요. 안쪽 뚜껑의 틈새에 낀 쇳조각이나 이물질들을 청소하는 일이 스프레이예요. 특별한 안전장치는 없어요. 사고가 난 것은 새벽 두시가 넘은 시간이었어요. 점박이가 쇳물 통 위로 쳐진 쇠줄을 잡고 통 입구에 끼여 있는 쇳조각을 빼내려고 낑낑대는 모습을 본 것이 그가 살아 있는 마지막 모습이었어요. 작업 중 아래에서 올라오는 고열에 노출된 그가 잠깐 정신을 잃는 바람에 끓는 쇳물 통 속으로 떨어져버린 것이었어요. 점박이는 비명조차 지르지 못했어요.

최소한의 안전장치만 있었어도 일어나지 않았을 후진적인 사고였지요. 어떻게 된 노릇인지 노동부의 산재 예방 계획에도 쇳물 통 주변 안전 점검만은 제외돼 있었어요. 나보다 선임이었으나 그 역시 비정규직이었기 때문에 보상에서도 차별 대우를 받을 수밖에 없었어요. 그의 죽음을 전해 들은 반신불수의 노모가 그 충격을 이기지 못하고 아들을 따라 곧 세상을 떠난 사실은 정말 가슴이 아팠어요.

반신불수의 노모를 버리고 떠났던 나머지 형제들이 보상금만을 노리고 회사 앞에 찾아와 악을 쓰는 모습을 보고 나도 곧 회사를 그만두었지요. 보상금을 줄이려고 한사코 본인의 부주의만을 강조하는 회사, 책임 떠넘기기 바쁜 관할 노동청 관리, 오직 보상금에만 관심을 갖는 점박이의 나머지 형제들을 더 이상 보고 싶지 않았지만, 그보다 내가 끼여 있으면 왜 동료들이 자꾸 죽어나갈까, 하는 두려움 때문이었어요.

나와 함께하는 사람의 목숨을 잃게 만드는 마성(魔性)이 내 안에 깃들어 있는지도 모른다고까지 생각했었지요. 당신을 만난 건 그 사건이 있고 한참 후였어요.

이제 우리들, 아니 ㄷ의 이야기를 할 때가 왔군요.

ㄷ은 나보다 한 달쯤 지나서 그 집에 들어왔어요. 그녀가 처음 끌고 왔던 커다란 가방이 생각나는군요. 장춘에서 왔다는 말에 당신은 마음이 약해져서 그녀를 받아들였어요. 하룻밤만 재우겠다는 생각이었겠지만 가방을 끌고 들어올 때 그녀가 금방 나가지 않을 거라는 사실을 나는 직감했어요. 그녀에겐 뭐랄까, 야성적이고 차진 에너지 같은 게 응집돼 있어 보였으니까요.

첫날 밤을 재우고 난 다음 날 아침, 당신이 거실에서 지른 탄성이 지금도 들려요. "오, 반짝반짝하네. 보석 같아!" 방문을 열고 나왔다가 나도 반짝반짝 빛나는 거실 마루를 보게 되었어요. ㄷ이 새벽에 일어나 혼자 마루를 알뜰히 닦아놓은 것이었지요. 재래식 판재로 마감된 구식 마루였기 때문에 아무리 청소를 해도 도무지 표시가 나지 않았었는데, 그녀가 판재 사이의 때까지 벗겨내어 자못 휘황하게 만들어놨던 거예요. 당신이 덧붙여 말했지요.

둘이 사니 더 좋아　　195

"셋이 사는 것도 참 좋네!"

이런 시시콜콜한 나의 고백을 당신이 싫어할는지 좋아할는지는 잘 모르겠어요. 그날 아침의 마루 또한 당신—나—ㄷ만 아는 비밀이고, 비밀이란 누구에게든 신비하며, 소중한 만큼 동시에 무거운 것이니까요.

어디 그뿐인가요. 내가 들어와 바깥 살림살이가 달라졌던 것처럼 ㄷ이 들어와 안살림살이가 나날이 빛나기 시작했어요. 그녀처럼 모든 사물을 빛나게 만드는 여자는 많지 않을 거예요. 그녀가 닦은 유리창, 사기그릇, 그녀가 닦은 묵은 액자들을 통해 집 안의 소품들이 줄줄이 깨어 일어나던 걸 회상하면 언제나 유쾌해져요. 그것들 역시 아무도 모르는 우리만의 비밀이겠지요.

비밀이 없는 삶을 생각하면 정말이지 지루하기 이를 데 없이 느껴져요. 사람들이 제일 숨기기 어려운 비밀은 기침과 사랑의 불꽃일 거라고 봐요. 누구든 기침을 하고 누구든 사랑의 불꽃을 갖고 있어요. 그러나 아침에 옷을 입고 세상으로 나가면서 사람들은 터져 나오는 생의 기침과 찰나적이면서도 영속적인 사랑의 불꽃을 행여 누구에게 들킬세라 횡경막 아래 은밀하게 숨겨요. 효율성 중심으로 짜인 세상의 법칙과 그것은 도무지 맞지 않으니까요.

하지만 나는 느낄 수 있어요.

밤 깊어 먼 도시의 불빛이 한결 가까워질 때, 그 수많은 불빛 하나하나에 숨겨진 비밀스러운 생의 고동 소리를요. 그것을 감지하면 곧잘 숨을 깊이 몰아쉬고 말지요. 그 불빛들을 가둔 저마다의 창이 참으로 무섭고, 또 경이로우니까요. 우리들이 간직한 비밀도 당연히 그렇다고 여겨요. 당신도 동의할 거예요. 그러니 우리는 어떻게든 우리의 기억들을 비밀스러운 서랍 속에 계속 쟁여두어야 해요.

그런데도 불구하고, 죽은 다음에까지 이렇게 당신에게 다시 다가와 말하고 있는 나의 허물을 부디 오늘은 받아주세요. 당신에 대한 나의 고백은, 우리의 비밀을 훼손하기 위해서가 아니라 오히려 비밀을 더 깊이 다지기 위해서라고 한다면 변명일까요.

어떤 날 당신과 둘이 침대 위에서 포개져 있을 때, 우리
는 거의 동시에 ㄷ이 문을 조금 연 채 우리를 바라보고 있
다는 걸 감지했어요. 그전부터 한방을 쓴 당신―ㄷ이 때로
연인처럼 서로를 쓰다듬으면서 지냈다는 걸 나는 물론 알
고 있었어요. 하지만 당신과 나의 정사는 그것과는 좀 다르
잖아요. 다를 것이라고 나는 생각했지요.

그런데 그날 밤, 그녀는 침실 문을 대담히 열고서 벌거벗
은 채 서로 껴안고 있는 우리를 바라보는 것이었어요. 심지
어 당신의 가슴에 코를 비비던 나와 그녀의 눈이 마주치기
까지 했답니다.

내가 그녀 때문에 흠칫 놀라는 순간, 당신이 내 머리를
다급하게 끌어당겨 가슴에 안았어요. 그것 때문에 당신도
그녀가 우리를 보고 있다는 사실을 알고 있다고 느꼈지요.
아니, 어쩌면 우리의 침실을 자주 엿보는 그녀의 존재를 진
즉에 눈치채고 당신 스스로 처음부터 문의 잠금쇠를 걸지

않았었는지도 몰라요. 그녀가 가진 젊은 날의 분별없는 홀림을 당신은 미리 계산에 넣었을 거예요. "계속해요!" 그 말을 했든 안 했든, 나는 당신이 속삭이는 그 말을 그 순간 들었다고 기억해요. 그때 이미 우리는 침묵의 말들을 서로 알아듣는 지경에까지 이르렀었으니까요.

치정(痴情)의 불온함이 불러올 위험한 낭떠러지를 당신이 처음부터 갈망한 것인지, 그게 아니라 그 무엇이 우리 사이에 끼어들더라도 당신의 품으로 다 녹여내 더불어 어떤 평화에 도달할 수 있다는 숭고한 확신 속에 있었는지, 그런 건 분명하지 않아요.

확실한 것은 생의 어떤 비밀들은 머리를 굴려 만드는 전략에 장악당하지 않는다는 사실이에요. 당신에게 어떤 전략도, 어떤 의도도 없었다고 믿어요. 당신이 가진 게 있었다면 모든 얼룩이 지워진 순수한 충동 같은 것이었겠지요. 나 또한 당신의 순수한 충동에 재빨리 동의했던 것이고요.

그 무렵엔 한 자 넘게 늘 눈이 쌓여 있었고, 우리의 외딴집뿐 아니라 사멸의 길에 놓인 모든 구소소의 낮은 지붕들이 하나같이 고립되어 있었어요. 시간이 정지되어 있었다고 해도 과언이 아닐 거예요. 우리가 순수하고 거대한 충동에 따라 맺어지는 데, 그러므로 긴 시간은 필요 없었어요.

그럼요. 우리는 고요하면서도 뜨겁게 우리가 가던 길을 계속 갔어요. 당신 말처럼 '섹스'라는 말에다가 그날 밤의 비밀을 다 담을 수는 없어요. 섹스란 외로운 사람들의 옆구리에 입을 벌리고 있는 한낱 상처의 주머니 같은 거라고 생각해요. 분명 우리는 그것과 다른 어딘가에 속해 있었어요.

'덩어리'라고 했나요.

덩어리라는 말에선 '상처의 주머니'가 아니라 '순수의 집합체' 같은 광채가 느껴져서 좋아요.

무엇에 홀린 듯 그녀가 주춤주춤 우리에게 다가들고 있었고, 그 결과는 당신과 나도 이미 알고 있었다고 봐요. 괜찮아. 멈추지 마! 내 입에 가슴을 흔연히 물려주면서 속삭이는 당신의 목소리를 내가 환청으로 들었을지도 몰라요.

마침내 ㄷ이 우리의 머리맡에 앉았지요.

그때쯤 당신의 눈가가 젖어들기 시작했어요. 당신이 왜 울었는지는 지금도 모르지만 충분히 이해하고 동의할 수는 있었어요. 내 가슴속에도 눈보라가 막 휘날리고 있었으니까요. 내가 혀로 당신의 눈물을 가만히 닦아주었어요. 우리를 내려다보면서 그 순간 그녀가 한 말을 잊을 수가 없어요. 당신 위에 엎드린 내 날개를 떨리는 손으로 가볍게 만지다 말고, 그녀가 당신보다 눈물 젖은 목소리로 이렇게 말했어요.

"자기들끼리만…… 너무해요……."

그녀의 말이 단순히 우리에게만 들으라고 한 말이었을까, 하고 나는 가끔 생각해봐요. "자기들끼리만…… 너무해요……." "자기들끼리만…… 너무해요……." "자기들끼리만…… 너무해요……." 위의 하나는 ㄷ이, 다른 하나는 당신이, 또 다른 하나는 내가 하는 말이라는 것으로 이해해주세요. 우물을 파고 있을 때, 트럭들이 구소소 낮은 지붕들을 무너뜨릴세라 질주하는 걸 내려다볼 때, 전문학교 뒷담을 따라 도열한 히말라야시다의 그늘이 내게로 진군해온다고 느낄 때, 나는 언제나 속으로 중얼거렸답니다. "자기들끼리만…… 너무해요……."

총 맞아 죽은 형—아버지를 세상에서 '폭도'라고 부를 때, 어머니를 업어 요양소에 맡기고 혼자 떠나올 때, "어디 감히 끼어들려고 해!"라고 밴드의 기타가 말했을 때, 아무런 안전장치 없는 쇳물 통에 점박이가 비명조차 지르지 못하고 쑤셔 박힐 때, 내 오장 밑바닥에서 터져 나오던 말이 그거라는 걸 나는 그 순간 깨달았답니다. 그녀의 외침이고 당신의 외침이고 나의 외침이었던, "자기들끼리만…… 너무해요……"라는 그 말.

그 겨울에 우리는 행복했었다고 말할 생각은 없어요.

행복이란 말은 너무도 범속해서 우리들 세계의 언어가

아니라는 생각이 들어요. 우리는 때로 침묵으로 수평을 이루었고 우리는 때로 육체를 통해 원시(原始)로 돌아가기도 했어요. 우리가 경험했던 감정의 수평과 세계의 시원(始原)을 미적분 문제처럼 설명할 수는 없어요. 자주 함께 웃었고 자주 함께 울기도 했지요. 강을 따라 불빛이 전혀 보이지 않을 때까지 걷기도 했고, 배가 터지도록 먹은 뒤 짐승같이 포개져 잠들기도 했으며, 밤을 새워 온갖 게임에 몰두한 날도 많았어요.

아픈 기억들에 대해서 말하는 일은 거의 없었어요. 어디에서 어떤 경험들을 해왔는지는 아무런 관심도 두지 않았어요. 심지어 이름조차 묻지 않고 함께 지낸 우리를 어떻게 지상의 말로 설명해야 할지 모르겠어요.

그러면서도 각자가 지닌 몸속 '가시'들을 우리는 서로 알고 있었다고 믿어요. 가시요. 아니 영혼 깊은 곳에서 솟아나는 샘물에 젖어 몸속 가시들조차 모조리 녹아 없어졌었다면 과장일까요. 눈 속에 고립된 그 외딴집 자체가 우리의 밀어였고 세례였다고요.

결단코 '자기들끼리만…… 너무'하지 않게 보냈던 시간이었다고 믿어요.

아니, 꼭 그런 것만은 아니었어요. 어떤 날 새벽에 나는 뒤란에서 ㄷ이 혼자 울며 자위행위를 하는 걸 훔쳐본 적이 있어요. 잠들기 직전까지 셋이서 열락의 시간을 보낸 날 새벽이었어요. 화장실을 가려고 일어났다가 ㄷ이 침대 위에 없는 게 이상해 살그머니 아래층으로 내려갔다 뒤뜰 야외용 의자에 앉아 있는 그녀를 발견하고 흠칫 걸음을 멈추었지요. 달이 떴지요. 손을 사타구니 사이에 대고 격렬하게 몸을 움직이는 그녀는, 놀랍게도 울면서 자위행위를 하는 중이었어요. 나는 흡 하고, 내 스스로 숨을 막았습니다. 셋이 더불어 꿀과 같은 감미를 향유하고 잠들었던 날 새벽인데, 그녀 혼자 자위행위라니요.

그녀는 그 순간 완전히 혼자 있었어요.

흰 달빛만이 그녀를 에워싸고 있었지요. 아니, 그녀가 거쳐왔던 잔혹하고 무섭고 슬픈 기억의 가시들이 그녀와 함께 있었을 거라고 생각해요. 기억들 말이에요. 당신과 내가 절대로 끼어들 수 없는 고유한 기억, 고유한 상처, 고유한 그녀만의 어느 파동 속에요.

어찌 그녀만 그랬겠어요. 당신도 나도 마찬가지였다고 생각해요. 가령, 셋이서 침대 위에 포개져 잠들고 난 다음, 이상한 기미에 눈을 떴다가, 옷을 다 입은 당신이 머리맡에 앉아 그녀와 나를 물끄러미 내려다보고 있는 걸 발견한 날도 있었어요. 그런 날은 당신 혼자 우리로부터 분리되어 있었겠지요.

고백하거니와, 나 역시 가끔 그랬답니다. 함께 잠들었다가 나 혼자 돌연 깨어나, 여기가 어디인가 어둠 속을 둘러보는 내 모습이 떠올라요.

당신의 가슴속에 그녀의 머리가 파묻혀 들어가 있는 것을 내려다보지요. 당신들은 덩어리져 있지만 그걸 내려다보는 나는 그 순간 낯선 공포심과 딱 맞닥뜨려요. 내 몸뚱어리 속에 잠복해 있던 가시들이 심장과 폐와 작은창자 큰

창자 맹장을 마구 찌르는 것 같은 느낌이 들지요. "도망쳐야 해!" 나는 중얼거려요. 어디에서 연유한 공포감이었는지는 모르겠어요. 황급히 옷을 찾아 입은 뒤, 한밤중에 나 혼자 강 건너까지 도망친 적도 있는걸요. "안 돼!" 눈 쌓인 거리로 도망치면서, 나는 그때 그렇게 부르짖었답니다.

"안 돼. 여기에서 도망쳐야 해!"

껴안고 잠든 당신―ㄷ의 덩어리를 혼자 내려다볼 때 내가 그 순간 무엇을 보았다고 생각하세요? 소외감? 소유할 수 없는 태생적인 아웃사이더의 슬픔? 천만에요. 굳이 말하자면 나는 당신들에게서, 나에게서, 끝간 데 없는 고독의 심연을 보았다고 생각해요. 아주 깊고, 좁고, 어둔 우물 속을요. 혼자 깨어 일어나 자위행위를 하던 ㄷ은 어떠했을까요. 아니 나―그녀에게서 분리된 채 덩어리져 잠든 나―그녀를 내려다볼 때, 당신은 무엇을 보았나요.

아, 그때마다 당신, 얼마나 무서웠나요?

구태여 말을 꼭 해야 한다면 우리 셋이 함께 덩어리져 있을 때의 중심축은 당신이었으며, 당신의 중심은 더 많은 시간 나보다 그녀에게 가 있었다고 나는 생각해요. 서운해서 하는 말이 아니에요. 당신이 나보다 그녀에게 더 밀착되어 있다고 느낄 때마다 서운하기는커녕 대체적으로 더 보기가 좋았고 따뜻했다는 것을 말하고 싶어요. 동성의 교접이 얼마나 아름다울 수 있는지를 나는 당신과 그녀의 관계에서 보고 느꼈답니다. 당신들은 덩어리로 침대 위에 있고 나 혼자 버려진 듯 침대 아래에서 눈을 뜨는 아침이 참 많았다고 기억해요.

특히 웃거나 울 때가 그랬어요. 당신이 농담이라도 하면 그녀는 까르르까르르, 매양 방바닥을 뒹굴다시피 했어요. 당신들이 서로 마주 보고 막 웃을 때마다 나는 웃는 듯 마는 듯했을 뿐이었고요. 울 때는 말할 것도 없었어요. 어차피 눈물이 나오지 않으니까 나는 함께 울 수도 없었지만, 당신들은 아무 이유도 없이, 그러나 마치 짜 맞춘 것처럼 자주 함께 울었어요. 전생의 하나가 후생에서 분리돼 당신-그녀로 나뉜 것은 아닌가 생각한 적도 있지요. 껴안은 채 울고 있는 당신들에게 왜 우느냐고 내가 물은 적이 있는데, 당신들은 거의 동시에 이렇게 대답했어요.

"그냥…… 좋아서!"

그렇다고 그해 겨울, 우리에게 성의 구분이 있었다는 말은 아니에요. 남성, 여성이란 말을 우리는 완전히 잊어버렸었다고 여겨요. 그렇지 않았나요. 아침 저녁의 구분이 애매했던 것처럼, 성의 구분도 매우 모호한 나날이었지요. 어느 때는 당신—그녀가 더 남자에 가까웠고, 어느 때는 당신들보다 내가 더 여자에 가까웠다고 생각해요. 우리 모두가 남자, 또는 여자가 된 날도 있었을 거고요.

당신도 그런 말을 한 적이 있어요. 1대 1의 관계란 독점적 욕망을 전제로 삼게 마련이라면서, 그것이 사랑일지라도, 모든 존재는 독점을 지속적으로 허용하지 않으므로 그것은 불가능한 욕망이며, 그렇기 때문에 결과적으로 상처를 불러올 뿐이거나, 그게 아니면 사랑의 이름으로 저질러지는 폭력성을 감춘 가짜 평화로 관계를 유지하게 될 뿐이라고요. 적어도 우린 독점적 욕망으로 우리를 훼손한 적은 거의 없었다고 여겨요.

셋이었기 때문에, 대체로 더 좋았다고 나는 기억해요.

셋으로 삼각형을 이룬 게 아니었어요. 셋으로부터 확장되어 우리가 마침내 하나의 원을 이루었다고 나는 생각해요. 역동적이고 다정한 강강술래 같은 거요. 둘이선 절대로 원형을 만들 수 없잖아요. 셋이기 때문에 비로소 가능한 원형이지요.

우리는, 지구가 아닌 다른 별에서 살고 있었어요.

그렇다고, 우리의 관계가 완벽한 건 아니었어요. 혼자 자위행위를 하던 그녀, 혼자 일어나 잠든 나―그녀를 내려다보던 당신을 생각해봐요. 당신들을 놔두고 도망치던 나의 어느 새벽도요. 덩어리져 사랑의 원형을 이룬 건 사실이지만, 그렇다고 우리가 분리되지 않은 상태로 계속 머물렀다고는 말할 수 없다는 것을 이제 알아요. 때로는 뜬금없이 분리되어 각자의 방으로 돌아가 우리, '따로국밥'으로 나뉘어 있었겠지요.

누구든지, 살아 있는 한 존재의 독방에서 온전히 빠져나갈 수는 없어요.

이를테면, 그녀가 연탄을 피워 셋이서 함께 죽으려고 획책했던 일은 당신도 기억할 거예요. "언니랑 아저씨랑, 우리, 지금 함께, 한순간에 죽는 게 가장 행복한 거, 맞잖아!" 그녀는 울부짖었어요. 오로지 혼자, 결정하고 오로지 혼자, 연탄을 준비하고 오로지 혼자, 번개탄에 라이터를 켜댈 때 그녀가 얼마나 고독했을까를 상상하면 끔찍해요. 나이가 어렸기 때문에 더욱더 예민하게, 결코 합쳐질 수 없는 존재의 방을 느끼고 있었다고 생각해요. 당신─내가 모른 척 타협하고 있던 순간에, 그녀는 모든 걸 넘어서는 영원성을 보장받으려고, 혼자 꼼꼼히 혁명을 준비하고 담대하게 실행에 옮겼다고 할 수 있어요.

죽음이 아닌, 그 무엇으로도 완전히 한 덩어리가 되어 그 상태를 지속할 수 없다면, 신은 왜, 우리에게 애당초 사랑의 불꽃을 주었을까요.

돌이켜보면, 나를 유랑의 길로 떠민 형의 죽음도 그래요. 나는 아버지보다 훨씬 더 형을 좋아했어요. 형도 나를 늘 끔찍이 생각했고요. 내가 필요한 게 있다 하면 어떡하든 내가 필요한 걸 형은 구해다주었고, 내가 놀고 싶어 하면 자신의 일을 다 미루고라도 나와 놀아주던 형이었어요. 그 겨울의 당신―나, 당신―나―그녀처럼, 형과 나도 자주 한 덩어리를 이루었다고 생각해요. 그날이 닥치기 전까지요.

휴교령이 떨어지기 전에 나는 학교에서 나비 채집의 숙제를 부여받고 있었어요. 나비들을 다 채집해놓았기 때문에 남은 일은 나비의 이름을 알아내 핀으로 꽂아 정리하는 것뿐이었어요. 친구네 집에 '나비 도감'이 있으니 그 책을 빌려 오면 다 해결된다고 말한 건 형이에요. "오늘 나비 이름 다 찾아줘야 해!" 아침에 나는 형에게 말했고, 형은 조금 망설이는 눈치였어요.

형이 망설이는 것만으로도 나는 속이 상했지요.

도시 전체를 싸고도는 수상한 낌새는 나도 눈치채고 있었답니다. 알 수 없는 긴장감이 깃들어 있던 며칠이었으니까. "형이 늦게 올지도 몰라. 오늘 못하면 내일 해줄게!" 형은 그 무렵 자주 늦은 시간에 귀가해 아버지를 화나게 한 일도 있었어요. "싫어! 오늘 점심때는 꼭 해줘야 해!" 나는 형에게 마구 떼를 썼어요. 이상한 불안감 때문에 더 떼를 썼던 것 같기도 해요.

형이 나비 도감을 빌려가지고 온 것은 점심때가 훨씬 지나서였어요. 기다리다 못해 화가 잔뜩 난 참이었지요. "뭐야! 형 필요 없어!" 나는 소리쳤어요. 늦게 온 걸 형이 사과했지만 계속 짜증을 부렸어요. 아버지가 우리 방으로 건너왔어요. 나는 형을 밀어내면서, 형 대신 평소 친해지기 어려웠던 아버지를 붙잡았어요. 마음으로는 형을 원하면서 형을 속상하게 하려고 짐짓 아버지를 붙잡은 거예요. "아빠가 찾아주세요. 나비 이름!" 내가 하도 성화를 부리니까 아버지가 형을 안방으로 보낸 뒤 형 대신 내 곁에 앉았어요. "미안하다 동생!" 형이 방을 나가면서 나를 보고 잠깐 웃었어요. "그 대신 형이 이따 설명을 다 써줄게!" 형은 덧붙였어요. 형의 웃는 모습이 잊히지 않아요. 뭔지 모르게 형의 웃음이 슬퍼 보였거든요.

그게 내가 본 형의 마지막 모습이에요.

한참 후에 어머니가 건너와 당신이 주방에 있는 동안 형이 슬쩍 집을 나갔다고 했고, 어떤 예감을 느꼈는지 나비 도감을 더듬고 있던 아버지가 내 손을 뿌리치고 대문을 박차고 형을 따라 나갔으니까요. 나는 그만 앙, 하고 소리 내어 울어버렸어요. 짜증을 부렸다고 그냥 나가버린 형에게도 서운했고, 내 손을 매몰차게 뿌리치면서 형을 쫓아간 아버지의 억센 손짓도 너무 서운했으니까요.

그리고 형과 아버지는 돌아오지 않았어요.

자신의 지향을 따라 내달리는 걸음새로 지냈을 그 무렵의 형을 생각하면, 나비 도감을 빌려 들고 잠깐 집으로 돌

아온 것만 해도 형에겐 너무 힘든 일이었을 거예요. 그리
힘들게 집으로 돌아온 형을 나는 왜 공연한 투정으로 내쫓
았을까요. 내가 고분고분, 형과 함께 나비 도감을 뒤지고 있
었다면 형과 아버지는 그렇게 죽지 않았을 텐데요. 나로부
터 분리된 내가 형─아버지의 죽음을 불러온 셈이지요. 형
을 붙잡고 싶었으면서 형을 쫓아낸 내가 미웠어요. 나를 죽
이고 싶었지요. 당신을 만나고, 생각하면 그것으로 그해 겨
울 나는 잠시 나의 죽음을 유예시켰던 것뿐이에요.

그러니 당신, 나의 죽음에 대해 아무런 자책도 갖지 마
세요. 나의 죽음에 대한 강력한 예감을 당신이 갖고 있었다
할지라도 그것이 나의 죽음과 무슨 상관이 있나요. 나의 죽
음은 철저히 나의 죽음일 뿐인데.

그녀도 그랬을 테지만, 당신이 나에게, 또는 그녀에게 살
의를 느끼는 순간이 있었다는 건 알고 있었어요. 예컨대 내
가 그녀를 캥거루처럼 앞주머니에 담은 채 뒷산 꼭대기에서
로프를 잡고 강으로 내려갈 때도 그랬지요. 당신은 절벽 위
에서 행복한 비명과 함께 로프를 붙잡고 내려가는 우리를

보고 있었어요. 그녀와 내가 덩어리진 순간이기도 했지요.

절벽의 3분의 1쯤 내려왔을 때 당신과 내 시선이 마주쳤어요. 당신의 눈에 광채가 담겨 있었어요. 별같이 빛나는 눈이었지요. 내가 본 당신의 눈 중에서 가장 아름다운 눈이었어요. 누구든 특별히 빛나 보일 때, 그 아름다움 속엔 늘 위험한 무엇이 깃들어 있게 마련이에요. 살의였지요. 그렇지 않았나요. 나는 당신이 소나무에 묶인 로프를 풀지도 모른다고 그 순간 생각했어요.

우물에서 물이 솟기 시작한 날이 생각나요.

곡괭이로 어느 부위를 탁 찍는 순간 분수처럼 물이 분출했어요. 우물을 파기 시작하고 거의 6개월 만이었어요. 겨울 한동안은 땅이 얼어 거의 작업을 진척시킬 수 없었어요. 작업에 속도가 나기 시작한 것은 언 땅이 다 녹은 3월 말경부터였던 것 같아요. 4월 한 달 정말 열심히 일했고, 거의 서른 자(尺)나 파고 들어간 끝에 마침내 물길이 열린 것이었어요.

그날 저녁 우리는 당연히 흥겨운 파티를 벌였지요. 취할 만큼 술을 마시고 셋이 한 덩어리가 되어 놀았어요. 벌거벗은 채 뒤란으로 나가 새로 판 우물물을 두레박으로 퍼서 온몸에 뒤집어쓰거나 뒤집어씌우기도 했어요. 얼마나 맑고 향기로운 샘물이었던지요. 우리는 서로 세례를 주었고 세례를 받았어요. 그 물로 씻어 우리 모두 신생아로 태어났다고 느꼈으며, 초월에 이르는 환한 길이 우리 앞에 마침내 열렸다고 생각했어요.

물론 우리에게 감춰진 불안이 없었던 건 아니었어요.

ㄷ은 자주 내게 물었지요. "아저씨, 우물 다 파면 떠날 거지?" 내가 입을 다물고 있으면 당신이 참다못해 말하곤 했어요. "걱정 마. 아저씨 우물 다 파면 너랑 나랑 둘이서 메우지 뭐. 우리는 메우고 아저씨는 또 파고." 그런 다음 당신들은 마주 보고 웃어요. 입은 웃고 있지만 눈빛은 경직된 그런 웃음이었다고 생각해요.

우물에서 물이 솟구쳐 나오는 날이 우리의 관계를 새롭

게 가늠할 기점이 될 것이라는 사실에 우리가 암묵적으로 동의하고 있었다는 점은 당신도 인정할 거예요. 그러니 우물물이 솟구쳐 나와 우리가 모처럼 질탕한 파티를 열었을 때, 우리 각자에게 왜 다른 생각들이 스치지 않았겠어요.

취해서 서로 부둥켜안은 채 세례를 주고받은 그날 새벽, 우리가 전에 없이 각자의 방으로 흩어져 가 잠든 것도 아마 그래서였겠지요. 누구에게 말할 것도 없이, 당신은 당신의 방으로, 그녀는 그녀의 방으로 돌아갔어요. 자연스럽지 않은 일이었지요.

파티에서 우리는 매우 이중적이었다고 생각해요.

나도 내 방으로 돌아와 혼자 누웠으니까요. 당신-그녀-나까지, 우리가 웃고 떠들면서 술에 취해 놀 때, 각자 마음속의 불안을 감추고 있었다는 걸 침대에 누운 뒤 깨달았답니다. 불안감을 서로에게 들킬까 봐 여느 때와 달리 우리가 각자의 방으로 흩어져 돌아갔다는 것을요. 취한 척했으나, 당신-그녀도 어쩌면 나처럼 잠들지 못할 것이라고 생각했어요.

더플백이 내 침대 머리맡에 세워져 있었지요. 당신이 언젠가 "무섭다"라고 말한 그 더플백이요. 더플백을 나는 오래오래 바라보았어요. 떠나든 남든, 마지막 결정을 할 때가 왔다고 그 더플백이 나를 재촉하는 것이었어요.

그러나 우물 벽을 돌로 쌓아 올려 마무리하는 일이 마지막으로 남아 있었어요. 하루나 이틀쯤 걸릴 작업이었지요. 해가 뜨자마자 나는 몸을 일으켜 뒤란으로 나갔어요. 떠나든 남든, 일단 작업을 빨리 끝내야 한다고 생각했어요. 레미콘과 돌을 우물가로 옮겼지요. 그리고 그 자리에 주저앉아 우물 밑을 오래 들여다보았어요.

우물물이 처음 솟아나던 순간의 환희는 전혀 남아 있지 않았어요. 우물 속 깊은 정적이 나를 끌어당기는 기분이었지요. 공들여 탑을 쌓은 사람이 마침내 완성한 탑을 단번에 무너뜨리고 싶어 하는, 그런 식의 배리가 나를 조금 괴롭혔던 것 같아요. 이제 더 이상 할 일이 없다는 사실을 깨닫고 앞날을 지루하게 여기기도 했고요.

　두렵고, 뭔지 모르게 한없이 그리웠답니다.

　새벽까지 취하도록 마셨으니 그녀만이라도 부디 잠들어 있기를 바랐던 것 같아요. 당신이 잠들지 않으리라는 건 미리 알고 있었어요. 내가 뒤란으로 나오고 조금 후에 당신은 2층 베란다로 나와 세탁기에 빨랫감을 집어넣었어요. 급히 꼭 해야 할 세탁은 아니었을 거예요. 세탁을 핑계 삼아 내가 환히 내려다보이는 그곳으로 나를 찾아왔다고 생각했어요. 세탁기를 보는 체하면서도 기실은 나를 내려다보는 당신의 시선을 나는 시시각각 수신하고 있었답니다. 당신이 나를 내려다본다고 생각하니 마음이 한없이 고요해졌어요.

　햇빛을 받으며 사방에서 봄꽃들이 다투어 다가오는 그 황홀경을 당신도 기억하고 있을 거예요. 우리가 잠들지 못한 것도 어쩌면 그 봄꽃들이 불러온 수상한 예감 때문이었는지 몰라요.

나는 그래서 짐짓 봄꽃들을 외면하고, 당신도 외면하고, 오로지 컴컴한 우물 밑을 들여다보았습니다. 우물 속은 보이지 않았는데, 그러나 나는 들여다보고 있었어요. 우물 밑으로 나는 대체 무엇을 보고 있었을까요. 유장한 강과 같은, 물의 길을 온몸으로 느끼고 있었던 것만은 확실해요.

당신이 버튼을 눌러주길 기다리는 성능 좋은 세탁기 속에 들어가 있고 싶었던 것 같기도 해요. 세탁기로 눈을 돌린 다음 당신은 과연 무엇을 보고 있었을까 궁금해요. 나를 씻기기 위해 성능 좋은 세제를 혹시 고르고 있지는 않았었나요.

고요한 시간이 흘러갔어요.

숨길 따라 오르내리는 당신의 호흡까지 가까이 느낄 수 있는 시간이었지요. 내 숨결도요. 내 숨결을 당신의 숨결에 맞추려고 간구하는 시간이었어요. 아니, 당신이 세탁기를 버리고 내게 달려 나오기를 간절히 기다렸던 것 같아요. 당신—나의 숨결이 하나로 포개지길 간절히 바란 그 순간, 그러나 난데없이 그녀의 노랫소리가 들려왔어요. "인생의 길에 상봉과 이별⋯⋯" 하는 노래요. 예상 밖의 출현이었고, 나는 잠깐 가슴이 아릿해졌어요. 당신은 어땠나요. 위태롭게 앉은 내게로, 당신이 아닌 그녀의 노랫소리가 다가들던 바로 그때 말이에요.

봄은 천 개의 빛깔을 갖고 있어요.

기쁘고 슬프고 화나고 즐겁고 밉고 죽고 싶고 미치고 싶은 그 모든 감정 말이에요. 희로애락(喜怒哀樂)과 애오욕(愛惡慾)이 요지경처럼 뒤섞인 채 다가와 우리들 마음을 천 갈래로 흩어놓는 것이 봄이잖아요. 그래서 나는 지금 이렇게 생각해요. 모든 건 그날의 햇빛과 천 갈래 봄빛 때문에 비롯됐었다고.

"잠깐 만나도 잠깐 만나도 심장 속에 남는 이 있네. 아 그런 사람⋯⋯"에서 ㄷ의 노랫소리가 딱 끊어졌어요. 그녀가 나를 발견하는 순간이었겠지요. 돌아보지 않았지만 그녀가 맨몸에 흰 블라우스 하나만 걸치고 있다는 걸 충분히 느낄 수 있을 만큼 내 감각은 예민해져 있었어요. 당신이 아끼던 당신의 블라우스였어요. 낡았지만 레이스 장식이 달린 로맨틱한 옷, 고등학교 입학 기념으로 당신의 아버지가 선물했다는 흰 블라우스요.

당신과 그녀가 덩어리져 왔다고 생각했어요.

그녀가 내 옆으로 바싹 다가오기 시작했어요. 발소리는 나지 않았어요. 그녀가 맨발이라는 것을 그래서 알았지요. 그녀의 발과 발가락이 특별히 예뻤다는 건 당신도 기억하고 있을 거예요. "발가락들이 네 지느러미 같아!" 언젠가 당신이 그렇게 말했었으니까요. 전날 저녁 우리가 우물물로 장난을 쳤기 때문에 뒤란은 젖어 있었어요. 젖은 흙이 지느러미 같은 그녀의 발가락들을 쓰다듬으면서 발가락과 발가락 사이로 솟아오르고 있는 걸 얼핏 보았는데, 바로 그때쯤 당신이 세탁기 쪽으로 몸을 돌렸어요.

이제 생각하면 우리, 마치 연습이 잘된 무언극을 연기했던 것 같은 기분이에요. 그녀가 내 곁에 다가와 막 앉으려는 순간 세탁기의 부저가 울리도록 프로그래밍이 되어 있었겠지요.

세탁기의 부저 소리가 울릴 때 사방에서 봄꽃들도 다투어 피어났을 거예요. 새 떼는 강에서 돌아오고 숲은 환호작약 새순을 틔우기 시작했는지 몰라요. 섬세한 연출이에요. 우리는 그 순간, 연출가의 세밀한 프로그램을 각자의 포지션에서 충실히 수행하고 있었다고 생각해요.

나는 충분히 보고 느꼈어요. 세탁기를 향해 상반신을 굽힌 당신의 흘러내리는 머리칼, 앞섶으로 앙바틈히 비어져 나오는 가슴, 솟아나는 목덜미, 길쭉하게 늘어나 휘어지는 당신의 허리를요. 아주 고혹적이었지요. 그리고 아, 그 순간 당신도 나를 보고 있었다고 생각해요. 사실의 눈을 뛰어넘는 다른 촉수로 우리 셋, 서로 긴밀하게 연결되어 있었으니까요. 그래서 이렇게 묻고 싶어요.

당신, 세탁기 버튼을 누를 때 혹시 내 어깨를 누른다고 상상하진 않았나요.

세속의 사랑으로 다 설명할 수 없을 만큼 우리는 서로 깊이 이해하고 있었다고 믿어요. 아니, 나는 오염의 덩어리니, 당신이 나를 나의 세탁기 속에 넣고 버튼을 꾹 눌러주기 바랐던 것인지도 모르겠어요. 원망은 없어요. 당신이 내게 오기를 간절히 바라고 기다린 건 사실이지만, 인생의 프로그램이란 의도대로 실행되는 법이 거의 없기 때문에 지금 와서 이랬었더라면, 하는 식의 가정법을 쓰고 싶진 않아요. 비밀스러운 살의에 대해, 아니 '깊은 이해'에 대해 말하고 싶을 뿐이에요. 이해요. 그것 이외에, 누가 내게로 온들 그런 게 무슨 상관이겠어요. 그녀가 왔다고 해도, 당신이 그녀의 숙주로서 한 덩어리라고 여기면 되는 일인데.

그녀가 손가락 하나로 내 날개를 가볍게 눌렀어요.

천국으로 직행하는 엘리베이터 버튼을 살짝 터치하는 것 같았지요. 아니 잘 모르겠어요. 그녀가 내 등 날개를 누른 건 사실일까요. 나만 그렇게 생각한 것인지도 몰라요. 내 머리는 그녀가 나를 눌렀다고 생각하는데 내 몸의 감각 체계는 여태까지 그녀의 손가락 터치를 기억해내지 못하고 있거든요. 누구보다 예민한 감각을 가진 내가 말이에요. 다만 내 귀는, 그 순간 그녀가 내뱉은 말을 선연히 기억하고 있어요. 햇빛이 눈부셔 눈을 깜짝하는 찰나에, 내 귀에 입술을 대고 환한 목소리로 그녀는 이렇게 불렀답니다.

"아저씨!"

그게 전부예요. 당신이 몸을 구부려 세탁기 버튼을 누른 것과 내 몸이 우물 속으로 투하된 것은 동시였을 거예요. 나는 그렇게 믿어요. 당신—나, 혹은 나—그녀, 혹은 당신—나—그녀가 완벽하게 덩어리진 순간이었다고요.

그렇지 않았던가요. 손가락 하나가 버튼을 눌러 세탁기는 다시 돌아가고, 손가락 하나가 버튼을 눌러 나 역시 우물 속 숨겨진 물길 따라 아주 자연스럽게 나의 세탁기 안으로 흘러내려갔답니다. 오랫동안 꿈꾸던 그 세례의 길로요. 새가 앉았다가 떠난 뒤에도 그 가지에 아무런 흔적도 남지 않는 것처럼.

단지 소소한 풍경이었다고 나는 생각해요.

조지 해리슨은 비틀스가 해체되고 10년쯤 지나 〈Sat Singing〉이라는 곡을 썼습니다. 가사가 어둡다는 이유로 소속사가 앨범 트랙 수정을 요구한 빌미가 되었던 곡 중의 하나예요. 밴드 시절 나의 진정한 리더였던 '보컬'이 이 노래에 얽힌 사연을 말해주었지요. 조지 해리슨은 〈Sat Singing〉에서 이렇게 노래하고 있어요. 우물 속으로 내려가는 그날의 내 가슴에 바로 이 노래가 흐르고 있었다면 당신은 이해할는지요. 내가 어떤 초월적 행복감에 젖어 있었는지를.

"내가 눈을 떴을 때
하늘은 붉게 물들어가고 있었지요.
나의 시간 개념은 사라져버렸어요.
해는 수평선 아래로 내려갔습니다.

큰 만족을 느끼며 당신의 이름을 부릅니다.
내 눈에는 당신밖에 없습니다.
기쁜 마음으로 모두에게 작별 인사를 합니다.

당신의 동반자로 영원히 머물 것입니다.

스리 크리슈나!"

(조지 해리슨, Sat Singing, 1980)

셋이 사니 진짜 좋아

바르도

ㄷ에겐 집이 없다. 편히 잠들 데가 없었던 셈이다. 내 집에 들어와서 그녀가 가장 오래 자신을 의탁한 것은 잠이다. 그녀는 자고, 또 잔다. 잠들면 죽은 것 같다. "잊고 싶은 기억이 너무 많아서 그런가 봐요……." 그녀는 수줍게 말하곤 한다. 그녀를 잠 속으로 피난시키는 게 그녀의 머릿속에 있는 기억들이라는 걸 안 것은 훗날이다.

잠들면 기억의 일시적 중절이 가능하다.

나―그는 잠든 그녀를 들여다보는 일로 한나절을 소일하기도 한다. 오래오래 잠든 그녀를 함께 들여다본다. 지루하지 않다. 그녀는 가끔 웃고 가끔 찡그리고, 그러면서 대체로 죽은 것처럼 무심한 표정이다. 미인이라고 할 수는 없지만 잠든 그녀의 얼굴은 얼룩 하나 없이 깨끗하다. 체구는 새처럼 작다. 들여다보고 있으면 세례를 받는 느낌이 든다.

오목한 허리와, 허리쯤에서 안으로 휘어들다가 상행하면서 위로 힘차게 솟아오른 등뼈가 우선 떠오른다. 각진 턱 선과 높지 않은 코, 야생의 눈썹, 세밀하고 긴 속눈썹을 그녀는 갖고 있다. 속눈썹 위엔 작은 점이 두 개 나란히 있는데 속눈썹을 움직이면 두 개의 점이 시소를 타며 리드미컬하게 아래위로 들까분다. "이쪽 점 위에 내가 앉아 있다고 쳐요!" 내가 말하고 웃으면 그는 당연히 반대쪽 점 위에 올라앉는다. 그녀는 잠든 채 자주 속눈썹을 꿈틀거리며 나―그를 시소에 태우고 논다. 내의를 갈아입히거나 화장을 시키거나 그녀의 얼굴, 가슴에 그림을 그리면서 놀 때도 있다.

잠은 천진한 죽음이다.

그녀의 잠든 얼굴이 나—그를 정화시켜 더없이 천진하게 만든다. 지난 일들을 시시콜콜 묻지는 않지만, 기아와 내쫓김의 기억들로부터 피신하기 위한 유일한 수단으로써 그녀가 잠들어 있다는 걸 우리는 안다. 잠을 통해서 세례의 순간을 만나고 있다는 것. 정화되고 있다는 것을.

잠든 그녀를 한나절 내내 들여다보는 일, 화장을 시키거나 그림을 그리는 일, 내의를 갈아입히는 일 등은 그러므로 유희가 아니다. 유희라고 여긴 적은 한 번도 없다. 잠든 그녀는 물론이고, 잠든 그녀를 오브제로 삼았던 우리 또한 아주 경건했다고 생각한다. 그녀가 정화되는 것만큼 우리도 정화된다는 걸 선연히 느낀다. 그것은 다르마타 바르도 (Dharmata Bardo)의 시간이 아니었을까. 충동의 모든 실이 끊어진 감각의 완전한 휴식이나 해방.

경외하는 일종의 시체놀이 같은 것.

고원지대(高原地帶)

버스를 탄다. 대학교 입학시험을 보러 갈 때 탔던 그 고속버스다. 먼저 서울로 가고, 그다음 동해로 가는 버스를 타야 한다. ㄷ을 찾아가는 길이다. 그녀를 만나는 게 좋은 일인지에 대해선 확신이 없다. 너른 앞창으로 넓은 도로가 빠르게 다가든다. 파죽지세 다가드는 도로를 버스가 삼켜 분해하는 느낌이다. 눈발이 날리고 있다.

입학시험을 보는 날도 눈이 내렸다고 기억한다. 나는 시험 중에도 자주 창 너머를 본다. 내가 떠나온 길을 눈이 지우고 있다는 상상은 감미롭기 그지없다. 구소소의 낮은 지붕들, 오래된 왕릉, 오빠가 날아 내린 성벽 틈새, 황량한 포도밭, 아버지가 언젠가 걸어 나갔던 꽃길과 그 길 끝에 있는 외딴집도 눈에 덮여 차례차례 지워지고 있을 것이다. "돌아가지 않을 거야." 중얼거리고, "당신들을 다 지울 거야." 오빠―어머니―아버지에게 나는 또 덧붙인다. 나아가는 만큼씩 지워지기 위해 길이 존재하는 것처럼, 잊혀지기 위해 사랑은 존재하는 게 아닌가.

그리고 나는 어떻게 다시 소소로 돌아왔는가.

남자1이다. 그가 어머니–아버지에게 나를 되돌려준 셈이다. 그와 헤어지고 나서 버려둔 이곳의 외딴집이 단번에 떠올랐기 때문이다. 내가 그에게 걸어간 것이 애당초 어머니–아버지를 지우기 위한 핑계였던 듯이, 소소로 다시 내려온 것도 어머니–아버지에게 되돌아오기 위한 핑계였을 가능성이 높다.

소소로 내려온 첫날 밤, 창고처럼 썼던 방에 들렀다가 아버지의 밀짚모자를 발견하고 나는 눈시울을 붉힌다. 여러 개의 밀짚모자인데, 하나같이 정수리에 구멍이 뚫려 있다. 아버지가 스스로 뚫은 아버지의 구멍이다. '아버지의 구멍'이라고 돌아온 나는 생각한다. 예전엔 이해하지 못했던 아버지의 구멍이다.

아, 아버지.

블리자드(Blizzard)

아버지는 밀짚모자의 정수리 부분에 일부러 구멍을 내서 쓴다. "바람도 느끼고 햇빛도 받고, 난 이게 좋아." 아버지가 말하면 어머니의 입이 한 자쯤 나온다. "햇빛 막자고 쓰는 모자인데 멀쩡한 모자에 왜 구멍을 내서 쓰누! 밀짚모자 하나 변변한 거 못 사 쓰는 각설이 형국이니 동네 사람 보기에도 창피하고." 그것만은 이상할 정도로 어머니도 아버지에게 끝내 져주지 않는다.

시장에 갈 때마다 어머니는 새 밀짚모자를 사 오고, 아버지는 하루 이틀 새 모자를 쓰다가 온갖 핑계를 대며 다시 밀짚모자 상단에 슬며시 구멍을 낸다. 처음은 밀짚모자 구멍이 동전만 하지만 이틀도 지나지 않아 주먹이 들락날락 할 정도가 되고 만다.

"아이구, 내가 못살아!" 어머니는 소리치고 아버지는 찔끔, 목을 움츠린다. 어머니−아버지가 여름마다 티격태격하는 것은 거의 모두 그것 때문이다. 어떤 날은 포도를 따다

말고 어머니가 수건을 머리에 둘러쓴 채 부르르, 새 밀짚모
자를 사러 마켓까지 뜀박질로 다녀온 일도 있다.

　본래 어머니가 재배하고 싶었던 포도는 '거봉'이다. 아
버지는 '캠벨'을 좋아한다. 티격태격하던 두 분이 최종적으
로 캠벨 포도밭을 조성하기로 한 건 어머니가 양보했기 때
문이다. "내가 왜 양보한 줄 아니. 네 아버지가 나를 좋아하
는 거보다 내가 네 아버지를 더 좋아하기 때문이야." 어머
니의 설명이다. 그런 어머니도 밀짚모자 문제만은 절대 양
보하지 않는다. 아버지는 밀짚모자에 구멍을 내고 어머니
는 끈질기게 새 밀짚모자를 사드린다. "모자, 또 찢었어?"
어머니는 소리치고, 또 소리친다. "대체 왜 그래. 속에 각설
이가 들었어? 밀짚모자 구멍이 숨구멍이라도 되는 거야?"

　"그래. 이게 내 숨구멍이다!"

　아버지가 딱 한 번, 그렇게 어머니에게 맞장 떠 소리친
적이 있다. "그래. 이게 내 숨구멍이다!" 나는 죽비에 맞은
것처럼 입을 쩍 벌린다.

예전엔 왜 몰랐을까. 당신들의 몸 속 가시를 비로소 본 것 같다. 밀짚모자의 구멍이 아버지의 숨구멍이었다면, 아버지의 머리에다가 구멍 뚫리지 않은 밀짚모자를 씌우는 것은 어머니의 숨구멍이 된다.

어떤 부부인들 그 사이에 왜 '밀짚모자'가 없겠는가.

누군가와 함께 사는 일이란 각자에게 이런 숨구멍이 필요한 일인 것을, 함께 있어도 '숨구멍'이 따로 있어야 겨우 유지될 수 있는 게 1대 1의 관계라는 걸 이제 안다. 하나의 속임수고 전략인 그것. 관계를 유지하려면 필연적으로 선인장 가시처럼 몸뚱어리 안에 숨겨 간직해야 하는 그것.

본(本)

버스는 거의 진동이 없고, 나는 꿈을 꾼다.

샘이 있다. 샘물은 맑고 하늘은 푸르기 그지없다. 호기심에 차서 샘 안으로 내가 슬쩍 발을 들여놓는다. 꿈속의 나는 스무 살이 채 되지 않은 어린 처녀의 모습이다. 어머니가 샘가 찔레꽃 그늘에서 샘으로 들어가는 나를 생글거리며 보고 있다. "엄마, 내 발이 지워졌어!" 이상하다. 물속에 담긴 발이 쓱 지워지기 시작하고 있다. 무섭지도 아프지도 않다. 장난치는 기분이다. 나는 어머니를 돌아보고 히잇, 웃는다.

입안에서 사탕이 녹는 것처럼 발이 사르륵 지워진다.

이번엔 좀 더 대담하게 무릎까지 샘에 담가본다. 무릎이 녹아 없어진다. "이번엔 무릎까지 없어졌네." 내 말에 어머니가 손을 흔든다. 무섭기는커녕 어딘지 모르게 감미롭다. 허벅지, 허리, 가슴까지 담가본다. 샘물에 담기는 대로 허벅지, 허리, 가슴이 차례대로 지워진다. "이번엔 허벅지가 지워졌네!" "이번엔 허리!" "이제 가슴이야, 엄마. 지금 내 가슴이 지워지고 있어!" 나는 계속 쫑알댄다.

가슴까지 지워진 나를 보려고 어머니가 샘가로 다가온다.

남은 것은 목과 머리뿐이다. 나는 별안간 두려움을 느끼고 샘의 벽을 붙잡으려고 손을 뻗는다. 그러나 손이 지워졌으니 벽을 잡을 수가 없다. 어머니가 키드득, 소리 내어 웃는다. "괜찮아. 무서워하지 마!" 어머니의 표정은 보이지 않는다. 역광을 받고 있어 어머니의 형상은 검다. 다가올수록 어머니의 그림자가 시시각각 확장되어 나를 덮는다. "괜찮아. 괜찮아, 애야!" 어머니의 목소리는 속임수를 쓰려는 사람의 그것처럼 밝고 따뜻하다. 어머니 그림자—거대한 새의 어둔 날개 같다.

"사랑한다, 애야!"

이윽고 어머니가 말하고 내가 화답한다. "나도, 엄마. 사랑해! 사랑해!" 사랑한다고 말하고 나니 무섭지 않다. 허리를 굽혀 샘 안으로 뻗은 어머니의 어둔 손이 마침내 내 머리를 꾹, 누른다. 샘물은 적당히 따뜻하고 유리보다 맑고 봄풀처럼 향기롭다. 물 밑으로 내려앉으면서, 사탕처럼 녹는 내 턱과 코와 눈과 이마와 머리를 나는 본다.

아, 기쁘게도 나는 물이 된다.

아바타

ㄴ이 떠나간 길은 어디일까. 우물 속으로 난 비밀스런 길인 건 틀림없다. 누가 그 길로 그를 밀어냈는지, 그 스스로 그 길을 선택해 갔는지는 이제 중요하지 않다. 분명한 것은 봄꽃들이 산지사방에서 달려오는 우리 집 뒤란에서 그날의 그가 골똘히 내려다보았던 게 단지 우물물은 아닐 것이라는 사실이다. 우물 속은 보이지도 않았으니까. 그는 과연 시계(視界) 너머의, 어떤 길을 보았을까.

그 길에서 그가 얼마나 황홀했는지도 궁금하다.

"이런 시가 있네." 어떤 날 그가 낡은 책 한 권을 들고 온다. "풍경은 정좌(正座)하고, 산은 멀리 물러앉아 우는데, 적막강산…… 내 주변은 이렇게 저무는가. 참 좋은 싯귀 같아요." 시의 일부를 읽어준다. "지금의 풍경이 그렇다고 생각해요?" 개수대 앞에 서서 흐르는 물로 행주를 헹구며 내가 반문하고, "아뇨. 지금 풍경은, 이 봄은 아주 역동적이고 산만해요." 여기저기에서 봄꽃들이 피어나기 시작한 창밖을 한참 내다보고 난 그의 대답이다. 목소리가 시무룩해져 있다.

'정좌한 풍경' 속에서 저무는 것은 순리에 따른 죽음을 말하는 것일까. "정좌한 풍경, 이란 말엔 뭔가 속임수가 있는 것 같아요." 사이를 두었다가 그가 말의 아퀴를 짓는다. '정좌한 풍경'이란 존재하지 않는다고 나는 속으로 생각한다. 만약 '정좌한 풍경'이 있다면 그것은 하나의 꿈일 것이다.

풍경은 고형(固形)이 아니기 때문이다.

그는 그 순간 '정좌한 풍경'의 일부가 되고 싶었던 것인가, 아니면 '정좌한 풍경'을 정면으로 깨뜨리고 싶었던 것인가. 그는 '정좌한 풍경'에 대한 장렬한 혁명을 꿈꾸었던 것인지도 모른다. 어떤 실재를 그는 꿈꾸었단 말인가. 어떤 실재의 멸진(滅盡)을.

묘비명

2층 창 너머로 바다가 보인다.

황혼이다. 동해의 끝자락, 수평선에 걸쳐진 구름에 노을빛이 물들어 있다. 창 너머로 내려다보이는 해수욕장은 철이 지나 황량하기 이를 데 없다. 늘어선 횟집들도 썰렁하다. 파도가 높다. 떠도는 개 두 마리가 파도 거품을 쫓아 이리저리 달리다가 그마저도 심심한 듯 멈춰 선다.

"언니, 조금만 더 기다려!" 옆을 스쳐 지나면서 ㄷ이 한쪽 눈을 찡긋해 보인다. 거의 5년여 만에 만났는데도 그다지 낯설지 않아 다행이다. "윤 양아, 배달!" 카운터 중년 여자가 그녀를 부른다. 다방이다. 이곳에서 그녀의 이름은 '윤 양'이다. "조금만 기다려, 언니. 이번 배달만 갔다 오면 나갈 수 있어!" 보온병과 커피 잔을 챙겨 들고 그녀가 내게 한쪽 눈을 찡긋해 보인 뒤 층계를 내려간다. 보자기에 싸인 커피 잔이 하나뿐인 게 수상하다.

이른바 '티켓 다방'이라는 걸 나는 비로소 깨닫는다.

파도가 더 높아지고 있다. 배달 보자기를 든 그녀가 다방 창 밑에 다시 나타난다. 나는 눈으로 그녀를 쫓아간다. 파도를 따라 내닫던 개 두 마리가 그녀를 발견하고 재빨리 달려와 그녀의 꽁무니에 따라붙는다. 갈색 머플러가 그녀의 목에서 수평으로 휘날리고 있다. 해안 도로를 걸어가는 그녀는 키가 작아 거의 구르는 것처럼 보인다. 따라오는 개를 쫓는 시늉으로 뒤돌아서 손짓을 해 보이는 그녀의 모습은 거대한 바다에 둘러싸여 금방 지워질 것 같다.

궁형(弓形)의 해안선이 그녀를 크게 감싸고 있다.

해안선을 따라 밀집된 낡은 횟집들을 지난 다음 그녀가 이제 막 간판 불을 켠 낡은 모텔 입구로 사라진다. 모텔 이름은 뜻밖에, '첫사랑'이다. 찻잔에 커피를 따를 새도 없이 그녀의 작은 허리를 낚아챌 폭력적인 남자의 억센 손이 눈앞을 어른거린다. "너는 오늘 저녁, 단지 나의 횟감이야!" 남자는 말할 것이다.

아크로칸트사우르스

그때도 일몰이었어, 라고 나는 중얼거린다. 서해 어디였는데 지명은 생각나지 않는다. 남자1과 첫 경험을 나눈 곳, 그가 프로포즈한 곳이다.

바다가 한눈에 내다뵈는 호텔 방 한쪽 벽엔 창공을 가르고 날아가는 은색 비행기가 찍힌 풍경 사진이 걸려 있다. 풍경 속 은색 비행기는 소실점처럼 작아 은색 나이프 같다.

그가 "사랑해!"라고 가쁜 숨결로 말하며 내 몸을 난폭하게 찢고 들어오던 그 순간, 그의 등을 죽어라 껴안은 나의 눈에 확 들어온 은색 비행기. 첫 경험이란 그렇다. 가볍고 흰 은색 비행기가 광속으로 날아와 육체의 미세한 틈을 날카롭게 찢고 들어오거나, 아니면 스포츠카 뒷자리에 앉아 있다가 "날아올랐다"는 그의 누이처럼 허공으로 붕 날아오르거나.

아니다. 여고 시절 잠결에 나왔다가 엎어져 선인장 가시에 찔렸을 때 나는 이미 모든 걸 경험했던 것인지도 모른다. 그가 내 육체의 틈을 찢고 들어올 때, 내 머릿속에서 사진의 속 은색 비행기—이마를 찔렸던 선인장 가시가 순간적으로 한통속이 된다. 열여섯 살 나의 살에 박혔던 가시다. 가시 끝에서 뚝 떨어지던 선홍빛 핏방울이 잊히지 않는다. 이렇게 쫑알거리는 어린 내가 보인다.

"엄마, 얘가 어젯밤 내 몸을 뚫고 들어왔어. 쬐꼬만 게 겁도 없이."

"사랑해!" 남자1의 숨가쁜 속삭임이 계속 귓가를 울린다. 영원성에 대한 아무런 보장도, 의지도 없지만 어조는 숨가쁘다. 누구에게 "사랑해!"는, 훗날 피 묻은 말이었다고 회상해야 되는 나쁜 결과를 불러올 수도 있다. 독점적 권리만을 보장받으려는 이기적인 계략이 담긴 말일 수 있기 때문이다.

아무런 부동심도 없이, 단 하나의 묘지를 품을 기개도 없이 오늘도 사람들이 숨 가쁘게 내뱉는 배리(背理)의 말, "사랑해!". 저 시원(始原)의 바다에 비해 가냘프고 날카로울 뿐인 비명, "사랑해!"

갑자기 눈가가 젖고, 바다는 멀리 밀려난다.

베르글라(Verglas)

어떤 날 밤바람 소리에 귀 기울이다가, "저 바람 소리." 내가 말했을 때, "왜, 귀신 이야기 해줘?" 남편이 된 남자1은 말하고, 커튼에 드리운 난분의 그림자를 보고 "수초 같아" 하자, "기억해둬. 난 미역국 아주 싫어해!" 다짐받듯 그는 대답한다. '봄비는 누이동생'이라고 비유했던 대학 시절의 남자는 온데간데없다.

가령 내가 촛불을 켜놓고 침대에 누우면 그는 "촌스럽게 무슨" 하면서, 촛불을 다 끄는 대신 침실의 등이란 등은 모조리 켜놓고 내 잠옷을 벗긴다. 결혼 전의 그는 어스레한 밤을 좋아했는데 결혼 후의 그는 한낮의 명백함을 선호한다. 한낮엔 감미와 경이가 쌓여질 여분의 뜰이 없다.

"스탠드만 켜도 되잖아!" 은근한 꽃그늘의 사랑을 원하는 내 말을, "정보화 시대야" 그는 동문서답으로 묵살한다. 밝은 세계를 '정보화'로 비유하는 걸 그는 뛰어난 기지(奇智)라고 여긴다. 그에겐 섹스도 정보화를 따라가는 비즈니스의 길인지 모른다. 나는 눈부셔 눈을 뜨지 못한다. "눈을 떠봐!" 섹스에서도 한낮의 정보화세계로 나를 끌고 가려고 그는 안달이다.

그래서 마침내 나는 깨닫는다.

결혼이란, 연애에서의 희푸른 그늘을 오로지 제거하는 합법적인 수단이라는 것. 이 땅에서 1대 1로 함께 산다는 것은 누군가에겐 밤의 푸른빛을 팽개쳐 사랑을 단지 패각(貝殼)의 무덤으로 끌고 가는 숨 막히는 짓에 불과하다는 것을.

시야각(視野角)

ㄷ의 방은 뜻밖에 넓고 밝다.

바닷가 원룸 5층이다. 남북으로 활대처럼 휘어져 나간 해안선을 빼고 보이는 것은 망망대해뿐이다. 바다로 열린 너른 창엔 커튼조차 없다. "가끔 저 바다로 날아들고 싶은 거 빼곤 다 괜찮아!" 커피 머신의 플러그를 꽂으면서 그녀는 웃는다. "커피보다, 차라리 술이 낫겠네. 소소에서도 우리, 자주 마셨잖아. 언니가 담가놓은 포도주, 그거 참 맛있었는데." 커피 머신 플러그를 빼놓는 대신 그녀가 포도주를 한 병 찾아 온다.

"커튼도 없고…… 너무 외로울 거 같다, 여기." "커튼은 필요 없어, 언니. 나 장춘에 있을 때 말이야, 그 방은 햇빛 하나 들지 않았어. 본채 뒤로 달아낸 방이었는데 전엔 돼지 우리였던 곳이라서 돼지 똥 냄새가 늘 났었지. 배가 고플 땐 저절로 돼지고기 생각이 나고 그랬어. 거기만 그랬던 게 아니야. 저, 저쪽에 살 때에도 내가 쓰는 방엔 언제나 햇빛이 들지 않았거든." 그녀가 북쪽 방향을 손가락으로 가리킨다. '저쪽, 어디?'라고 묻고 싶으나 그녀의 말을 끊지 않으려고 나는 침묵한다.

"햇빛이 원없이 드는 방에 사는 게 꿈이었어. 여긴 그런 방이야. 해가 뜨는 게 매일 보여. 이 방을 그래서 얻었어. 다방으로 출근할 때까지, 내 방에 해가 들어. 집에 없는 오후엔 뭐 햇빛이 들든 말든 상관없고. 나는 매일 해가 뜨는 걸 보고 햇빛에 내 몸을 말려. 침대 머리맡으로 곧장 해가 뜨는걸. 햇빛 속에 있으면 모든 기억들이 지워지는 것 같은 기분이 들어. 햇빛의 세상엔 빈부도, 중심과 변두리도, 남북도 없는걸. 해바라기를 하고 있으면 비로소 세상이 공평한 것 같아. 그래서 좋아."

그녀는 환히 웃는다. "혹시 장춘이 고향 아니었니. 저쪽이라니?" 한참 있다가 내가 넌지시 묻는다. 바다 쪽으로 시선을 보낸 채 그녀가 잠시 침묵한다.

바다는 캄캄하다. 그녀가 거쳐왔을 수많은 어두운 방들

이 바다에 담겨 있는 듯하다. 어두운 방을 거치지 않는 인생이 어디 있으랴. 내가 거쳐왔거나 품고 있는 생의 어두운 방들을 나 또한 본다. ㄴ은 말할 것도 없다.

세상의 어두운 방들이 모두 모이고 모여 캄캄한 바다가 된 모양이다.

탑

한참이나 우리는 말없이 포도주를 마신다. 소소에서 함께 살 때, 지난 일에 대해선 서로 아무것도 묻지 않았다는 사실을 나는 상기한다. 그러자고 누가 제안하거나 다짐을 한 일은 없었지만, 우리 사이엔, 명시적으로 맺은 계약보다 더 단단한 암묵적 계약이 존재했던 게 틀림없다.

첫번째 계약은 우물이 완성되면 흩어져 각각의 길을 따라 떠난다는 것, 두번째 계약은 그러므로 우리에겐 과거도 미래도 없다는 것이다. 어디에서 어떻게 흘러왔는가를 물어서도 안 되고, 어디로 어떻게 떠나갈 것인지 알고 싶어 해서도 안 된다는 계약이다. 과거를 묻거나 미래를 꿈꾸면 그 즉시 우리의 모든 관계가 깨질 것이라는 데 묵시적으로 동의했던 게 확실하다. 현재의 평화가 깨뜨려질까 봐 늘 두려웠기 때문이다.

ㄴ이 1980년의 광주로부터 걸어 나왔다는 것을 그가 죽은 뒤에 비로소 안 것처럼, 그녀가 애당초 압록강 주변부 북쪽 땅에서 걸어 나왔다는 것도 이제 비로소 듣는다. 놀랍진 않다. 죽음이 깃든 어둔 방이 만든 몸뚱어리 속 가시들 때문에 우리가 비로소 덩어리질 수 있었다는 것은 진즉부터 이해하고 있었던 일이다.

덩어리지는 데 필요한 것은 깊은 이해지 '정보화'에 따른 사실이 아니다.

유령

"압록강을 넘을 때 무거운 가방을 짊어진 아버지가 가방 때문에 거친 물살에 휩쓸려 떠내려갔어. 그까짓 가방이 뭐라고." 담담한 표정이다. 물살에 휩쓸려 떠내려가면서, 어서 가라고 손짓하던 아버지 모습을 시시콜콜 묘사할 때에도 그녀의 어조는 변화가 없다.

조선족으로 위장, 장춘까지 흘러 나간 과정을 진술할 때에도 마찬가지다. "오빠가 중국을 드나들면서 장사한 경험이 우리를 도왔지. 운도 좋았고." 위험한 고비를 묘사할 때마다 그녀는 운이 좋았다고 토를 단다. "사씨 아저씨네 집에 의탁하게 된 것만 해도 그래. 운이 좋았어. 아버지 혼령이 우리를 도왔나 봐."

장춘 외곽의 조선족 농사꾼 '사씨 아저씨' 집까지 도착하는 데 한 계절이 걸렸다고 한다. "농사짓는 사씨 아저씨한텐 병약한 내 또래 딸과 병들어 죽어가는 아내가 있었어. 일손이 필요했지." 그해 여름 앓아누워 있던 사씨의 아내가 먼저 세상을 떠났고, 어떻게 된 일인지 병약한 사씨의 딸 역시 어머니가 그랬듯 이내 몸져눕고 만다. 사씨가 협박으로 그녀의 어머니를 잠자리로 끌어들인 것이 바로 그 무렵의 일이다.

"오빠도 그때까진 꼭 참았어." 그녀의 표정에 비로소 고통의 그림자가 떠오른다. 사씨가 어머니로 만족했다면 그녀의 가족적 비극은 멈추었을지도 모른다. 그러나 북에서 도망쳐 나왔다는 약점을 움켜쥔 사씨는 짐승 같은 욕망을 멈추지 않는다. 급기야 딸 또래인 그녀까지 안방으로 끌어들였던 모양이다. 그녀의 오빠가 어떻게 그것을 보고만 있었겠는가.

오빠와 사씨가 한바탕 드잡이를 한 다음 날이었다고 한다. 추수한 쌀을 가지고 오빠와 함께 시내로 나갔던 사씨는 혼자 돌아온다. "네 오빠, 혼자 살려고 너와 네 엄마를 놔두고 도망갔다!" 사씨의 설명은 그뿐이다. "제 욕심 채우는 데 걸림돌이라고 여긴 오빠를 사씨가 공안원에게 밀고해 넘겼을 거라고 짐작 못할 바는 아니지만, 엄마와 나로선 어떤 방도도 없었어. 겨울이면 영하 20도가 넘는 게 보통이야. 그 겨울에 우리가 어디로 가겠어? 또 모르잖아, 오빠가 구사일생 다시 돌아올지도." 그들 모녀로선 도망갈 길 없는 최악의 감옥에 갇힌 신세가 된 셈이다.

불과 열여섯 살의 그녀가 겪었던 잔인한 경험이다.

"우리가 기거하는 방과 사씨가 쓰는 방 사이는 흙벽 한 겹뿐이었는데"라고 말할 때 그녀의 눈에 급기야 눈물이 어린다. "어머니의 한숨 소리도 들리는 듯했던 그 방에서, 밤마다, 어린 내가 짐승 밑에 깔려 있는 걸 상상해봐. 소리를 내지 않으려고 어금니를 깨물고 누워 있는 나를." 내 눈에서도 눈물이 흐른다. "그만해!" 참지 못하고 내가 그녀의 얼굴을 안는다. "더 이상 말하지 마." 포도주 한 병이 바닥을 비우고 있다.

달 항아리

그녀가 또 한 병 포도주를 가져온다.

밤을 새워야 할 모양이다. "언니의 포도주는 이보다 새콤했어!" 그녀가 또 내 포도주 이야기를 하면서 이제까지 남의 이야기를 한 것처럼 활짝 웃는다. 그녀의 혀에 남긴 기억 속 포도주는 내 포도주가 아니다. 어머니가 가르친 대로 담근 어머니의 포도주라고 해야 옳다.

큰 함지박에 담긴 포도를 으깨던 어머니의 모습이 환히 떠오른다. 함지박에 들어가 발로 밟아 으깰 때도 있다. 그럴 때 어머니는 노래를 부른다. "울 담장 밖의 꼴 베는 도령아/ 외 넘어간다/ 외 받아 먹어라/ 받으라는 외는 제 아니 받고/ 물 같은 손목을 휘감아 쥐네/ 해는 지고 저문 날에/ 나의 앞길 천 리 같다⋯⋯." 우습고 흥겨운 가락인데도 어머니가 부르면 슬프다. 그리운 임을 평생 동안 속 깊이 품지 못한 정한이 어머니에게 있었는지도 모른다.

포도를 다 으깨면 백설탕을 붓는다. "설탕은 무게로 쳐서 포도의 10분의 1쯤 부어야 해." 어머니는 설명하기를 잊지 않는다. 한 주일쯤 발효시킨 다음, 한약 짜듯 짜내어 다시 항아리에 담는다. 그다음이 중요하다. 비닐로 꽁꽁 싸맨 뚜껑에 구멍을 뚫어 호스를 끼운 뒤 호스 끝을 내려뜨려 물병 속의 물에 담그는 과정이다. 호스를 끼운 가장자리를 촛농으로 완전히 밀폐시키는 것도 잊지 않아야 한다. "이래야 벌레는 안 들어가고 가스는 빠져나오는 거야."

귀를 항아리에 대면 뽀르륵뽀르륵, 밀폐된 용기 안에서 포도주가 익어가는 소리가 들린다. 그늘에서 그늘로 이어지는 비밀스러운 천지 운행의 소리라고 할 수 있다.

물병에 담긴 호스를 꺼내어 입으로 빨면 달콤새콤한 포도주가 입 안 가득 달려온다. 눈이 깜짝, 감기는 맛이다. "하늘이 내는 맛이 이렇단다." 그럴 때의 어머니는 평생 그리던 정인을 만난 것처럼 표정이 밝다. "포도주만 생각한다면 니 아버지 고집대로 캠벨을 심기 잘했지. 거봉으로는 이런 포도주 안 되거든."

모래톱

캠벨은 아버지가 좋아하는 품종이다. "미국과 국경을 맞대고 있는 캐나다 남부에 캠벨이라는 지역이 있어. 미국으로 밀입국하는 사람들이 자주 캠벨 지역의 포도밭을 낮은 포복으로 통과한단다. 우리나라 사람들도 그 통로를 이용해 미국에 들어간 사람들이 많다더라." 아버지는 포도 이야기만 나오면 실눈을 뜬다. "생각해봐. 공포에 시달리면서, 그러나 좀 더 잘 살아보겠다고 뙤약볕의 포도밭을 가로질러 가는 사람들. 캠벨 포도가 신맛을 내는 것은 밀입국자들의 땀과 눈물이 배어 있기 때문인지도 몰라." 아버지는 자신이 시인이라고 여긴다. 사실이다.

"거봉이 낫지, 무슨 캠벨."

어머니는 아버지가 시인이라는 데 동의하지 않는다. 어머니는 현실적이다. 송이가 우람하고 당도가 높은 거봉이 어머니의 지향이라고 할 수 있다. 아버지는 어깨가 좁고 허리가 길지만 어머니는 어깨가 단단하고 풍채도 넉넉하다.

우리 집 앞의 텃밭이 캠벨 포도밭으로 조성된 것은 아버지의 뜻을 어머니가 따랐기 때문이다.

"사랑으로 치면, 캠벨이 사랑에 가깝다는 네 아버지 말이 맞아. 그거, 새콤하지. 네 아버지 처음 봤을 때 그랬단다. 무슨 남자가 그래, 맞선 보는 날 장화를 신고 나온다니. 나보다 더 늦게 왔는데, 흙 묻은 장화를 신고 나왔더라. 밭일하다가 깜박 시간을 놓쳤다면서 씩 웃는데, 하이고, 꼭 캠벨 포도처럼 새콤한 느낌이 들더라. 네 아버지 그런 사람이다. 그래서 내가 캠벨로 심자는 네 아버지 말에 양보했어. 그 양반보다야 내 사랑이 더 깊으니까."

아버지는 어머니를 사랑했을까.

알 수 없다. 두 분이 함께 포도를 따거나 거리를 걸을 때, 어머니의 너른 어깨는 늘 힘 있게 솟아 있는데, 키가 큰 아버지의 어깨는 늘 어머니의 그것보다 더 낮은 데로 내려와 있는 느낌을 받는다. 어머니를 바라보는 아버지의 시선이 어머니를 관통해 어느 먼 다른 데를 보는 것 같은 느낌이

든 적도 많다. 그럴 때의 눈빛은 이 세상 사람의 것이 아닌 것 같다.

아버지는 어머니를 통과해 무엇을 보았을까.

그렇다고 아버지에게 다른 정인이 있었거나 한 것은 단연코 아니다. 아버지처럼 완전한 남편, 완벽한 아버지는 많지 않을 것이다. 자상하고 따뜻하고 근면하며, 삶에서도 어머니를 향한 한 길로 시종했던 아버지. 직접 쓰는 일은 없었지만 분명히 시인이었던 아버지.

입체파

어머니의 노랫소리가 들린다. 봄이다. 마당귀 봄꽃들에게 어머니가 수도 호스로 물을 주고 있다. 울타리 귀퉁이엔 찔레꽃이 꽃을 피우기 시작하고, 거기에 맞춰 "찔레꽃 붉게 타는 남쪽 나라 내 고향……" 어머니가 노래하고 있다. 맑은 고음이다. 아버지는 울타리 너머에서 포도 넝쿨을 지지

대에 묶어주고 있는 중이다. 내가 2층 창가에서 졸린 시선으로 그것을 내려다본다.

흠잡을 데 없이 꽉 들어찬 풍경이다.

아니, 얼핏 보면 그렇지만, 지금 다시 재생해낸 필름 속의 두 분 모습엔 분명한 차이가 있다. 어머니의 노랫소리가 청아하고 가벼운 데 비해 아버지의 등은 무겁다. 어머니의 어깨가 꽃물이 든 것처럼 화사한 것과 달리 포도 넝쿨을 묶고 있는 아버지의 처진 어깨엔 바윗덩어리가 얹힌 듯하다. 그 순간엔 인식하지 못했던 차이다. "언덕 위에 초가삼간 그립습니다……." 어머니의 노랫소리가 고양될수록 아버지 어깨는 더 처지는 느낌이다.

그 차이가 필연적으로 불러온 결과였을까.

아랫동네에 무엇인가를 놓고 온 게 생각난 것처럼, 아버지가 불현듯 포도밭을 벗어나 꽃들이 잔뜩 핀 비탈길을 쫓아 걷기 시작한다.

전문학교 옆구리까지 쭉 뻗은 비탈길이다. 아버지의 흰 머리가 햇빛을 받아 더욱 하얗다. 경중경중한 걸음새다. 걸음새가 차츰 가속도를 탄다. 아까와 달리 경쾌하다. 멀어질수록 굽었던 아버지의 등이 쭉쭉 펴지고 있다. 등에서 곧 날개라도 솟구쳐 나올 것 같다. "못 잊을 사람아……." 어머니가 노래를 다 불렀을 때, 아버지의 밀짚모자가 드디어 히말라야시다 그늘에 비로소 쓰윽 묻힌다.

아버지가 풍경의 소실점이 되고 만 순간이다.

결렬(決裂)

"우리 셋, 어떤 때는 포도주 항아리를 껴안다시피 하고 보낸 적도 있잖아!" ㄷ이 말하고, "그랬었지!" 나는 마지못해 대답한다. 소소엔 그러나 이제 포도주가 없다. 더 이상 담그지 않기 때문이다. 셋이 함께 지내던 그해 겨울만 해도 내가 어머니에게 배운 대로 담가놓은 포도주 항아리가 여럿 있었던 게 사실이다. 포도주 항아리를 방 안에 들여놓은 뒤, 항아리에서 빠져나온 호스를 입에 직접 물고 번갈아 빨아 마시며 밤을 지새웠던 적도 있다.

입안에 문 포도주를 훅 뿜고 나서 서로에게 달려들어 핥아먹거나 취해서 아무렇게나 포개져 잠든 적도 많다. 그런 날 우리는 거의 말하지 않는다. 말하지 않아도 말을 다 알아듣는다. 키킥, 클클, 키득키득, 자꾸자꾸 웃을 뿐이다. 저절로 솟구쳐 나오는 웃음이다.

우리에겐 그 무엇도 영향을 미칠 수 없다. 덩어리져 있기 때문이다. 한없이 강해져 두려움이 없고, 한없이 맑고 원대해져 과거와 현재와 미래의 구분을 넘어섰던 순간들이다.

그러나 돌아갈 수 없는 지나간 시간의 열락일 뿐이다.

"그때로 돌아가고 싶어!" 취한 그녀의 입술이 갑자기 내게로 온다. 나는 바다 쪽으로 돌아앉는다. 바다는 여전히 먹물이다. 등 뒤에 다가앉은 그녀의 손이 어깨를 넘어와 이번엔 내 가슴께로 들어온다. 역시 단호하게 그것을 막는다. 어색해졌을 그녀의 표정이 떠오르지만 나는 무릎을 세워 껴안은 자세로 꼼짝하지 않고 다만 어두운 바다를 본다.

불편한 침묵이 한참이나 계속된다. 더플백 아저씨 유골을 강에 뿌렸어. 넌 이제 다시 소소에 올 수 없다고! 그런 말이 목구멍에 걸려 있지만 말하진 않는다.

모르겠니. 우리가 때로 덩어리져 놀았던 건 그때 그 순간이었기 때문이고, 우리가 셋이었기 때문이야. 오해하지 마. 난 더 이상 포도주를 담그지 않아.

묵티나스(Muktinath)

작업복 차림에 고무신을 신고 나간 아버지는 만 사흘 동안이나 집으로 돌아오지 않는다. 첫날 저녁 어머니는 안절부절, 불안해 보였고, 둘째 날 어머니는 우울하고 슬퍼 보였으며, 셋째 날의 어머니는 평소 그대로 비교적 평안해 보였다고 기억한다.

아버지가 돌아온 것은 행방불명 사흘째 저물녘.

대문을 지나 마당을 건너오는 아버지를 어머니와 내가 거실에서 발견한다. 어머니는 걸레질을 하다 말고 허리를 세워 돌아오는 아버지를 보고 있다. 아버지의 복색은 떠날 때 그대로다.

어쩐지 아버지가 절름거리는 것 같다. 멀쩡한 아버지가 그 순간 왜 절름거리는 듯 보였는지는 알 수 없다. 당연히 "아빠!" 소리쳐 부르면서 달려 나갈 순간인데, 어머니 눈치를 보느라 내 발이 떨어지지 않는다. 아버지가 현관문을 열고 들어올 때까지 어머니는 거실에 선 채 꼼짝도 하지 않는다. 어머니의 손에 들린 물걸레가 아버지의 얼굴로 날아가길 나는 기다린다.

그러나 어머니는 아버지에게 아무것도 내던지지 않는다. 거실로 올라선 아버지가 나—어머니를 발견하고 멈칫선다. 초췌해졌지만 아버지의 눈빛만은 그 어느 때보다 형형하다. 아름답고 곧은 눈빛이다. 어쩔 줄 몰라 하던 아버지가 구멍 뚫린 밀짚모자를 벗으면서 이윽고 중얼거린다.

"봄꽃이 하도 좋아서⋯⋯."

앞뒤가 전혀 없는 말이다. 예상과 달리, 어머니의 걸레
는 그래도 날아가지 않는다. 잠시 침묵이 지나가고, 갑자
기 "킥, 키킥!" 어머니가 웃는다. 아버지의 변명도 그렇지
만, 그 순간 어머니의 웃음도 이해할 수 없다. 누구에게 들
킬 세라 참았던 웃음을 터트린 장난기 많은 소년 같은 웃
음이다.

행방불명되었던 아버지의 '사흘'에 대해 어머니와 아버
지가 다시 거론하는 걸 들은 기억은 없다.

식탁에 마주 앉아 포도밭 이야기를 도란도란 나누는 어
머니—아버지, 나란히 서서 포도밭을 손질하는 어머니—아
버지, 또 팔짱을 끼고 시장에 다녀오는 어머니—아버지를
본다. 일상은 잔잔히 이어진다. 아버지의 행방불명이 꿈속
의 일이었던 것 같다. 내가 궁금함을 참지 못하고 어머니에

게 묻는다. "엄마, 아빠한테 어디 갔다 왔느냐, 물어봤어?"
"아니." "왜 안 물어봐?" 내 질문에 빙그레 웃으며 하는 어머니의 말.

"꽃구경하다 왔다지 않니. 꽃구경. 꽃구경하는 데……
사흘이 뭐 길다고."

오빠의 죽음이, 지상에 남은 나와 어머니−아버지에게
가없는 슬픔을 준 건 사실이다. 이별은 빈 의자를 하나 남
긴다. 어머니는 아침마다 오빠가 쓰던 의자를 정성껏 닦는
다. 오빠의 빈 의자는 곧 허공이다. 지상에 남겨진 우리들은
분명 오빠의 죽음이 남긴 허공을 각자 다른 모습으로 품은
채 밥 먹고 잠자고 일했을 것이다. 그뿐이다.

기침은 오래 숨길 수 없지만 깊은 슬픔은 오히려 아주
오래 숨길 수 있다.

그러므로 나는 이렇게 말할 수 있다. 오빠가 죽은 후에
도 내 성장기의 대부분은 늘 고요하고 아늑한 봄 뜰 같았

다고. 오빠의 빈 의자가 남긴 슬픔을 어머니-아버지가 표시 나게 드러낸 일은 없다. 내가 있어 당신들이 그것을 잘여민 것인지, 당신들이 있어 내가 그것을 고요히 받아들인 것인지는 모를 일이다. 확실한 것은 허공을 숨기고 있었을지언정 당신들의 일상은 여일했다는 사실이다. 행복하지도 특별히 불행하지도 않았다고 느낀다. "꽃이 하도 좋아서……." 아버지가 말하고 "킥, 키긱!" 어머니가 받아 채는, 그런 소소한 일상이다.

눈꺼풀

ㄷ의 침대 머리맡에 선인장 화분이 하나 있다. "나 떠날 때 언니가 들려준 거야. 여태껏 안 죽이고, 나 참 잘했지?" 그녀가 웃고 "잘했다!" 내가 담담히 받는다. 낚싯바늘선인장이다. 원기둥 모양으로 분홍색 꽃을 피우는 이 녀석의 특징은 가시가 제 몸을 향해 구부러져 있다는 점이다.

"언니가 왜 이 선인장을 내게 주었을까 생각해봤어. 안으로 구부러진 가시 때문이겠지. 가시를 뽑대지 마라. 더 다칠 뿐이다. 안으로 여미고 살아라. 그렇게 말하는 것 같거든, 이 선인장은."

베란다에서 선인장들에게 물을 주고 있는데 문을 열고 나온 그녀가 새로 꽃 핀 선인장을 보고 달려오다 넘어질 뻔한 일이 있다. 바로 이 낚싯바늘선인장이다. 그대로 고꾸라졌으면 선인장 가시들이 그녀의 얼굴에 속수무책 박혔을 게 틀림없다. 엇갈려 지나던 ㄴ이 뒤에서 그녀의 등을 잡고 물을 주던 내가 그녀의 앞가슴을 떠받힌 것은 거의 동시였던 것 같다. 사선으로 기울어진 채 그와 내게 떠받쳐 화를 면한 그녀가 몸을 곧추세우며 한 말이 생생하다.

"둘이었음 넘어졌을 텐데 우리, 셋이니 진짜 좋네!"

낚싯바늘선인장을 왜 그녀에게 주었는지 알 것 같다. 그녀를 대면한 순간 가슴이 갑자기 아릿해졌기 때문이다. 어떤 선인장 가시는 구부러져 자신을 겨냥하고 있고 어떤 선인장 가시는 밖으로 뻗쳐 외부를 겨냥하고 있다.

그 겨울, 그녀의 눈은 항상 절박해 보인다. 밖으로 뻗은 가시처럼. 당신을 원해, 당신을 원해, 그런 눈빛. 사랑해주지 않으면 무엇이든 찌를 기세인 그런 눈빛. 떠나는 그녀에게 낚싯바늘선인장을 들려준 뜻이 거기 있었던 모양이다.

낚싯바늘선인장의 가시는 단지 제 몸을 향해 구부러져 있다.

살의(殺意)

가령, 이런 '가시'도 있다.

이른 봄, 강으로 가자면서 셋이 함께 뒷산 꼭대기로 간다. 산을 넘어 강까지 가고 싶다는 ㄷ의 소망을 듣고 강이 풀리면 데려가겠다고 화답한 ㄴ의 약속으로 시작된 일이다. "난 안 돼. 못 내려가!" 강까지는 까마득한 절벽이다. 나는 뒤로 물러앉는다.

소나무 줄기에 로프를 매고 난 그의 앞가슴엔 벌써 그녀가 찰싹 달라붙어 있다. 그녀를 "캥거루처럼 앞주머니 넣고" 나는 "등에" 업은 채 얼마든지 강까지 내려갈 수 있다고 그가 장담한 건 셋이서 걸어 도자기 마을에 갔을 때다.

　　중간의 직벽 구간은 큰 바위가 튀어나와 있어 거의 오버행에 가깝다. "언니는 겁도 많아!" 그녀가 까르르르 웃고, "업히라니까. 안고 업고, 내가 못할 것 같아? 나, 힘이 아주 세다고!" 그가 어서 오라고 내게 팔을 벌려 보인다. "못한대도. 나는 그냥 여기 앉아 보고 있을게!" 나는 한사코 고개를 젓는다. 얼음이 풀린 강은 댓잎처럼 푸르다. 그도 더 이상 권하지 않는다.

　　나는 꼭대기에 앉아 로프를 잡고 강으로 내려가는 그들을 내려다본다. "무서우면 눈 감고 있어!" 그의 목소리가 들리고 "아, 아저씨이!" 어리광 섞인 그녀의 비명이 들린다. 비명이라기보다 "사랑해!"라고 외치는 것 같다. 무엇으로도 나눌 수 없게, 두 사람은 밀착되어 있다. 아니 서로를 뚫고 서로의 중심으로 다디달게 진입해가는 느낌이다.

로프는 눈에 들어오지 않는다. 내 눈에 뵈는 것은 오직 허공에 떠 있는 그들, 유아독존적 덩어리다.

'유아독존'이라고 나는 생각한다. 멀어질수록 그 덩어리가 나를 밀어내고 있다는 느낌이 든다. 나는 벼랑 끝에 혼자 버려져 있고, 그들은 덩어리로서 보다 안전한 지상에 있는 것 같기도 하다. 나는 그 유아독존에 밀려나지 않으려고 등 뒤로 팔을 짚는다. 내가 보는 덩어리는 하나도 모난 데가 없이 웅숭깊고 원융(圓融)하다.

그것은 '집합체'가 아니라 '전체'다.

언젠가 소설 수업 시간에 들었던 선생님의 말이 떠오른다. "좋은 소설은 말이야, 인물 플롯 배경 등 부분 부분이 모여 전체를 이룰 때 비로소 완성돼. 집합체가 아니야. 집합체는 다시 나눌 수 있지만 전체가 돼봐. 다시 분리 못해. 소설만 뭐 그렇겠나. 미학적 완성이란 그런 것일 테지. 예술이나 사랑이나 모두!" 그 비유에 따르자면, 그들은 전체를 이룬 덩어리다.

오버행 구간을 지날 때 그와 나의 시선이 허공에서 마주친다. 무결점의 행복한 눈빛이다. 소나무 줄기에 매어놓은 로프가 그들 '덩어리'의 무게를 견디느라 팽팽하게 당겨지고 있다.

강으로 내려간 그들은 다시 내게로 돌아오지 않을 것 같다. 나는 그들, 유아독존적 덩어리와 그들의 무게를 견디고 있는 로프를 번갈아 돌아본다. 엉성하게 묶은 로프다. 한 끝만 풀어도 덩어리는 로프와 함께 얼어붙은 강으로 추락할 게 확실하다. 손끝에 힘이 들어간다.

수많은 붉은 화살이 내게 날아오는 것 같다. 관능적이면서 광포한 어떤 충동이 나의 내부 깊은 곳에서 빅뱅으로 터지는 느낌이다. 나는 입을 쩍 벌린다.

그것은 오, 분명한 살의(殺意)다.

애드빌(Advil)

사금파리는 사기그릇이 깨진 조각이다. "사금파리를 보면 행복했던 어릴 때 생각이 나." ㄷ의 어조는 다시 담담하다. "우리, 도자기 마을에 가서 사기그릇 깰 때, 내가 울었잖아!" 도자기 마을에 갔던 날을 그녀는 상기시킨다. 소꿉놀이를 할 때 다른 아이들이 옹기 파편을 사용한 것과 달리 오직 그녀만이 흰 사기그릇의 파편들을 사용했다고 한다. 그녀의 어머니가 사금파리 모서리를 돌로 갈아주었기 때문이다. "그것 때문에 애들 앞에서 늘 우쭐했었어. 다른 애들은 거무튀튀한 옹기 파편을 가지고 놀았거든. 내 인생에서 그때처럼 으쓱했던 적은 없을 거야."

그러나 장춘에서의 사금파리에 대한 그녀의 기억은 전혀 다르다. 어머니는 사금파리를 주워 잘게 빻아 가루로 만든다. 돼지 똥 냄새가 다 가시지 않은 북쪽 그늘진 방에서의 일이다. 땀을 흘리면서 사금파리를 빻는 어머니 표정엔 악귀가 씐 듯 살기가 번뜩인다. 그녀의 소꿉놀이 용품을 만들기 위해 사금파리의 모서리를 갈던 어머니와 너무 다른 표정이다.

예전의 어머니는 사랑을 위해 그것을 갈았으나 장춘에서의 어머니는 오직 불가항력적인 장애를 뚫고 나가려고 살의로서 그것을 간다. 몽글게 갈고 나면 영락없이 그것은 아스피린 분말 같다.

사씨의 딸은 그 무렵 제 어머니가 그랬듯이 몸져누운 채 하루에 몇 차례 미음으로 연명한다. 시내 병원까지 데려간 적도 있지만 병명조차 알 수 없는 원인 불명의 병이니 딱하다. 사씨의 아내 귀신이 딸에게 붙었다고 수군거리는 말을 들은 적도 있다. 부엌일은 물론이고 하루 몇 끼씩 사씨의 딸에게 미음을 끓여 먹이는 것도 물론 어머니 몫이다.

"나는 어머니가 사금파리 가루를 어디에 쓰는지 알고 있었지만 알은체한 적은 없었어. 어머니에겐 처음부터 확고한 계획이 있었고, 그 계획을 무섭게 실천했지."

미음을 끓일 때마다 그녀의 어머니는 침착하게 반 순가

락씩의 사금파리 몽근 가루를 미음 속에 넣는다. 부엌을 들여다보는 사람도 없으니까 어머니로선 그 범죄를 저지르는게 아주 쉬웠을 것이다.

사씨의 딸은 혼이 빠진 얼굴로 어머니가 떠먹여주는 미음을 꼬박꼬박 받아먹는다. 어차피 죽을 애니 그냥 수명을 조금 단축시킬 뿐이라고 어머니는 생각했음직하다. "먹기 싫어도 먹어야 돼. 입을 벌려봐, 조금만 더! 옳지! 그래야 봄 되기 전에 털고 일어나지!" 뒷방에 앉아서도 어머니의 말소리를 그녀는 환히 듣는다. 사씨 딸에게 미음을 조금이라도 더 먹이려고 정성을 다하는 어머니의 모습은 눈물겨울 정도다. 쌀보다 무거운 사금파리 가루가 몸져누운 딸의 위장에 쌓이는 것도 모르고 사씨는 그럴 때마다 감동적인 낯빛을 한다.

봄이 올 때, 사씨의 딸은 결국 눈을 감는다.

어머니가 눈물을 흘리면서 사씨 딸의 시신을 부여안고 서러워하던 모습이 생생하다. "우리 엄마, 원래 파리도 때

려잡지 못하는 사람이었어. 세상이 다 사람을 만드는 거지." 어머니의 치밀한 계획과 눈물겨운 살의로써 사씨의 딸이 죽은 뒤 마침내 그녀는 사씨의 딸로 둔갑한다. "사씨는 아무것도 몰랐어. 오히려 어머니의 정성에 감복했지. 그러니까 딸이 죽은 뒤 사망신고를 하지 않은 상태에서 나를 자신의 딸로 둔갑시키는 일에 오히려 앞장섰던 거야. 어려운 일은 아니었어. 사씨 성을 가진 사씨의 딸이 된 거지. 탈북자에서 조선족 사씨 처녀로 둔갑한 거라고, 내가."

그녀의 얼굴색이 사금파리 흰빛을 닮아 있다.

프로이트

"나는 누구일까 가끔 생각해봐, 오래돼서 이제 정말 내가 사씨 같기도 해. 나 무섭지, 언니? 내가 안 무서우면 우리 엄마는 무섭겠지. 엄마는 사금파리 밥으로 사씨 딸을 죽이고 지금도 사씨와 살고 있어. 한때는 어린 나를 불러들여 밤마다 제 욕심을 채우던 그 짐승과 살고 있다고. 그리고 한국으로 온 가짜 사씨 조선족 처녀는 그들에게 돈을 부쳐. 그게 나의 본모습이야. 이래도 내가, 우리 엄마가 안 무서워?"

"나는 언니가 무서운 순간이 있었어. 바로 내가 소소를 떠나던 날이야. 언니는 끝내 모든 걸 모른 척했고, 나도 그게 좋았어. 언니도 그때 내가 무서웠을지 몰라. 아저씨가 떠난 다음 날 새벽의 일이야. 내가 떠나야 한다는 것에 우리는 무언으로, 재빨리 합의했다고 생각해. 말로 설명할 아무것도 없었어."

"새벽에, 나는 2층에서 무거운 가방을 끌고 내려왔고, 언니는 아래층 낡은 소파에 그린 듯 앉아 있었어. 어디로 가냐, 언니는 묻지 않았고 나도 말하지 않았지. 가방을 질질 끌어 현관문 문턱에 걸쳐놓고 나서야 언니를 돌아다보며 내가 말했어. '언니, 나, 갈게!' 언니는 아무 말도 없었고 끝내 내 눈을 보지도 않았어. 현관문이 닫힐 때 내가 본 것은 텅 빈 언니의 눈빛이었는데 그 순간, 갑자기 언니가 무서워졌어. 정말이야. 무엇 때문에 그렇게 무서웠는지는 지금도 잘 몰라. 소름이 쫙 돋았으니까."

'가요!' 공포감을 감추려고 내가 짐짓 명랑한 목소리로 한 번 더 말했지. 그게 끝이었어. 여명이 터오는 비탈길을 내려왔지. 돌아보지 않았지만, 나는 언니가 창가에 서서 무거운 가방을 질질 끌고 멀어져가는 나를 끝까지 보았다고 생각해. 길에 끌리는 가방 자국까지 언니는 보고 있었을 거야. 등에서 막 식은땀이 났어. 그 길이 얼마나 협소하고 길던지."

"왜 갑자기 언니가 이 바닷가까지 나를 찾아왔는지 나는 잘 몰라. 우리 살아서 만나는 일이 있어선 안 된다는 것도 그날 아침 무언으로 합의했다고 생각하는데. 그러나 이 말만은 하고 싶어. 나는 아저씨를 죽이지 않았어. 언니도 알잖아. 내가 아저씨를 죽이지 않았다는 것. 설령 내가 아저씨의 등을 밀었다고 해도 그 때문에 아저씨가 우물 밑으로 추락한 것은 아닐 거야."

"만약 내가 아저씨를 밀었다면 언니, 간절히, 너무도 절박하게 떠나고 싶어 하는 아저씨에게 나는 단지 작은 도움을 준 것뿐이었다고 생각해. 우물은 정해진 아저씨의 길이었어. 언니도 아저씨도 진즉부터 다 알고 있었던.”

“그러니 언니, 내게 아무 말도 하지 마. 아저씨는 제 할 일을 끝내고 그냥 소소를 제 발로 떠난 거야. 내가 떠나던 날 아침 우리, 그렇게 무언으로 합의했다고 나는 생각해. 뒤란으로 내려온 언니가 미친 듯 우물 속으로 레미콘을 밀어 넣고 있는 내게 물었지. ‘아저씨는 어디 갔니.’ 나는 대답했어. ‘몰라. 꽃길 따라, 떠났나 봐.’ 언니가 아저씨의 행방을 몰라서 물었던 건 아니라고 믿어. 아저씨의 행방에 대한 우리의 최종적 합의는 ‘꽃길’ 따라 간 거였어. 그게 끝이야. 언니는 그때 뒷산의 철쭉꽃 더미를 보고 있었어. 그 꽃길 어디로 아저씨가 떠났다는 듯이.”

“세상의 모든 사랑과 모든 희망이 여기 있다고 믿고 찾아온 땅이야. 여기 이 나라. 그런데, 내 꼴을 좀 봐, 언니. 남의 성씨를 달고 여기 와서 몸 팔아 번 돈을 살인한 어머니에게 부치고 있어. 나를 능욕한 남자에게 붙들려 사는 어머니에게. 예전엔 하루에도 수십 번 내가 무엇을 찾아 여기에 왔는가 하고 자신에게 물어보곤 했었는데, 그러나 이젠 그런 거 묻지도 않아. 더 이상 길이 없는 곳이 바로, 이 땅이라고 느끼니깐."

"길이 없다고 여기면 길은 하나뿐이야. 아저씨가 떠난 그 길. 나도 언니도 자주 가고 싶을지 모르는 그 길."

"그래, 언니. 아저씨는 당신이 원한 길을 간 거야. 우리에 겐 책임이 없어. 우리가 아저씨를 밀어낸 것이 아니라 아저 씨가 우리를 버린 거라고 난 생각해. 그러니 아저씨가 어디로 갔는지, 우리가 그걸 어떻게 알겠어? 그렇지 않아? 확실한 것은 아저씨가 간 길보다 남아 있는 길이 훨씬 더 더럽다는 것. 오염으로 가득 차 있다는 것."

"잠이 와, 언니. 너무 취해 세상이 까무룩 기울어지고 있는걸."

대나무 숲(竹林)

"왜 우물을 파, 아저씨는?"

ㄷ이 물은 적이 있다. 자신의 키만큼 이미 파 내려갔기 때문에 밖에서 볼 때 그의 모습은 겨우 모자만 솟아나와 있을 뿐이다. 그녀를 돌아보지도 않고 그가 심드렁, 대답한다. "그야, 물을 얻으려고 파지." "피, 수돗물 나오는데 무슨." "지대가 높아서 여름에 물이 안 나올 때도 있댔어." "아니야. 그래서 파는 게 아니라고. 누가 모를 줄 알아. 못 견디는 게 있으니까 기운 빼려고 하는 짓이지. 어떤 때 우물 파는 아저씨를 보면 그런 느낌이 들어." "어떤 느낌?" 그가 반문한다.

"자기 묘를 파는 느낌!"

그녀의 대답은 단순하다. 그녀에겐 예시의 능력이 있었던 게 틀림없다. 한번은 혼자 시내에서 돌아오는 길에 눈길에 나뒹군 적이 있는데, 마중 나와 있던 그녀가 달려와 나를 일으킨 일도 있다. "언니가 여기쯤 오다가 넘어질 거 같았어." 셋이 서로 껴안고 잠들었다가 혼자 그가 빠져나간 한밤중에 나를 먼저 깨운 것도 그녀다. "아저씨가 도망쳤어." 그녀는 말하고, "뭐 상관없어. 아저씨는 곧 돌아올 거야!" 그녀는 덧붙인다. 날이 샐 때쯤 그녀의 말대로 그는 돌아온다.

그녀는 무당의 운명을 갖고 태어났을까.

생각하면 그녀만 그랬던 게 아니다. ㄴ도 자주 예언자가 된다. "내일 또 눈이 오겠네!"라고 그가 말하면 틀림없이 눈이 내린다. 그가 흉몽을 꾸었다고 말하는 순간 전문대학 앞길, 트럭에 친 승용차에서 일가족이 다 죽은 일도 있다. 그러므로 우물을 파기 시작했을 때 그는 그것이 자신의 묘지가 되리라는 걸 알고 있었을 것이다.

나 역시 그러하다.

그가 떠나던 날 아침에 급히 해야 할 빨래는 없었고 나는 생각한다. 무엇인가 나를 끌어당기는 듯해서 안 빨아도 될 이불 호청을 뜯어 안고 나왔는데 그가 나보다 먼저 뒤란에 나와 있는 것을 나는 발견한다. 가슴이 철렁 내려앉는다. 그에게 불려 나온 것 같은 느낌이다.

ㄷ이 노래하며 그에게 다가들던 순간도 마찬가지다. 가슴 속에서 초읽기로 어떤 게이지가 비등점을 향해 솟아오르다가 그가 우물 밑으로 가기 직전 빅뱅으로 터지던 강력한 파동은 어디에서 연유한 것일까.

고통과 사랑이 우리를 예언자로 만드는 모양이다.

보스포루스〔金角灣〕

세탁기가 놓인 2층 베란다 창의 아랫부분은 집을 짓고 난 한참 후에 블록을 쌓아 만든 벽이다. 블록을 쌓고 미장을 했기 때문에 세월 따라 벽이 갈라지는 건 자연스러운 현상이다. 그─그녀는 몰랐겠지만 세탁기 옆구리로 거의 새끼손가락이 들어갈 만큼 갈라진 틈이 있는 것은 그 때문이다. 그 틈에 눈을 대면 뒤란 일부가 환히 보인다.

고백하건대, 세탁기 버튼을 누르기 위해 고개를 숙였을 때 내가 본 것은 세탁기의 버튼이 아니다. 세탁기를 보는 것처럼 하면서 나는 벽의 갈라진 틈으로 뒤란을 본다. 나만 아는 사실이다.

쭈그려 앉은 그의 하반신이 눈에 들어온다. 나는 생침을 삼키면서 허리를 구부리고 세탁기를 보는 체 우물가에 쪼그려 앉은 그의 하반신을 본다. 그는 나를 보지 못하지만 나는 그를 볼 수 있다. 내 눈에 그의 청바지 푸른빛이 들어온다.

"잠깐 만나도 잠깐 만나도 심장 속에 남는 이 있네⋯⋯."

그녀의 노랫소리가 그에게 다가올수록 가슴속 방망이질은 더욱 가파르게 치솟는다. 심호흡을 해봐도 아무 소용이 없다. 햇빛이 부시다. 드디어 그의 청바지 위에 햇빛보다 눈부신 블라우스 흰빛이 얹힌다. 그녀가 그의 곁으로 바싹 다가앉았기 때문이다. 젖은 흙이 잔뜩 묻은 그녀의 발가락도 보인다. 가슴속 파동이 그 순간 최고조에 이른다.

숨은 연출자의 수신호를 그때 받았던 것일까.

눈은 홀린 듯 벽의 틈새에 시선을 박은 채 떨리는 손으로 더듬어, 나는 어떤 찰나에 세탁기 버튼을 꾹, 누른다. 그의 솟은 등뼈를 누르는 선연한 느낌이 나를 덮친다. 이내 그의 청바지 푸른빛이 시야에서 쓰윽, 사라지고 그녀의 블라우스 흰빛만 남는다. 그가 우물 밑으로 날아간 순간이다. 내가 세탁기의 버튼을 꾹 누르고, 그녀가 "아저씨!" 하고 그를 부른 바로 그 순간.

그해 겨울, 우리 셋이 서로 통했던 건 확실하다.

침묵의 말을 알아들었으니 우리 셋에게 본원적인 무격(巫覡)이 있었다는 뜻이 된다. 모든 예언의 힘은 기실 죽음으로부터 나온다. 놓여 있던 위치나 역할과 상관없이, 우리들은 예언자의 힘으로 처음부터 다 간파하고 있었는지도 모른다.

　나—세탁기 버튼을 꾹 누르고, 그녀—그의 등 날개를 꾹 누르고, 그—활강(滑降)을 시작한 그 찰나에, 나—그녀—그가 불멸의 부동심으로 가장 완전한 덩어리를 이루게 되리라는 것을.

구둣방

　"이런 말을 할 때마다 왜 이토록 깊은 슬픔이 밀려드는지. 우리 사랑은 희생과 단념 이외에 다른 방법이 없는 것이오? …… 고요한 마음으로 운명을 생각해봐요. 사랑은 모든 것을 요구하오. 그것은 당연한 일이오."

　베토벤이 죽고 나서 그의 서랍 속에서 발견된 세 통의 편지 중 한 통의 편지엔 이런 구절이 나온다. 그 스스로 '불멸의 연인'이라고 불렀던 이에게 쓴 이 편지의 최종 수신인이 누구였는지는 베토벤 연구가들도 아직까지 밝히지 못하고 있다. 베토벤은 끝내 이 편지를 부치지 못하고 죽는다. 오스카 와일드가 "백치 같은, 얼빠진 연애편지"라고 불렀던 바로 그 편지다. 나도 기꺼이 오스카 와일드의 말에 동의한다. '불멸의 연인'이라는 말은 이승의 언어가 아니다.

오로지 죽음만이 '불멸의 연인'이라는 성지(聖地)에 우리를 도달하게 할 수 있으니까.

여명 속에서 바다가 제 자태를 드러내기 시작하고 있다. 나는 벗어둔 겉옷을 챙겨 입고 잠든 그녀를 내려다본다. 햇빛이 닿아도 그녀는 깨어나지 않을 터이다. 연탄을 도구로 나―그―그녀 자신을 '불멸의 연인'으로 고정시키고자 했던 그녀다. 낚싯바늘선인장이 그녀의 머리맡에 놓여 있다. "내 자신이 바로 선인장이야!" 그녀가 했던 말이 생각난다.

선인장의 가시는 여러 단계로 진화한다.

유묘(幼苗)일 때의 가시는 매우 작고 부드럽다. 그러나 생육 환경의 변화에 따라 가시는 성장하며 보다 크고 단단한 공격적 갑옷으로 진화한다. 모든 존재의 성장이 갖는 특성이 그렇다. 환경은 지엽적으로 영향을 미칠 뿐이다. 그녀야말로 수많은 가시를 제 몸속에 감춘 선인장이라는 걸 새삼 확인한다. 안녕, 이라고 말하면서 나는 잠시 그녀의 이마에 입술을 내려놓는다. 다시 만날 수 없을 터이므로 더 가슴이 저민다.

'불멸의 사랑'은 절대적인 욕망이다.

베토벤은 '얼빠진, 백치 같은 편지'를 쓴 게 아닐는지 모른다. 꿈꾸었지만 이룰 수 있는 용기가 없었기 때문에, '불멸의 연인'에게 편지를 부치지 못하고 죽은 것이 베토벤 편지의 진실이다. "사랑은 모든 것을 요구하오." 그러나 절대적으로 모든 걸 바쳐 얻는 불멸이 왜 없겠는가.

누가 그의 등 날개를 찍어 눌렀는가 하는 것은 본질이 아니다. 베토벤과 달리, 나—그녀는, 서랍 속에 쟁여두지 않고 마침내 '불멸의 연인'에게 편지를 부친 것뿐이다.

내가 세탁기 버튼을 누른 바로 그 순간.

무량사(無量寺)

그녀에게 다녀온 다음 날.

나는 그─그녀가 유아독존적 덩어리가 되어 로프를 타고 강으로 내려갔던 뒷산 꼭대기로 간다. 눈이 내린다. 첫눈인가. 강의 본류는 검푸르고 얼어붙은 강안은 희끄무레하다. "그는 조지 해리슨을 꿈꾸었어요." 그곳에 유골을 뿌릴 때 그가 사랑했던 '보컬'의 말이 생각난다. 눈발에 가려 강이 순간적으로 깊어진다. 나는 가만히 앉아 강을 내려다본다. 하나의 오브제가 된 느낌이다.

눈이 이마를 적시고 흘러내려 눈가, 볼, 입술, 턱을 쓰다듬고 내려와 내 가슴 푸른 그늘로 슬며시 기어 들어온다. 그─그녀의 손길이 그랬었다고 나는 기억한다. 내 몸의 비밀스러운 센서에 닿아서 육체 너머 어떤 우물을 연쇄적으

로 일깨우는 세례의 느낌이다. 연탄을 피워놓았던 밤에 그
녀가 울면서 소리친 말이 귓가를 빙, 울린다.

"우리 함께, 한순간에 죽는 게 가장 행복한 거 맞잖아!"

푸르르, 한 차례 나는 몸을 떤다. "나도 무서웠어." 그의
유골이 뿌려진 강을 향해 나는 중얼거린다. 그는 아무 대답
도 하지 않는다. 그는 지금쯤 조지 해리슨과 함께 힌두인들
의 성소(聖所) 갠지스 강에서 신들의 제왕 시바나 비슈누에
게 바치는 연주에 몰입해 있을지도 모른다. 황홀할 것이다.
그가 평생 그리워했던 것이 그것이므로.

환생은 힌두인들의 오랜 꿈이다. 영혼은 20와트의 에너
지를 가지고 있다는 보고를 들은 적이 있다. 20와트 에너지
는 죽음으로도 훼손되지 않으며 소멸되지도 않는다.

시간과 공간 역시 고형의 덩어리가 아니다. 허공에 손을
흔들었을 때 잡히는 것이 없듯이 시간과 공간 역시 그렇다
고 나는 생각한다. 시공간이 없다면 죽음은 성립될 수 없다.

그는 죽은 것이 아니라 어떤 벽 너머, 그가 그리워했던 다른 우주에 가 있다고 나는 믿는다. 지상에 남은 자만이 여전히 오욕의 짐을 지고 있다. 그래서 나는 그에게 덧붙인다.

"살아 있기 때문에, 여전히 나는 무서워, 더플백 아저씨!"

파괴의 신 시바

탈수된 빨래를 다 널고 나는 뒤란으로 나간다.

그가 우물 속으로 날아가고 잠시 후의 일이다. 빨래한 것을 빨래 걸이에 널었는지는 잘 기억나지 않는다. 슬리퍼를 신은 채 뒤란으로 돌아 나간다. 우물가엔 그녀 혼자뿐이다. 사방에서 봄꽃들이 달려오는데 그녀 혼자 미친 듯이 레미콘을 맨손으로 우물 속에 밀어넣고 있다.

세탁실 벽 틈에서 청바지 푸른빛이 홀연히 사라지던 순간의 영상이 햇빛 사이로 어릿어릿 스치는데, 그러나 나의 가슴속은 의외로 잠잠하다.

시멘트와 잔자갈이 떨어지는 소리가 연방 날 뿐 우물 속에선 아무 소리도 들리지 않는다. 그가 혹시 살아 있다면? 속으로 생각한다. 가슴에서 다시 파동이 일 듯했지만 나는 패배하지 않는다. 숨결을 조절하기 위해 호흡을 깊이 고르면서 뒷산 붉은 철쭉 꽃밭을 바라본다. 봄볕을 받고 있는 붉은 철쭉의 피바다가 눈부시다.

마약 같은 봄꽃이다.

"뭐하는 거니?" 나는 비로소 그녀에게 묻는다. "우물을 메우려고 그래." "아저씨가 화낼지 모르는데." 내 목소리는 나지막하고 그녀의 목소리는 높다. "피, 누가 요즘 우물물을 먹어? 모두 오염된 물이야. 엊저녁 언니도 마셔봤잖아. 더러운 냄새가 났어. 다시 메워야 해!" "아저씨는 대체 어디 간 거니?" 천연스런 고음으로 나는 다시 묻는다.

"몰라. 꽃길 따라, 떠났나 봐!"

그녀가 나를 따라 철쭉의 피바다를 본다. 그의 손때가 묻은 삽 한 자루가 레미콘 더미에 세워져 있다. 삽을 집어 그녀에게 건네며 내가 말의 아퀴를 짓는다.

"맨손으로 하지 마. 여기 삽이 있잖아!"

카일라스

"이사 날짜가 다가온 모양이구나." 선생님이 실내를 둘러보며 묻는다. "네. 곧 가요!" 그다음 한참 동안 침묵이다. 선생님의 소소 방문은 오늘로 네번째다.

할 말을 참고 있는 눈치가 역력하다. "뭐든 물어보세요. 저 이사 가면 선생님 못 볼지도 몰라요." "그게, 그러니까……" 선생님이 뒷머리를 긁적인다. "내가 아직 다 이해하지 못하는 것은, 그러니까 그해 겨울, 너희가, 셋이서, 무엇으로 맺어졌는가 하는 점이다." 선생님이 눈을 깜작깜작한다. "어떻게 맺어졌는지는 알고 싶지 않아. 무엇이 너희를 덩어리지게 했는지 알고 싶다. 사랑이라고 하면 너무 범속하고."

선생님이 담배를 꺼내 불을 붙인다.

담배 연기가 훅 내게로 온다. 닢이 태우는 낙엽 연기가 좋은 문장처럼 내게 다가오던 어느 날이 생각난다. "둘이 사니 더 좋네!"라고 내가 중얼거린 날의 그림이다. "너도 한번 피워볼래?" 선생님이 내 표정을 살피고 담배 한 개비를 건네준다. "건강에 안 좋다는데 담배, 끊으시지 그러세요." "담배를 피우면 있지, 조금씩 나를 훼손한다는, 조금씩 나를 죽이고 있다는 느낌이 드는데, 그게 사실은 좋다." 선생님이 내 담배에 불을 붙여준다.

"우리도…… 어쩜 그런 거 아니었을까요?"

나는 어깨를 으쓱해 보인다. "무슨?" 선생님이 반문하고, "선생님이 방금 물으셨잖아요. 우리 셋, 무엇으로 맺어졌는가 하고요." "담배 같았단 말이니, 서로에게?" "이를테면요." 죽음 같은 거요, 라고 덧붙이려다가 나는 그만둔다. 담배 때문에 기침이 터져 나왔기 때문이다.

"플롯 없는, 그 소설은 어찌 돼가나요?" 기침을 수습하고 나서 내가 묻는다. "플롯이고 뭐고, 초입에서 고장 난 상태로 그냥 있다." 선생님은 좀 낙담한 표정을 짓는다. "선생님 같은 노련한 정비사도 못 고치게, 소설도 고장 나는구나." "네가 써보지 그러니. 오래전 네 습작품「우물」을 읽었을 때 난 이미 간파했다. 네 영혼이 문장을 부르고 있다는 거." 나는 아무 대답도 하지 않는다.

선생님이 담배를 깊이 빨아들인다. 자신을 훼손하는 데 열중한 자의 황홀이 당신의 눈빛에 담겨 있다.

"말이 나와서 하는 이야기다만, 네 소설「우물」말이다. 신기해. 그 소설을 쓴 것은 대학 시절이고 그때 네겐 남자가 있었어. 네 말대로라면 남자1. 남자1과 작별한 다음 넌 이곳으로 내려오고, 그리고 몇 년 후에 우물 파는 그 남자를 집에 들이잖니. 소설「우물」속의 남자와 네가 훗날 실제

만난 우물 파는 남자. 어떠니, 이미지가 부합하지 않니? 말이 안 된다 하겠지만, 글을 쓰다 보면, 인식하지 못할 뿐 다가올 인생을 미리 알고 있었다는 서늘한 느낌을 받을 때가 있다. 때론 앞날에 대해 쓰는 것 같기도 해. 너의 「우물」만 해도 그렇잖니."

"작가는 그래. 그들은 쓰면서도 진실로 제가 무엇을 쓰고 있는지 잘 모른다고 난 생각해. 겨우 플롯 따위나 인식하는 거지."

"네가 「우물」을 쓸 때, 우물 파는 그 남자가 네 생에 끼어들 거라는 걸 너는 분명 모르고 썼지만, 아니야, 어쩌면 너는 알고 있었는지도 몰라. 만약 너희들이, 죽음에의 끌림으로 맺어졌다면, 그 남자의 죽음도 그렇겠지. 너는, 처음부터, 그 남자가 물구나무를 설 때, 남자가 우물을 파기 시작한 때부터, 그 남자의 죽음을 알고 있었을지 몰라."

"죽음이라는 말만으로 너희 세 사람의 관계, 그 덩어리를 모두 설명할 수는 없어. 너는, 너희는 순수한 영혼을 가졌어. 중요한 키워드는 그거라고 난 생각해. 이를테면 죽음이, 너희의 영혼을 최대한 순수하게 만들었다고 생각해보는 거야. 그래야 너희들의 비정상적인, 이런 말을 쓰게 돼서 미안하다만, 비정상적 관계를 설명할 수 있게 돼. 남자1이 누이의 죽음을 경험하면서 더 오염된 것하고 같은 원리일 거야. 고통이라고 해도 좋아. 남자1은 죽음, 혹은 고통으로 오염된 반면, 너희는 그것으로 너희를 씻은 거지. 그렇게 씻고 나면 최적의 순수성으로 앞날을 내다보게 돼."

"인식하냐 못하냐 하는 건 상관없다고 생각해. 잘 익은 과실이 때가 되면 뚝, 제 가지에서 떨어져 나오는 것 같은 이치겠지. 어떤 과실이 오늘 밤 바람이 불어 제가 떨어질 줄 미리 알고 있겠니. 하지만 과실은 알지 못하면서, 알고 있을 거야. 여물 때까지의 고통이 정제해준 순수성으로 앞을 내다볼 테니까."

"한마디로 정리하자면 이렇다. ㄴ이 우물 밑으로 추락할 때 너는, 세탁기가 비명을 질러대서 세탁기를 보았다고 했지만, 그건 사실이겠지만, 그 순간, 그러나 너는, 그 남자가 우물 밑으로 떨어지고 있는 것을 본 거야. 보고 있었어. 그렇지 않니?"

나는 선생님에게 등을 보이고 돌아앉는다. 당신이 두렵다. 살아남은 내가 두렵다. 내가 그리운 문장을 지금부터라도 찾아가기로 하면 이 두려움을 다 이길 수 있을까. 산 자에겐 산 자로서의 새 길이 절실하다. 어디에선가 삶의 에너지를 지속적으로 얻어야 하기 때문이다.

그러므로 선생님, 당신에게 매달려 나는 묻고 싶다. 과연 문장을 쫓아가면 그로써 지금의 내 모든 두려움을 다 이길 수 있겠느냐고.

"사랑에 관해 소리치고 있어요.
그 사람들이 당신을 개처럼 취급했을 때……"

ㄴ이 경외해 마지않던 조지 해리슨은 노래하고 있다. 동료였던 존 레논의 죽음에 바친 노래다. 조지 해리슨이 되고 싶었으나, 세상이 '개처럼 취급'했기 때문에 끝내 우물 속

으로 간 그가 되긴 싫다. 강렬한 에너지가 아직 내 안에 남아 있는 걸 나는 느끼고 본다. 결론은 그것이다.

그를 깊이 이해하지만 이제 그를 버려야 한다는 것.

사람들이 나를 개처럼 취급할 때에도 기필코 나는 '사랑에 관해 소리치고 있어'야 한다. 분명하다. 사람들이 '개처럼 취급'할 때에도 '사랑에 관해 소리치'는, 그런 문장을 찾고 싶다. 삶의 당위를. 그러나 너무 늦게 내가 길을 떠나려고 하는 것은 아닐까.

첨세(尖細)

「우물」을 쓰던 시절, 내게 오로지 남자1만 존재했던 것은 아니다. 문장에의 욕망이 있다. 남자1은 내 삶의 현상이고 문장은 숨겨진 꿈으로서 심층이다. 심층이란 벽 너머가 아닌가. 읽는 이와 덩어리를 이루는 문장을 쓸 수만 있다면 그것은 남자 이상일는지도 모른다. "좋은 문장은 작은 집

속의 큰 방과 같다." 선생님의 말이다.

문장은 강처럼, 황홀한 홀림을 가지고 있다.

그것에 끌려 남자1을 버릴까 하던 순간이 없었던 게 아니다. 가령 선생님이 나의 「우물」을 읽고 동급생을 시켜 나를 불렀을 때가 그렇다. 그러나 모든 끌림은 일정한 공포를 동반한다. 어떤 재능이든, 하나의 문을 통과하려면 반드시 어두운 무덤 속 썩은 관을 지나야 한다. "너 연구실로 좀 오래. 「우물」이 인상 깊으셨나 봐." 동급생들로부터 소설도 아니라고 혹평받았던 습작품이 「우물」이다. 나는 두려움 때문에 끝내 선생님에게 가지 않는다.

재능의 무덤을 보는 일은 두렵다.

선생님이 말한바, 고통을 통해 '최적의 순수성'을 획득한 것은 내가 아니라 ㄴ이다. 나는 여전히 실제적인 죽음이 무섭다. 그런데, 야릇한 일이다. 내가 문장의 홀림을 따라가고자 하는 원동력이 사실은 그 공포로부터 나오는 것 같다. 두려울수록 문장으로 밀려 들어가는 느낌이다. 그는 고통을 통해 획득한 '최적의 순수성'으로 벽을 넘어갔으나 내겐 아직 공포감을 견디면서 넘어가야 할 세계의 벽이 남아 있다고 느낀다.

두려움이야말로 나의 에너지다.

산국(山菊)

나는 짐을 정리한다. 옛집을 떠나올 때 버릴 건 다 버렸으므로 정리하고 말고 할 짐도 많지 않다. 남자1은 물론 어머니-아버지의 흔적도 다 지운 게 오래전이다. 그의 더플백 역시 땅에 묻혀 있다. 곧 소소를 떠날 것이고, 다시 돌아오지 않을 작정이다.

더 이상 선인장을 키우고 싶진 않다.

나는 빌라 집집마다 문을 두드린다. "이사를 가거든요.

선인장, 키우시겠어요?" 선인장을 나누어 준다. "물을 너무 자주 주면 안 돼요." 내가 말하고, "햇빛을 잘 받아야겠죠?" 집주인은 묻는다. "그냥 베란다에 놔두시면 돼요. 내버려 두는 게 제일 좋아요. 버려진 선인장이 더 건강하게 큰답니다." 사람들은 내 말을 반신반의한다.

선인장을 나눠주고 돌아와 욕조에 뜨거운 물을 가득 채우고 몸을 담근다. 물에 담긴 육체를 본다. 오르락내리락하는 배, 희부연 다리, 열 마리 작은 애완동물 같은 발가락이 물결에 따라 이지러지는 게, 프리즘을 통과해 보는 어떤 파동 같다. 만져주고 싶다.

그것엔 슬픔 이외의 또 다른 음률이 있다.

누군가의 웃음소리가 그때 들린다. 나는 놀라서 물 밑으로 쑥 전신을 집어넣는다. ㄷ의 웃음소리다.

마리아나(Mariana)

옛집의 욕조도 지금 이 정도 크기에 불과하다.

ㄴ이 먼저 들어가 앉은 욕조에 내가 들어가 그에게 등을 대고 앉는다. 그의 양팔이 자연스럽게 겨드랑이 사이를 지나온다. ㄷ이 들어올 차례다. "들어와!" 내가 그녀에게 양팔을 벌려 보이고, "싫어! 내가 언니에게 등 대고 앉으면 내 앞엔 아무도 없잖아!" 그녀가 눈에 쌍심지를 켠다. 자리를 벌려 나―그 사이에 그녀를 앉힌다. 욕조가 작아 우리 사이엔 틈이 없다. 그녀의 입술이 곧 내 날개에 닿는다. 간지러워 절로 몸이 뒤틀린다. 쏴아, 물이 넘친다.

"물은 어디에서 왔을까."

그녀는 궁금한 게 많다. 지렁이의 고향이 어디냐고 물은 적이 있고, 우물물은 어디에 숨어 있다가 솟아 나오는 것이냐고 물은 적도 있다. "그야, 물은 물로부터 왔겠지."

모든 것들이 물로부터 온다고 처음 생각한 것은 그리스의 철학자 탈레스다. 만물은 모두 어디에서 왔는가. 오직 그 생각에 매달려 늙어가는 아들을 보다 못한 탈레스의 어머니는 아들을 문제의 질문으로부터 떼어놓기 위해 결혼을 시키려고 했던 모양이다. "어머니, 아직 그럴 시간이 되지 않았어요!" 탈레스는 그때마다 말했다고 한다. 물에서 생긴 만물이 결국 물이 되고 마는 것을 기원전에 이미 알았던 탈레스.

셋이서 포개져 물속에 앉아 있으면 시간은 정지된다.

그녀가 손을 뻗어 흔들리는 나의 수초를 쓰다듬는다. 그는 그녀의 어깨에 이마를 얹고 있다. "더 큰 욕조가 필요해." 그녀가 말하고, "풀장?" 그가 반문한다. "풀장은 너무 넓어 싫어. 아저씨랑 언니랑 편히 몸을 맞대고 있을 정도가 좋아." 시냇물처럼 셋이 함께 재잘대며 흘러가고 싶은 게 그녀의 진짜 소망이다. "고향 집 앞 시냇물은 언제나 재잘거리면서 노래했는데." 서로 씻겨주거나 비누 거품을 내어 장난을 칠 때도 있다. 욕실 전체가 물바다가 된다.

"욕조 밑에도 물길이 있네."

욕조 아래의 물구멍 마개를 빼면 이별의 시작이다. 물이 빠져나가면서 시시각각 우리의 몸이 물 밖으로 솟아나온다. 우리는 재빨리 분리된다. 일시적인 관계의 죽음이라 할 수 있다. 가장 바깥에 앉은 내가 먼저 몸을 일으킨다. 퍼진 그녀의 가슴을 누르고 있던 나의 등짝이 횡해진다. 내가 일어나고, 그녀가 일어나고, 끝으로 그가 일어나 욕조를 빠져나온다. 물 빠진 욕조에 남아 있으면 누구든, 무기물에 불과해진다.

차례로 분리된 우리는 잠깐 동안 뭔지 모르게 어색해져 어정쩡하게 돌아선 채 시선을 각각 딴 데 둔다. 그 어색함은 어디에서 연유하는 것일까. 욕조의 크기는 기실 중요하지 않다. 중요한 것은 물이다.

생성과 죽음과 몽상과 은유와 접합과 원시성의 물. 그것은 다채로운 감응을 준다. 물의 감응이 없다면 우리가 덩어리를 이루는 것도 애당초 불가능했을지 모른다. "물 따라 길이 있고." 내가 혼잣말로 중얼거리고, "길 따라 물이 있지." 그가 받는다.

물을 채우면, 작은 욕조에도 우리의 본향(本鄕)이 있다.

권태

"이사할 모양인데 어디로 가나요?" 담당 형사가 집 안을 휘휘 둘러보면서 묻는다. "신도시요!" 나는 가볍게 대답한다. "강 건너 말인가요?" "아뇨. S시요." 신흥도시로 개발되는 S시 곳곳에는 요즘 하루가 다르게 아파트가 치솟고 있다. "아직 피의자 신분에서 완전히 벗어난 건 아니에요. 그 조선족 처녀를 계속 찾고 있어요." 말은 그렇게 하지만 수사가 종결된 상태라는 걸 나는 안다. 그렇지 않고서야 유골의 화장을 허가했을 리가 없다. 새로운 사건 처리에도 밤낮없이 쫓겨야 하는 참에 아무도 관심 갖지 않는 유골에 무엇하러 매달려 있겠는가.

그의 시선이 꽃망울을 맺고 있는 선인장에게 가 있다. 마지막 남긴 아버지의 '금호'다. 꽃은 지고 없다. "선물로 드릴게요." 나는 선뜻 '아버지의 동지'를 형사에게 들려준다. 아쉬움은 남지 않는다. "선인장이 있으면 정말로 컴퓨터 전자파를 줄여줄까요?" 그가 현실적인 질문을 한다. "그건 모르겠고요. 선인장의 제 보호 본능이 남다르다는 건 알고 있어요. 가장자리 이 작은 가시들 좀 보세요. 제 생장점을 보호하려고 이렇게 잔뜩 몰려 있어요." "딸애가 하도 컴퓨터 앞에만 앉아 있어서요." 담당 형사가 동문서답을 한다.

성장과 그 지속성을 보장하기 위해 선인장이 장구한 시간 속에서 어떻게 개별화하고 진화해왔는지에 대해서 형사는 전혀 관심이 없다. 딸에 대한 그이의 관심과 사랑도 그 수준에서 크게 벗어나지 않는다. 탄생의 고통은 누구와도 나누어질 수 없다. 촛불이 제 몸을 태워 불을 밝히듯이, 탄생과 그것의 진화 역시 오로지 자신의 몫일 따름이다.

"이사 가도 주소를 내게 알려주셔야 돼요." 형사가 건성으로 말하고 일어선다. 잔뜩 흐린 날씨다.

크레바스

소소산성으로 들어간다.

겨울이라 관광객의 발길도 뚝 끊어져 성은 텅 비어 있다. 성문을 통과하면 곧 비탈길이다. 군데군데 다 녹지 않은 잔설이 있어 길이 자못 미끄럽다. 왕궁 터도 발견됐다고 전하지만 근거는 분명하지 않다. 도열한 수십 기의 사적비들을 따라 비탈길을 걷는다. 내가 성문 앞에서 기다리는 동안 말더듬이 오빠가 혼자 올라갔을 그 길이다.

웬만하면 위로 올라설 수 있지만 성벽 위에 올라서서 보면 성벽 반대쪽은 산의 경사 때문에 쑥 내려앉아 보인다. 거의 절벽을 이룬 구간도 있다. 강이 산성의 발치를 돌아 서남쪽으로 흐른다. 구소소는 물론 신소소의 스카이라인도 손에 닿을 듯 가깝다.

오빠가 떨어진 곳이 어디인지는 가늠할 수 없다. 오빠는 정말 내게 주려고 바람꽃을 꺾기 위해 손을 내밀었다가 떨어진 것일까. 바람꽃은 보이지 않고, 키 작은 잡목 사이에서 흔들리는 것은 철 지난 억새들뿐이다.

나는 가만히 앉아 먼 데 가까운 데를 본다.

쌀쌀하지만 좋은 날씨다. 오른쪽엔 국립공원으로 지정된 산의 준령이 북으로 치닫고 있고 왼쪽엔 서해까지 내뻗은 산맥의 등뼈가 거침없이 허공을 가르고 있다. 산성 위에서 바라뵈는 소소시는 대자연에 비해 말 그대로 소소할 뿐이다.

강은 그러나 다르다. 준령의 협곡을 돌아와 산맥의 발치를 적시면서 흐르는 강은 한마디로 말해 장중하기 이를 데 없다. 첩첩한 산의 모든 중심에 골고루 촉수를 박고 그 산들을 제 의도대로 거느리고 있는 형국이다. 유장하고 압도적이며 깊다.

"뛰어내리고 싶어!"

강을 내려다보며 오빠가 언젠가 중얼거리던 말이다. 황홀한 홀림이 오빠의 어디를 강력하게 건드렸음이 분명하다. 시간이 지날수록 햇빛을 받아 강은 더욱 화사한 형형색색 물비늘을 표면에 매달고 있는 중이다.

홀린 듯, 나는 한참이나 오직 강을 본다.

평온하던 강이 한순간 조금씩 부풀어 오르고 있다는 느낌이 든다. 아니 단지 부풀어 오르기만 한 것이 아니다. 기우뚱해지더니 놀랍게도 강의 한쪽이 불쑥 들려 올라온다.

나는 두 눈을 껌벅거리며 그것을 뚫어져라 본다.

거대한 물의 평상(平床)이 수직으로 기울어지고 있다. 나는 당황해 머리를 젓는다. 착시는 그래도 끝나지 않는다. 반대쪽으로 쓰윽 기울어진 강의 중심부가 이번엔 맹렬히 부풀어 오르기 시작한다. 성벽도 산맥도 모조리 잡아먹을 듯한 기세다. 공포감이 뒷덜미를 친다. 나는 놀라서 얼른 한자쯤 물러선다. 그제야 강이 얼핏 제자리로 내려앉는다.

죽음의 비밀은 풍경에 있을지도 모른다.

나와 만나기로 한 시간에 오빠가 왜 성벽으로 올라갔는지는 이제 중요하지 않다. 거대한 정좌(正坐)이면서 정좌를 거부하는 것이 풍경이다. 풍경은 한순간도 머물지 않는다. 보는 이의 감응에 따라 그것은 정지되거나 곤두서고 하강하거나 확장된다. 풍경이 머물러 있다는 것은 속임수가 깃든 고정관념에 불과하다. 또 알 수 없다. 오빠가 갖고 싶었던 것은 바람꽃이 아니라 풍경의 깊은 중심이었는지도.

대체 오빠는 어디에서 온 누구였을까.

침향목(枕香木)

호숫가 선생님 집 마당엔 잘생긴 배롱나무가 한 그루 있다. 당신의 집에서 인터뷰한 TV 프로그램에서 이미 두 번이나 본 적이 있는 배롱나무. 선비들이 살았던 고택 마당에 으레 한두 그루쯤 있는 배롱나무. "배롱나무는 때 되면

허물을 벗어요. 낡은 것들을 벗고 더 꼿꼿한 기상으로 새로 태어나는 셈이지요." TV에서 당신이 하던 말이 생각난다. 내가 당신 몰래 이곳을 찾아온 연유의 반은 이 나무를 보고 싶었기 때문이다.

선생님은 지금 타이완에 가 있다.

당신의 근작이 타이완에서 번역 출판되어 출판 기념 행사가 열린다는 걸 신문 기사로 본 것은 엊그제다. 기사에 따르면 삼사 일을 더 있어야 당신은 이곳으로 돌아온다. 처음 와보지만 호숫가 당신의 집을 찾는 것은 아주 쉽다. 언덕 위 당신의 집은 다행히 울타리도 없다. 경사면의 싸리나무 울타리를 붙잡고 올라가자 이내 마당귀 배롱나무에 닿는다.

배롱나무의 형상은 TV에서 본 것보다 훨씬 기품 있어 보인다. 어떤 글에서 당신은 "태양의 광채를 품은 비의적인 영원성을 아낌없이 보여준다"라고, 이 배롱나무에 대해 진술한 적이 있다. 그 진술이 과장이 아니라는 걸 느낀다. 끝의 잔가지들이 호수 쪽으로 촘촘히 뻗어 있는 게 사뭇 정교하다. 호수는 푸른 유리창을 깔아놓은 듯하다.

나는 배롱나무 밑을 한 자쯤 파고 비단 보자기로 싸 가지고 온 것을 묻는다. 나로선 깊이 생각한 끝에 얻어낸 하나의 제례(祭禮)다. 선생님이 일찍이 '몽환적'이라고 지적한 내 첫 소설 「우물」과, ㄴ이 내게 유일하게 남긴 벽조목 목걸이를 함께 싼 보자기다. 그의 어머니가 오래 지녔다는 그것이 내 소설 「우물」과 함께 묻힌다는 것은 그의 출발, 나의 출발이 하나로 만났다는 뜻이다. 종말은 더 이상 생각하지 않는다.

"선생님이 내 지난 생의 묘지가 되어주세요."

나는 소리 내어 말해본다. "저는 이제 다른 길을 갈 거예요." 나는 오래오래 배롱나무 밑에 서서 호수를 내려다보고, 가끔은 뒤돌아서 당신의 빈집도 우두커니 본다. 당신도 자주 그 자리에 서 있었을 것이라고 나는 상상한다. 지금 이곳에 있지 않다고 어찌 당신의 체취를 느끼지 못하겠는

가. 내 젊은 날을 당신이 밟고 설 장소에 묻을 수 있어서 정말 다행이다.

당신은 여전히 "괜찮아. 괜찮으니 어서 길을 건너가!"라고, 내게 흰 손으로 부드럽게 신호를 보내고 있다. 당신, 나의 영원한 문장. 그러나 이제 당분간 당신을 떠나려고 한다. 나의 진정한 문장은 내가 단독자로서 찾아야 한다는 것을 알기 때문이다.

문장으로 반드시 당신을 이기고 싶다.

법회

밤이 깊은데 전화가 울린다. 선생님이다. 타이완에서 돌아온 모양이다. "내일 이사한다고 한 것 같아서." 당신이 넌지시 묻고 "예, 선생님." 내가 고개를 끄덕거린다. 잠시 침묵이 온다. 당신이 지금 밟고 서 있을지 모르는 벽조목 목걸이와 나의 소설 「우물」, 그 묘지의 정적이 그대로 내게 전이되어 오는 느낌이다. "경찰에서도 너 이사하는 건 알고 있니?" 선생님은 또 묻는다. 작가들은 집요하다. "경찰에선 사건을 완전히 접은 것 같아요."

히말라야시다들이 흔들리는 게 창 너머로 보인다.

이곳에서의 마지막 밤이다. "며칠 집을 비워뒀는데 이상도 하지, 누가 꼭 다녀간 것 같구나. 혹시 네가 왔던 건 아니지?" 보이지 않는 오욕칠정을 다루는 작가로 늙으면 이처럼 족집게가 된다. "선생님 댁이 어디 있는지도 모르는걸요." 나는 시치미를 뗀다. "타이완에서 선인장 전시회를 봤다. 네 생각이 나더라. 전엔 선인장에서 꽃을 주로 보았는데, 이젠 자꾸 가시를 보게 된다. 가시, 가시장이란 말." "선생님은, 가시하고 안 어울려요." 괜히 심술이 나 던진 말이다. 선생님은 그러나 내 말에 별로 주의를 기울이지 않는다. "내게 아주 오랜 병이 하나 있다." 어딘지 모르게 은밀해진 목소리다.

"…… 내 귓속에 곰팡이가 살아."

"의사가 곰팡이라고 하니까 곰팡이겠지. 십대, 혹은 그 이전부터였는지도 몰라. 암튼 내 마음 어디에 주름이 지면 얘들이 움직여서 귀가 가렵다. 누구는 잎새에 이는 바람 소리도 괴롭다고 하더라만, 나는 바람 소리에도 귓속 곰팡이들이 먼저 움직인다. 얘들이 움직이면 가렵고, 가려우면 긁고, 후벼 파고, 그럼 당연히 진물이 줄줄 흐른다. 진물 흘러 나오면 시원해지고 그다음엔 곧 딱지가 앉아. 악순환이지. 일상에 지장은 없다. 평생 그래 왔으니 귓속의 얘들 나이가 아마 쉰은 넘었을 게다."

"시멘트 데스마스크 이야기를 듣고 나서부터 한동안 잠잠하던 귓속이 갑자기 가렵더라. 긁으니 진물이 날밖에. 지난 주 겨우 딱지가 앉는 듯했는데 다시 긁으니 또 진물이 난다. 병도 오래되면 정이 든다. 귓속 곰팡이가 마누라보다 더 가깝게 느껴질 때도 많아."

"너를 만나고 나서야 깨달았구나. 얘들이, 내 몸속의 가시라는 것. 소설이라는 게, 사람들 몸뚱어리 속에 박인 가시들에 대한 세밀한 보고서와 진배없다는 것."

"그리고 또…… 가시가 많이 박인 사람의 영혼이 본래 넋에 더 가깝다는 것."

"선생님이 지금껏 써온 문장들은 그럼, 귓속 곰팡이가 쓴 셈이네요." 내가 토를 단다. "어쩌면, 그리 말할 수도 있겠지……." 당신의 목소리가 한결 밝아진다. "선생님 마당의 배롱나무요. TV에서 보았는데 참 근사하던데요. 개인 주택에 살게 되면 선인장 대신 배롱나무를 하나 심고 싶어요." "내가 지금 그 나무 밑에 서서 호수를 보고 있다." 당신의 발밑에 나의 은밀한 한 생(生)이 묻혀 있다는 걸 알면 당신은 어떤 표정을 할까. 묘지가 되어준 나의 선생님. "때가 되면, 제가 선생님 뵈러 호숫가로 갈게요." 나의 마지막 말은 흐릿하다.

때가 되면, 이라고 발음하는 순간, 내 몸속 어딘가에서 갑자기 알 수 없는 문장들이 줄지어 솟아나는 게 느껴진다. 온 핏줄 속에서 꼬마전구들이 일제히 불 켜는 것 같다.

남은 생애 오로지 문장의 길을 따라가고 싶다.

내 손끝에서 문장이 자유자재 춤추는 것을 볼 수 있다면 비로소 어둔 강에의 오랜 홀림을 이길 수 있을 터, 선생님과 문장을 다투며 수평으로 마주 앉고 싶은 것이 나의 꿈이다. 나에게 어느덧 '남자'와 '문장'이 동의어가 됐기 때문이다.

아무래도 나는 아주 음란한 여자인 모양이다.

에필로그 —

물의 기원

물은 죽은 자들을 환기시킨다.

그렇지 않은가. 우리의 기억 속에서 완전히 삭제되지 않는 한 그들은 다만 휴식을 취하고 있을 뿐이다. 물을 만나면 그들은 재생되어 우리 곁으로 흘러온다.

수의로 싸여지고 관 뚜껑이 덮이고 대지 깊이 감금된다고 해도 산 자들의 기억 속에 인화된 필름은 지워지지 않는다. 아니, 죽음을 단지 기억으로 이해하는 것은 살아 있는 우리들이 갖는 자기 위로의 보편적 전략일는지 모른다. 사랑의 불꽃이 그러한 것처럼.

이를테면 죽은 자들은 갠지스 강변에 모여 있다.

희푸른 히말라야 골짜기나 남태평양 바닷가 어느 왕국에 모여 세미나를 거듭하면서 자신들이 죽은 자로서 특별한 취급을 받는 부당한 사실에 대해 토론을 거듭하고 있을 수도 있다.

손끝에서 피어나는 비누 거품, 잘 개어져 놓인 서랍 속의 셔츠, 세제로 방금 닦아낸 숟가락 오목렌즈, 아침 빛을 튕겨내는 출근길 반질반질한 우리들의 구두코에 그들이 깃들어 있지 않다고 어떻게 장담하겠는가.

나는 타이완 여행 중에서도 호텔로 돌아오면 '시멘트로 된 데스마스크'로 시작한 소설을 계속 썼다. 창 너머 가로에는 남국의 꽃이 피어 있고 하늘엔 회색 구름이 떼 지어 몰려다녔다. 세수하다가 코피를 쏟은 적도 있다. 나는 세면기 구멍 속으로 빨려 들어가는 핏물을 우두커니 내려다보았다. 무엇엔가 여러 날째 홀려 있는 기분이었다. 어떤 충동에 따라 마우스를 움직여 '삭제'에 나의 커서를 올려놓은 순간도 있었다. "삭제하시겠습니까?" 모니터가 내게 물었다. 마우스 한쪽을 가볍게 누르면 그동안 내가 써온 문장들이 몽땅 날아갈 터였다. ㄴ이 우물 속으로 날아간 것처럼.

그것은 쓰는 순간들보다 더 고통스런 순간이었다.

타이완에서 돌아온 날만 해도 그랬다. 호숫가 내 집에 도착한 건 밤이었다. 가방을 거실로 들여놓고 나서 나는 부리나케 배롱나무 밑으로 갔다. 오래 그리워했던 누가 그곳에서 나를 부르는 것 같은 느낌이었다. 집을 비운 동안 누가 그곳을 다녀간 것 같은 기분이 불현듯 들었다. 배롱나무 줄기에 코를 대고 냄새를 맡아보기도 했다. 그러나 다른 사람이 남긴 흔적은 전혀 없었다.

귓속이 가렵기 시작했다. 괜히 ㄱ에게 전화를 걸었다. "저는 선생님의 댁이 어디 있는지도 모르는걸요." 그녀가 말했다. 그러면 그렇지, 그녀가 예고 없이 여기를 다녀갔을 리는 없었다.

바로 그때였다. 물안개 드리운 어두운 호숫가 한 방향으로 누가 걷고 있는 실루엣이 보였다. 등 굽은 내 모습을 닮은 형상이었다. 길쭉한 더플백을 메고 있었다.

나는 흠칫했다. 저 남자, 바로 그녀의 ㄴ이 아닌가. 여보세요, 하려는 듯 내 손이 반쯤 들리다 말았다. ㄴ이라니, 말도 되지 않는 소리였다. 무엇인가에 홀려 지내다 보니 이제 헛것까지 보게 된 것 같았다. 내 기척에 놀란 밤새 한 마리가 숲에서 푸드득 하고 날아올랐다.

참을 수 없을 만큼 귓속이 가려웠다.

다시 아침이다. 귓속이 여전히 가렵다. 나도 모르게 새끼 손가락이 귓구멍 속으로 들어간다. 진물이 손가락 끝을 적신다. 찰거머리 이 원수 놈의 곰팡이들. 이놈들을 재우려면 아무래도 이사 간 ㄱ의 새집에 한 번쯤 다녀와야 할 것 같다. 나는 곧 그녀에게 전화를 건다.

"지금 거신 전화는 없는 번호입니다."

그녀의 목소리 대신 안내음이 먼저 흘러나온다. 다시 걸어봐도 마찬가지다. 이사 가면서 그녀는 자신의 전화번호를 반납한 모양이다. 새로운 길을 찾아 떠났을 테니, 오랫동안 그녀를 찾지 못할 것이라는 예감이 든다.

나는 햇빛을 쫓아 뜰로 나온다. 햇빛이 맑다. 호수가 성큼 다가든다. 내친김에 대문 밖으로 나와 호숫가를 따라 걷는다. 수천의 물비늘을 매단 호수가 반짝반짝, 앞으로 다가들다가 다가드는 것만큼 이내 주름지면서 지워진다. 호수는 한없이 무겁고 한없이 가볍다. 누구와도 나눌 수 없는 유아독존적 황홀한 홀림을 품고 있는 듯하다. 혹시 내가 그녀를 사랑하는 것일까. 난데없다. 나는 허어, 소리 내어 웃는다. 나의 웃음소리 역시 한없이 무겁고 한없이 가볍다.

사랑이라니. 만약 아침 빛 영롱한 지금 이 물결 위에 백합꽃 한 송이 가만히 흘러오는 걸 보았다면 나는 당연히 그를 가리켜 사랑이라고 불렀을 것이다. 물—물길이라고.

귓속은 더 이상 가렵지 않다.

작가의 말

새로운 시간과 만나면서

불멸에의 황홀한 슬픔 때문에 나는 『촐라체』와 『고산자』를 연이어 썼다. 삶의 유한성이 주는 슬픔에 사로잡혀 『은교』를 쓴 건 2009년 겨울이었다. 이들을 나는 '갈망의 3부작'이라고 일렀다. 한 시기가 끝난 것 같았다. 그러나 작가로서의 나는 여전히 젊었으므로 자기 변혁이 필요했다. 새출발하는 마음으로 나는 곧 『비즈니스』『나의 손은 말굽으로 변하고』『소금』을 잇달아 썼다. '갈망의 3부작'과 달리, 이것들은 자본주의 폭력성에 대한 나의 비판적 발언을 쏟아낸 소설이었다. 늙은 아버지의 이야기 『소금』을 쓴 건 2012년 가을부터 겨울이었다. 그리고 나는 곧 좌초했다.

나는 한동안 '논산집' 호숫가를 쓸쓸히 배회했다. 위기감을 느꼈다. 소설 쓰기를 아예 그만둘까 생각한 적도 많다. 그러자, 가속적으로 나는 늙었다. 살아 있는 한 내 자신이 풍경으로 편입될 수 없다는 것을 나날이 느낀 시기였다. 너무 오랫동안 나의 삶이 플롯 안에 들어 있었다는 자각이 나를 아프게 사로잡았다. 이야기도 만들어지지 않는데, 어느 날 갑자기 '소소한 풍경'이라는 제목이 불현듯 떠올랐다. 노화가 정지되는 느낌이었다. 빅뱅처럼, 내 안에서 뭔가 다시 터지는 소리가 들렸다. 나는 밤마다 어둠 속에 홀로 누워 찬 방바닥에 귀를 밀착시키고 어둡고 먼 지하에서 울려오는 정적이 하는 말을 들으려고 애썼다. 그 무렵의 나는 예민한 청춘이기도 했고 백 살이 훨씬 넘은 노인이기도 했다.

나의 깊은 우물, 혹은 정적으로부터 포르르르 퐁, 퐁, 솟아올라온 작은 물방울들을 짜깁기했더니 『소소한 풍경』이 되었다. '소설'이라는 이름으로 억압당하지 않고 쓸 수 있어 매 순간 당황스럽고 매 순간 행복했다. 쓰는 동안 내 십대의 기억들이 오롯이 남은 강경의 철길, 골목, 갈대밭을 자주 싸돌아다녔다. 혼자 갈팡질팡 웃거나, 오래전의 젊은 그와 만나 황홀하게 운 순간도 있었다. 다 쓰고 났더니 아무 것도 남지 않았다. 나는 길 없는 길을 걸어온 것이었다. 수 면제를 다량 복용하고 누워 있던 통학 기차 속의 열여덟 살 나로부터 겨우 반걸음쯤 걸어 나온 것 같았다. 호수는 그런 순간에도 계속 검푸르렀다. 심연으로부터 올라오는 물빛이 라고 여겨 부럽기 한정 없었다. 나는 한사코 생의 심연으로 가고 싶었다.

호수 밑이 그렇듯이, 생의 어느 작은 틈은 여전히 검푸른 어둠에 싸여 있다. 이 이야기는 그러므로 '비밀'이다. 작가 인 나는 물론이거니와, 나의 인물들이 최종적으로 그리워 한 지점도 그럴 것이다. 오아시스가 아름다운 것은 사막에 있기 때문이 아니라 다른 종족에게 그것이 비밀이기 때문 일지도 모른다. 그러니 읽고 나선 부디 그들을 기억에서 지워주기 바란다. 그들은 존재하지 않는다. 그들이 가졌을 지 모르는 불멸에의 꿈도 그렇다. 감히 '비밀'의 봉인을 열 고자 한 나에게 죄 있을진저.

2014년 봄
流留亭에서

해설

복도훈 (문학평론가)

존재의 홀림 속으로
킬러처럼, 소리 없이

불가능한 가능한, 사랑

시라고 해야 할까, 소설이라고 해야 할까. 이것은 죽음의 이야기인가, 불멸의 사랑에 대한 이야기인가. 이러한 관계, 이러한 사랑은 과연 가능한 것일까.

한 남자와 두 여자가 있다. 정확히는 한 여자와 한 남자, 그리고 또 다른 여자가 있다. 이 셋이 서로를 '사랑'한다. '사랑의 이야기'라고 불러도 된다면 말이다. 한 여자와 한 남자가, 한 남자가 다른 여자와, 한 여자가 다른 여자와 그리고 셋이서 함께. 범박한 삼각관계도 아니고 파트너를 추가하거나 맞교환하는 게임도 아니라면 그 사랑은 도대체 무엇인가.

　박범신이 새로 쓴 이 이야기는 일반적 사랑의 서사 공식을 따르지 않는다. 이 이야기는 두 여자와 한 남자가 등장하지만, 서로 갈등하고 서로를 배제하는 일반적인 드라마가 아니다. 한 남자가 두 여자 사이에서 방황하는 이야기도 아니다. 한 여자가 남자와 다른 여자 사이에서 번민하는 이야기도 아니다. 이 이야기에서 사랑하는 사람과 사랑받는 사람은 모두 셋이지만, 본질적으로는 사랑하며 사랑받는 자, 오직 둘만 있다. 독특하고 이상한 사랑이다.

　셋이 어떻게 서로를 질투하지 않으면서, 누군가를 불가피하게 배제하지 않으면서도, 도대체 어떻게 서로가 서로에게 그토록 홀릴 수 있다는 말인가. 모든 사랑은 삼각관계라는 흔하디흔한 말이 있다. 상대가 있어도 없어도 사랑은 본질적으로 삼각관계라는 것이다.

　사랑의 삼각형은 욕망의 삼각형을 많이 닮았다. 욕망하는 사람과 욕망하는 대상 그리고 그 대상을 욕망하게끔 부추기는 중개자(경쟁자)가 각각 삼각형의 세 꼭짓점을 차지한다. 사랑은 욕망을 닮았고, 욕망을 닮은 한에서 사랑도 삼각관계다. 사랑에도 두 존재와 중개자인 또 다른 존재가 있다. 중개자가 가시적인 경쟁자라면 그 사랑은 삼각관계라는 것이 또렷해지지만, 중개자가 경쟁자가 아니더라도 그 사랑은 여전히 삼각관계가 된다. 내가 그 사람을 사랑하는 것은 그 사람이 다른 사람과 다르게 내게 특별하기 때문이다. 그러나 그 다른 사람이 없었더라면 사랑하는 사람이 내가 사랑할 만한 특별한 사람인지는 좀처럼 알기 어려웠을 것이다.

아무튼 경쟁자인 두 사람이 한 공간에 함께할 수는 없는 법이다. 누군가는 제삼자로 반드시 그 공간에서 배제될 수밖에 없으며, 배제된 자는 남은 두 사람에게 두려움과 서글픔의 그늘로 밀려나는 존재가 된다. 욕망이든 사랑이든, 삼각관계에서라면 각각의 꼭짓점은 이처럼 끝이 창(槍)처럼 가파르고 뾰족하다. 그런데 박범신의 새로운 사랑 이야기에서 삼각형의 꼭짓점은 뭉개진 채 소실된다. 정확히는 소실된 게 아니라 둥글어져 원이 된다. 소설의 표현을 빌리면 가장 행복하고도 내밀한 순간에 세 몸은 한 "덩어리"가 된다. 그러니 셋이 동거하는 사랑은 욕망이되 욕망의 "멸진(滅盡)"을 향하는 욕망이며, 삼각형을 원으로 만든다는 점에서 '소소한 풍경'의 사랑은 불가능한 사랑이다.

그러면 이것을 여전히 사랑이라 부를 수 있는 것일까. 사랑이라고 부를 수 있다면 도대체 그 사랑은 무엇이란 말인가. 그럼에도, 이것을 사랑이라고 부를 수밖에 없다면, 이 '소소한 풍경'의 사랑은, 사랑이 탄생하는 순간에 대한 명명, '불가능한 가능한 사랑'이라 해야 할 것이다. 작가 박범신은 그렇게 생각하고 있는 것 같다. 사랑, 그 불가능의 가능! 이제 그것에 대해 이야기해보자.

킬러처럼 소리 없이

박범신의 신작 장편소설 『소소한 풍경』에서 사랑은 다른 모든 사랑과 마찬가지로 결핍에서 시작하며, 당연히 이 이야기도 결핍에서 시작된다. 그런 소설이 있다. 하나의 몸짓, 단어, 사물, 풍경의 인상에서 시작하는 소설.

『소소한 풍경』은 소설의 주인공이자 스승인 소설가 '나'의 제자인 ㄱ이 스승에게 간만에 전화를 걸어 난데없이 "시멘트로 뜬 데스마스크"를 이야기하는 대목에서 시작한다. 이 데스마스크는 ㄱ의 집터에서 나온 것으로, 시멘트로 뒤덮인 남자 ㄴ의 데스마스크로 추측된다. 그런데 데스마스크 이야기를 듣는 순간, '나'는 귓속이 가려워짐을 느낀다.

'나'에게는 귓속에 곰팡이가 살고 있다고 느끼는 오랜 지병이 있다. 곰팡이는 결핍이되, 자신의 결핍을 모른다는 점에서 '나'의 증상이다. 그런데 '데스마스크'라는 말을 듣는 순간, "내 귓구멍 속의 곰팡이들을 깨운 게 틀림없었다." 데스마스크라는 단어가 작가로서의 '나'의 결핍을 일깨운 것이다. '나'는 '시멘트로 뜬 데스마스크'에 얽힌 이야기를 소설로 쓰고 싶어 하며, 그 소설은 "존재의 비밀스럽고 고유한 홀림 속으로 킬러처럼 소리 없이 걸어 들어가"는 이야기를 꿈꾼다.

그 이야기는 '나'가 제자인 ㄱ에게 투덜거리면서 털어놓는 것처럼, 시작과 끝이라는 인과법칙에 의해 플롯이 정교하게 짜인 이야기가 아니다. 그것보다 내밀하게는 "우연히 찾아오는, 플롯 없는 시간 속의 유영을 경험하는 경이로운 순간도 더러 포함돼 있는" 인생 그 자체를 닮은 이야기다. 시작과 끝도 없이 오로지 우연과 경이, 순간으로만 이루어진 이야기다. 그러나 제아무리 예측 불가능한 사랑 이야기도 그것이 회고되는 시점에서는 원인과 결과가 분명한 플롯을 불가피하게 취할 수밖에 없는 것은 아닐까.

　『소소한 풍경』은 이러한 난관을 돌파할 서사적 장치 하나를 고안해낸다. 그것은 이를테면 작가가 내레이터로 직접 등장하는 것이다. 『은교』에서 모든 이야기는 죽은 작가 이적요의 유언으로부터 시작되며, 『소소한 풍경』에서 모든 이야기는 '시멘트로 뜬 데스마스크', 즉 죽음의 인상과 풍경에 매혹을 느끼는 소설가 '나'의 독백으로부터 시작된다.

　『소소한 풍경』을 더 잘 읽기 위해 불가피하게 『은교』를 잠시 호출해보자. 『은교』는 삶의 유한성에서 오는 욕망의 슬픔과 그것의 비정상적인 폭발과 파멸을 수려한 문체로 담아낸 작품이다. Q변호사가 입수한 '이적요'의 노트와 일기 그리고 '서지우'의 일기로 구성된 『은교』는, 서사의 극적 전개를 위해 애증의 사제지간이자 닮은꼴의 두 남자인 적요와 지우의 죽음을 프롤로그에서 알리고 있다. 그리하여 『은교』의 나머지 이야기에서 독자들은 죽은 자들의 목소리를 듣게 된다. 『은교』의 내레이터인 '이적요'는 자신의 사랑을 슬프게 응시하는 유령 같은 존재다.

　미리 어떤 대상의 죽음을 상상하고 서술하는 전략은 앞으로 전개될 서사에 일종의 길고도 두터운 그림자를 던져

놓는다. 그리하여 서사가 끝나고 나서도 그 그림자는 좀처럼 가시지 않는다. 이야기가 어떤 식으로 전개되든 간에 그 이야기에는 내내 슬픔과 종말의 그림자가 어려 있게 된다. 이것을 '예측 슬픔'의 서사적 전략이라고 불러보자.

예측 슬픔이란 누군가의 죽음을 기다리는 사람이 겪는 상실의 정념이다. 사랑하는 사람이 아직 죽지 않았는데도, 여전히 관계가 원활한데도 미리부터 애도를 시작하는 것이다. 예측 슬픔은 사랑하는 자의 죽음을 상상하기 때문에 모종의 죄책감마저 가져다준다. 또 누군가를 사랑하기 시작할 때, 이별을 미리부터 생각하거나 심지어는 꿈속에서 자신이 죽은 애인을 애도하는 장면을 꾸며내기도 한다. 사랑에 대한 관념에는 무(無)가 자리하며, 애인의 존재는 그 존재의 부재를 포함한다. 그런데 예측 슬픔은 때로 대상이 아닌 주체를 향하기도 해서 말하자면 자신을 죽은 자로 만들고 사랑하는 대상을 남겨놓기도 한다. 그리고 여기에는 대상에 대한 이상화("나의 처녀 은교")가 필수적으로 동반된다. 그것은 소유가 불가능한 대상을 영원히 소유할 수 있는 상상적인 전략이다.『은교』가 질투, 더 정확히 말하면 질시의 이야기라는 것은 여기에서 중요하다.

질시(嫉視, envy)는 질투(嫉妬, jealousy)처럼 자신이 가진 것을 빼앗길까 두려워하는 정념이 아니다. 질시는 그가 가진 것을 내가 결코 가질 수 없다는 근본적인 우울에서 비롯되어 때로는 파괴적인 분노로 종잡을 수 없이 커질 수도 있는 감정이다. 그것은 그가 가진 '그것'을 내가 가진다고 해서 결코 해결되지 않는다. 은교와 서지우의 정사 장면을 목격했을 때, 이적요의 질시는 은교가 아닌 서지우를 향하게 된다. 말하자면 은교가 서지우와 할 수 있는 '그것'이 이적요에게는 상실된 것이고, 그 상실된 것을 향하는 이적요의 질시는 우울하다.

『은교』는 이적요의 '불능(impotence)'을 생생하게 묘사하고 서술한다. 그러나 이적요가 만일 '그것'을 기적적으로 소유한다고 해도 질시가 사라지는 것은 아니다. 질시는 한마디로 '그것'을 가진 경쟁자를 완전히 파괴할 때에만 사라질 수 있다. 질시는 경쟁자의 '능력'을 완전히 망쳐놓아야만 비로소 마음이 편해지는 정념이다. 보통의 범죄소설이라면 질시하는 자는 경쟁자를 제거하는 데 몰두하거나 '영원한 소유'라는 명목으로 연인을 파괴한다. 그러나 이적요는 그렇게 하지 않았다. 그는 사랑하는 은교를 남겨두고 질시의 상대인 지우와 함께 비밀스럽고도 숭고하게 스스로 몰락하는 편을 선택했다. 이 소설이 세속적인 범죄 이야기로 더 흐르지 않은 것은 그 때문이다.

이적요의 사랑은 완전범죄가 되지 못하며, 『은교』에서 이적요가 서지우에게 한 말을 빌리면, '완벽한 킬러'를 꿈꾸는 이적요는 그런 방식으로 소설 안에서도 '완전한 예술가'가 되기를 원한다. 완전한 예술가란, 실제로는 자신의 분신을 소설에 직접 등장시켜 그 자신과 연인 그리고 연적을 이상화된 존재로 만들거나 완전히 파괴하는 존재일 것이다. 대상의 파괴와 대상의 이상화는 맞물려 있다.

이렇게 볼 수 있다면, 『소소한 풍경』은 『은교』에서 시인 이적요가 꿈꾸었지만 실행하지 못했던, 즉 결핍되었던 완전범죄를 새롭게 꿈꾸는 이야기라고 할 수 있다. 『은교』를 발표한 이후에 박범신은 『비즈니스』 『나의 손은 말굽으로 변하고』 『소금』 곧 '자본주의의 폭력성에 대한 비판 3부작'을 썼다. 그런데 『소소한 풍경』이 앞의 어떤 소설보다 『은교』를 떠올리게 하는 건 사뭇 시사적이다.

예를 들면, 『소소한 풍경』에서 소설가 '나'와 '나'에게 '시멘트로 뜬 데스마스크'의 존재를 알려준 'ㄱ'은 사제지간이면서,『은교』의 이적요에게 은교가 이상화된 존재로 재탄생한 것처럼, '나'가 상상하고 구상하는 소설 속의 문학적 피조물이기도 하다. 밴드의 베이스 연주자로 각종 직업을 전전하며 떠돌았던 남자 'ㄴ'과 국경을 넘어 신분을 위장하고 살아왔던 탈북자 처녀 'ㄷ'도 마찬가지로 소설가 '나'의 상상의 산물이다.

그러나『소소한 풍경』에서 '나'는 소설의 기슭으로 최대한 물러나는 대신에 작중인물들이 엮어나갈 서사 앞에는 죽음과 우울의 그림자를 길게 드리운다. 그 죽음과 우울의 그림자는 집착과 파괴의 플롯을 쌓는 대신에 멸진과 사라짐으로 물처럼 흐른다. 시적 아포리즘에 가까운 문장도 그런 흐름에 한몫하고 있다. 그러므로『소소한 풍경』은『은교』에서 못다 하거나 진화한 이야기가 아니다.『소소한 풍경』은『은교』와 가장 가까운 것 같으면서도, 실제로는 가장 먼 이야기다.

『소소한 풍경』에는 앞서 말한 '완전범죄'가 이루어진다. 남자 ㄴ의 데스마스크와 유골이 ㄱ의 집터에서 발견되지만, 그 사건은 결국 영구 미제사건으로 처리된다. 이것은 형사상의 완전범죄가 성립되었음을 의미하는 것이 아니라,

법(경찰)이 결코 미칠 수 없는 비밀스러운 영역에 그들 셋의 사랑이 위치해 있음을 깊게 환기하는 것이다.『은교』에서 법을 다루는 변호사에게 적요―은교―지우의 운명이 맡겨져 있는 것과는 사뭇 다르다. 이에 비해『소소한 풍경』의 사랑은, 이를테면, 완전범죄다.

'존재의 홀림 속으로' '킬러처럼 소리 없이' 접근하는 완전범죄로서의 사랑. 완전범죄, 또는 영구 미제사건으로서의 사랑. 어떠한 원인과 결과를 설정하고 짜 맞추는 취조와 수사(搜査), 즉 플롯을 거부하는 사랑. 그리하여 "소소한 풍경"의 사랑은 법의 영역 너머에, 순간과 영원, 이승과 초월의 경계에 위태롭게 자리 잡는다. 법 너머에 위치한다는 것은 작중인물들의 사랑이 또한 죽음〔滅盡〕에 매우 가까이 놓여 있다는 뜻이기도 하다.

어떤 시작도 끝도 없는, 황홀한 마주침의 순간과 장엄한 종말도 없는, 시작과 끝이 원처럼 맞물려 있는, 만남의 환희와 이별의 슬픔도 없는, 오직 홀연한 사라짐만이 존재하는 그런 사랑이다. 그런데 이것이 정말 사랑인가? 사랑이라는 말로 설명 가능한 사랑인가? 이것도 사랑이라면 그것은 과연 어떠한 사랑일까?

덩어리 되기

소소(昭昭)라고 쓰고, 소도(蘇塗)라고 잠시 잘못 읽는다. 삼한시대에 죄를 지은 자들이 법망을 피해 도피했다고 하는 소도. 그리고 보니 『소소한 풍경』에서 '사랑의 소도'라고 할 만한 '소소'는 "청동기 시대의 유물"이 많이 나온 곳이며, 그래서 그런지 정주민보다 유목민의 자취가 많이 남아 있는 곳이다. 한 명의 여자가 있고, 이어서 한 남자와 여자가 찾아든다. 그들은 각기 다른 삶의 내력을 지녔지만, 모두들 결핍된 존재라는 점에서 공통적이다.

주인공 ㄱ은 어렸을 때 오빠와 부모를 차례로 잃었으며, 한때 작가를 지망했고 결혼에 실패한 여자로 지금은 '소소'에 내려와 살고 있다. 남자인 ㄴ 또한 어렸을 때 형과 아버지가 모두 1980년 5월, 광주에서 진압군에게 살해당하고 어머니가 요양소에 가 있으며, 그 자신은 평생 떠돌이로 살아왔다. 또 다른 여자 ㄷ은 간신히 국경을 넘어온 탈북자 처녀로, 그녀의 아버지는 국경을 넘다가 죽고 어머니는 그녀가 증오하는 짐승 같은 남자와 함께 살고 있으며, 그녀 자신은 조선족 처녀로 위장해 어머니에게 돈을 부쳐야 하는 고된 삶을 살다가 소소까지 찾아들었다. 삶과 죽음의 경계를 가파르게 넘어온 자들이 소소에 머물렀다. 저마다의 선인장 가시를 가득 품고서.

『소소한 풍경』에서 ㄱ이 애지중지 키우는 각종 선인장의 가시는 매우 중요한 은유로 기능한다. 이를테면 선인장 가시는, 소설의 표현을 빌리면 "살아 있는 선인장의 데스마스크"로 비유된다. 이러한 표현도 가능하다면 그것은 등장인물 각자가 지니고 있는 상처가 물질화된 육체다. "선인장의 핵심은 꽃이 아니라 가시"다.

선인장 가시는 상처받은 존재의 마음이 안팎으로 뻗어나가는 슬픔이자 독기다. 선인장 가시는 그 자신을 향할 경우에는 슬픈 결핍이 되며, 타인을 향하는 경우는 독기 어린 방어가 된다. 가시라는 이 날카롭고 뾰족한 각질은 선인장의 육체에서 뻗어나간 외롭고도 가파른, 어쩔 수 없이 드러날 것만 같은, 그러나 감추고 싶은 은밀한 영혼의 육체이다. 실제로 선인장의 몸통과 가시를 함께 물끄러미 들여다보면 그것들이 『소소한 풍경』에서 육체와 영혼의 관계에 대한 뛰어난 은유로 간택되었음을 어렵지 않게 알 수 있다.

선인장 가시는 우리의 슬픈 육체에 흉터로 아로새겨진

마음의 오래된 흔적, 또는 영혼에 대한 탁월한 비유가 아닐까. 영혼의 비밀은 육체의 비밀이었으며, 육체의 비밀은 영혼의 비밀이었다. 육체는 "영혼의 야영지(野營地)"인 것이다. 어쩌면 고대의 철인들이 설파한 영혼에 관한 교의 대부분은 실제로는 육체에 대한 것이었을지도 모른다.

『소소한 풍경』은 얼핏 플라토닉 러브라는 오래된 관념의 소설적 표현으로 보이지만, 그것은 어설픈 오해이자 얕은 오독이다. 이 소설에서 그려진 마음의 풍경은, 비록 적나라하게 그려지지는 않더라도, 실제로는 육체의 풍경에 가깝다. 설령 그 풍경이 마치 "정좌(靜坐)"한 것처럼 보인다고 하더라도 그것은 "고형(固形)"이 아니다. '소소한 풍경'은 정중동(靜中動)의, 육체의 넘치는 물결이다. 소소한 풍경은 뚫린 구멍으로 바람이 통과하는 풍경이다. 소설에서 펼쳐지는 마음의 현상학은 모두 육체의 현상학이다.

『소소한 풍경』은 "사람들 몸뚱어리 속에 박인 가시들에 대한 세밀한 보고서"일 뿐만 아니라, 사랑이 어떻게 죽음까지 이어져 있는지, 또한 타자의 그 무엇이 한 존재를 그토록 매혹시키는지, 그것이 얼마나 위험한지에 대한 매우 섬세하고 아름다운 기록이라고 할 만하다. 그 기록은 선인장에서 자라난 가시의 비밀만큼이나 물질적인 동시에 영적이다.

예를 들면 왜 여자 ㄱ은 남자 ㄴ에게 그토록 매혹을 느낄까. 여자는 때로는 언제든 떠날 준비가 되어 있는 것 같은 남자에게 오히려 설명할 길 없는 매혹을 느낀다고 한다. 그 남자 속의 바람과도 같은 부재, 휑하니 뚫린 무(無)가 오히려 여자의 홀림의 대상이 되는 것이다. 그리고 그 매혹은 '소소한 풍경'의 매혹이다. "남루할지언정 모든 방랑자에겐 어떤 홀림이 있다." ㄴ이 메고 있거나 옆에 잠시 내려놓은 더플백에 대한 시적 묘사를 보라. ㄴ은 더플백과 따로 떼어 이야기할 수 없는 존재다. "그는 아무 미련도 남기지 않고 떠날 준비가 상시적으로 되어 있는 사람처럼 보인다. 더플백에선 늘 휘파람 소리가 난다. 바람 속의 가뭇없는 길과 억새 우거진 오래된 성터에 해가 지는 풍경 등이 절로 떠오르기도 한다."

ㄴ에게는 유목민의 흔적이 느껴진다. 죽음과 이별을 살다가 먼 곳으로 떠나온 ㄱ과 ㄷ이 그러하듯이. 삶에 대한 애착이 별로 없어서가 아니라 애착의 대상과 홀연히 이별하였으므로 그들에게 그에 대한 집착은 무의미하다. 끊임

없이 이동하는 유목민처럼 그들에게는 축적과 소유가 불필요하다.

『소소한 풍경』의 관계도 그렇게 이해된다. 정착민의 사랑이 질투하고 질시하는 타인의 눈으로부터 자유롭지 않고 매 순간 전전긍긍하는 사랑이라면, 유목민의 사랑은 언제든 떠날 수 있기에 오히려 자유롭고 홀가분한 사랑이다. 물론 『소소한 풍경』의 인물들도 잘 알고 있다. 언젠가는 "그가 떠나거나, 내가 그를 보낼 날이 올 거라는 사실은 명백하다"는 것을. 그래서 그들의 육체적 결합은 아슬아슬한 소유와 집착을 상기시키는 "'섹스'가 아니라, '덩어리'", 즉 뭉쳤다가 흩어지는 덩어리가 된다는 것을.

여자 ㄱ이 말한다. "나는 그렇게 말하고 싶다. 나−그는 때로 '덩어리'가 된다. 나−그 사이의 정적, 나−그의 몸뚱어리 속 가시가 훼손되지 않도록 하자는 데 암묵적인 동의를 전제한 '덩어리 되기'였다고 생각한다. 소유하지 않고 덩어리를 이루는 법을 우리는 알고 있었으며, 그렇기 때문에 당연히, 덩어리로 인한 어떤 소음도 발생하지 않는다. 피차 생의 가시를 촘촘히 내장하고 있었으므로."

덩어리, 정확히는 '덩어리 되기'란 무엇일까. 그것은 물과 흙의 점성(黏性) 가득한 화학적 결합이자, "당신 안의 부식되지 않은 기억들과 내 안의 부식되지 않은 기억들이 서로 알지 못하면서, 그러나 한통속으로 덩어리져 있는 듯 느껴지는 그 비밀스러운 광합성"이다.

물과 흙의 결합, 거기서 전해지는 불의 온기, 언제나 떠날 것만 같은 공기의 결합. 이처럼 유목민의 사랑은 물질의 시초(始初)로, 물 불 흙 공기의 사 원소로 되돌아간 원형의 사랑, 사랑의 원형이다. 이번에는 남자 ㄴ이 말한다. "덩어리라는 말에선 '상처의 주머니'가 아니라 '순수의 집합체' 같은 광채가 느껴져서 좋아요." 그것은 한 사람이 더 늘어난다고 관계가 변하는 사랑이 아니며, 때로는 성별마저 완전히 잊어버리는 사랑이다.

남자는 계속 말한다. "남성, 여성이란 말을 우리는 완전히 잊어버렸었다고 여겨요. 그렇지 않았나요. 아침저녁의 구분이 애매했던 것처럼, 성의 구분도 매우 모호한 나날이었지요. 어느 때는 당신—그녀가 더 남자에 가까웠고, 어느 때는 당신들보다 내가 더 여자에 가까웠다고 생각해요. 우리 모두가 남자, 또는 여자가 된 날도 있었을 거고요. (……) 셋으로 삼각형을 이룬 게 아니었어요. 셋으로부터 확장되어 우리가 마침내 하나의 원을 이루었다고 나는 생각해요. 역동적이고 다정한 강강술래 같은 거요. 둘이선 절대로 원형을 만들 수 없잖아요. 셋이기 때문에 비로소 가능한 원형이지요."

이런 사랑은 여전히 불가능하다 말할지도 모르겠다. 사랑이라는 낡은 어휘로 담아내기 어려운, 사랑을 대체해 발명해야 할 새 어휘일지도 모르겠다. 그러나 이런 사랑, 그것은 우리가 선사(先史) 이래로 까마득히 잊어버렸거나 우리의 DNA에서 오랫동안 억압된 것은 혹시 아닐까.

우물의 이야기

다시 말하지만, 이것은 사랑의 이야기인가. '사랑의 이야기'라고 말하기로 한다면 당연히 『소소한 풍경』은 '불가능한 가능한 사랑 이야기'다. 이렇게 '불가능한 가능한' 사랑 이야기에는 시작은 있어도 끝은 없다. 낙하하는 원소들의 자유로운 편위(偏位, clinamen)처럼, 그 사랑은 존재의 우연들끼리 마주치는 것이며, 엄밀히 말해 끝이 없으므로 시작도 없다. 분절되지 않은 그들의 '이름 없는 이름'(ㄱ ㄴ ㄷ)처럼, 그 사랑은 또한 미분(微分)의 사랑이다.

물론 이들의 사랑에도 위기가 없지 않으며, 만일의 위기에 대처하기 위한 무언의 계약도 있다. 그것은 법적 구속이 아니라, 자유로운 계약이다. "첫번째 계약은 우물이 완성되면 흩어져 각각의 길을 따라 떠난다는 것, 두번째 계약은 그러므로 우리에겐 과거도 미래도 없다는 것이다. 어디에서 어떻게 흘러왔는가를 물어서도 안 되고, 어디로 어떻게 떠나갈 것인지 알고 싶어 해서도 안 된다는 계약이다. 과거를 묻거나 미래를 꿈꾸면 그 즉시 우리의 모든 관계가 깨질 것이라는 데 묵시적으로 동의했던 게 확실하다. 현재의 평화가 깨뜨려질까 봐 늘 두려웠기 때문이다."

곰곰이 생각해보면 『소소한 풍경』에서 그들 셋은 사랑에 대한 이야기를 나눴지만 단 한 번도 서로에게 '사랑해'라는 말을 하지 않았다. 그 말은 우선 ㄱ에게 전남편과의 관계에서 상처로 생생하게 기억되는 말이었다. 관계의 금기어로서의 사랑. 금기가 있으면 그것을 위반하려는 욕망이 있게 마련이고, 욕망이 있으면 아무리 사소해도 질투가 있게 마련이다. 소설에서 ㄷ의 위치는 ㄱ과 ㄴ의 확고한 관계만큼 그리 안정되지는 않아 보여서 오히려 문제적이다.

한 번은 ㄱ과 ㄴ과 ㄷ의 관계가 가장 평화로울 때, 그들의 덩어리 되기가 '순수의 집합체 같은 광채'로 절정에 이르렀을 때, ㄷ은 연탄가스를 피워, 한 시인의 표현을 빌리면, 그 관계의 '빛나는 정지의 순간'을 결정화(結晶化)하려는 무모한 계획을 실행하려 한다. 이것은 앞서 잠깐 이야기한 것처럼 '예측 슬픔'을 실행에 옮긴 한 경우일 것이다. 너무 황홀해서 그 관계가 한창일 때 끝내버리려는 것이다. 그리고 ㄷ은 ㄱ과 ㄴ의 덩어리짐을 엿본 후에 혼자 눈물을 흘리며 자위를 하기도 한다. 질투가 없지는 않은 것이다. 그럼에도 이들 셋의 사랑과 관계는 적어도 ㄴ의 홀연한, 어쩌면 예비된 죽음으로 종결되기 전까지는 충실히 유지된다. 그러면 이쯤에서 물어야 할 것이 있다. 『소소한 풍경』에서 우물을 파 내려가는 ㄴ의 행위는 어떤 의미일까.

소설에 '만물의 근원은 물'이라고 말한 그리스 철학자 탈레스가 언급되기도 하지만, 우주를 이루는 네 원소 가운데 물은 우물과 관련되어 특별한 가치를 부여받는다. 그것은 "생성과 죽음과 몽상과 은유와 접합과 원시성의 물"로, "물의 감응이 없다면 우리가 덩어리를 이루는 것도 애당초 불가능했을지도 모른다."

ㄴ이 우물을 파 내려가고 그것이 마침내 완성되던 날, 우물 속으로 몸을 던진 것은 어쩌면 필연적이다. 필연적인 죽음이지만 자살은 아니며, 범인도 없다. ㄴ의 죽음은 그가 선택한 것이었을 수도 있고, ㄷ의 질투로 인한 것일 수도 있고, ㄱ의 보이지 않는 살의에 의한 것일 수도 있다. 『소소한 풍경』에서 'ㄴ의 죽음'이 누구에 의해 왜, 어떻게 이루어진 것인가 하는 문제는 중요하다. 왜냐하면 ㄴ의 죽음이 완성되는 순간이야말로 그들 세 인물이 완전하게 '덩어리 되기'를 이룩한 순간이기 때문이다.

ㄱ이 오래전 대학생 시절에 쓴 소설 「우물」에 예고된 결말처럼 보이지만, ㄴ의 죽음은 처음부터 『소소한 풍경』에서 길게 드리워져 있었던 존재의 그림자였으며, ㄴ이 파 내려가는 바닥 모를 우물의 참된 정체일는지 모른다. 죽음은 어딘지 모르게 존재의 시원과 닿아 있다.

우물이라고 쓰고 우울로 잠시 잘못 읽는다. ㄱ ㄴ ㄷ 모두 '죽음의 데스마스크'를 지닌 존재들이다. 소설에서 서술되는 것처럼, 그들은 자신들의 육친의 죽음에 대한 애도가 여전히 끝나지 않은 삶의 비밀스러운 내력을 지닌 자들이다. 죽음에의 강한 끌림 때문에 그들 셋은 아무런 이유 없이, 어떠한 조건도 없이 만났던 것이다. 이야기의 시작에서 죽음은 사랑을 낳았으며, 이야기의 끝에서 사랑은 죽음을 낳을 것이다. 그러나 사랑과 죽음은 서로를 끊어내는 것이 아니라, 원환을 이루면서 서로를 완성할 것이다.

『소소한 풍경』에서 사랑이 말하자면 '불가능한 가능'의 사랑이라면, 죽음은 말하자면 '가능한 불가능의' 죽음이 될 것이다. 여기서 물의 은유는 다시 한 번 중요하다. 존재의 시원인 물은 흙에서 태어난 존재들을 한 '덩어리'로 결합하게 만들며, 존재를 원래의 흙(시멘트로 뜬 데스마스크)으로 되돌아가게 한다. 원래 있던 자리로 되돌아가는 것, 모든 피조물의 말 없는 슬픔이기도 한 유한성을 넘어서는 것. 소설에서 '멸진'이란 그런 뜻 이외의 다른 것이 아니다.

『소소한 풍경』에는 작가 박범신의 독특한 소설론과 함께 삶과 죽음, 존재의 시원, 사랑과 욕망에 대한 인식론이 담겨 있다. 작가는 상상했으리라. 소설가 '나'가 생각하듯, 어떠한 인과율의 법칙에 따른 플롯에 대한 고려 없이 인생의 우연한 마주침과 같은 이야기는 없을까라고. 존재의 홀림 속으로 킬러처럼 소리 없이 들어가는 이야기는 없을까라고. 만일 그것이 사랑에 대한 이야기라면 완전히 자유롭고도 평등한 사랑을 그릴 수는 없을까라고. 정확히, 이것이었을 것이다.

『소소한 풍경』에서 작가의 분신이라고 할 만한 스승 '나'는 자신의 예민한 상상력으로 피조물인 제자와 그녀가 겪은 저 불가사의한 이야기를 만들어냈다. '나'는 죽음조차도 '멸진'을 향하는, 결국 모든 피조물에게 가능한 죽음조차도 불가능해져버리는 그런 사랑 이야기를 썼다. 그리고 이것이 바로 작가 박범신의 새로운 소설『소소한 풍경』이다. 이 소설을 죽음의 이야기로 읽든, 존재의 시원에 대한 이야기로 읽든, 사랑의 신비한 꿈의 이야기로 읽든, 『소소한 풍경』은 특정한 끝을 향해 가지 않는다. 삶은 계속될 것이기 때문이다.

이 소설에는 자신을 창조한 스승을 넘어서서 자기만의 갈 길을 찾는 제자의 욕망이 조금도 구현되지 않은 채로 여전히 남아 있다. 스승은 제자 ㄱ이 과거에 쓴 소설「우물」에서 ㄴ의 죽음의 필연성을 읽어내려고 하지만, 제자는 스승과는 조금은 다르게 생각하는 것 같다. 약간의 차이, 언제나 그것이 중요한 법이다. "문장으로 반드시 당신을 이기고 싶다"는 말은 스승 '나'가 만든 텍스트의 일부이지만, 그 텍스트에서 제자 ㄱ이 스승에게 던진 도전 어린 묵언(黙言)이기도 하다. 스승과 제자 사이에 있을 법한 '소소한 풍경'이다.

그러나 '소소한 풍경'은 정좌하지 않고 끊임없이 생성한다. 소설이 그렇고 사랑이 그렇고 삶과 죽음이 그렇다. 아무리 스승 '나'가 만든 인물이더라도, 제자인 그녀 ㄱ은 자율적인 존재로, 스승의 호출에도 불구하고 "지금 거신 번호는 없는 번호"로 제 몫의 삶을 살면서 자기만의 소설을 쓸 것이다. '미완성의 작가'인 박범신의 다음 소설일지 모를 그 소설은 또 어떤 이야기일까. 이쯤에서 그의 다음 작품이 슬쩍, 궁금해진다.

소소한 풍경

ⓒ 박범신, 2014

초판 1쇄 발행 2014년 4월 30일
초판 3쇄 발행 2014년 5월 7일

지은이   박범신
펴낸이   황광수

펴낸곳   자음과모음
출판등록   1997년 10월 30일 제313-1997-129호
주소   121-840 서울시 마포구 서교동 396-33번지
전화   편집부 02) 324-2347 경영지원부 02) 325-6047
팩스   편집부 02) 324-2348 경영지원부 02) 2648-1311
이메일   munhak@jamobook.com
홈페이지   www.jamo21.net
커뮤니티   cafe.naver.com/cafejamo

ISBN 978-89-5707-801-3 (03810)